令和万葉秘帖

~まほろばの陰翳　下巻~

大杉耕一

郁朋社

令和万葉秘帖　まほろばの陰翳　下巻／目次

【通商・外交の窓口「那大津」（博多）と、政治・国防の太宰府】

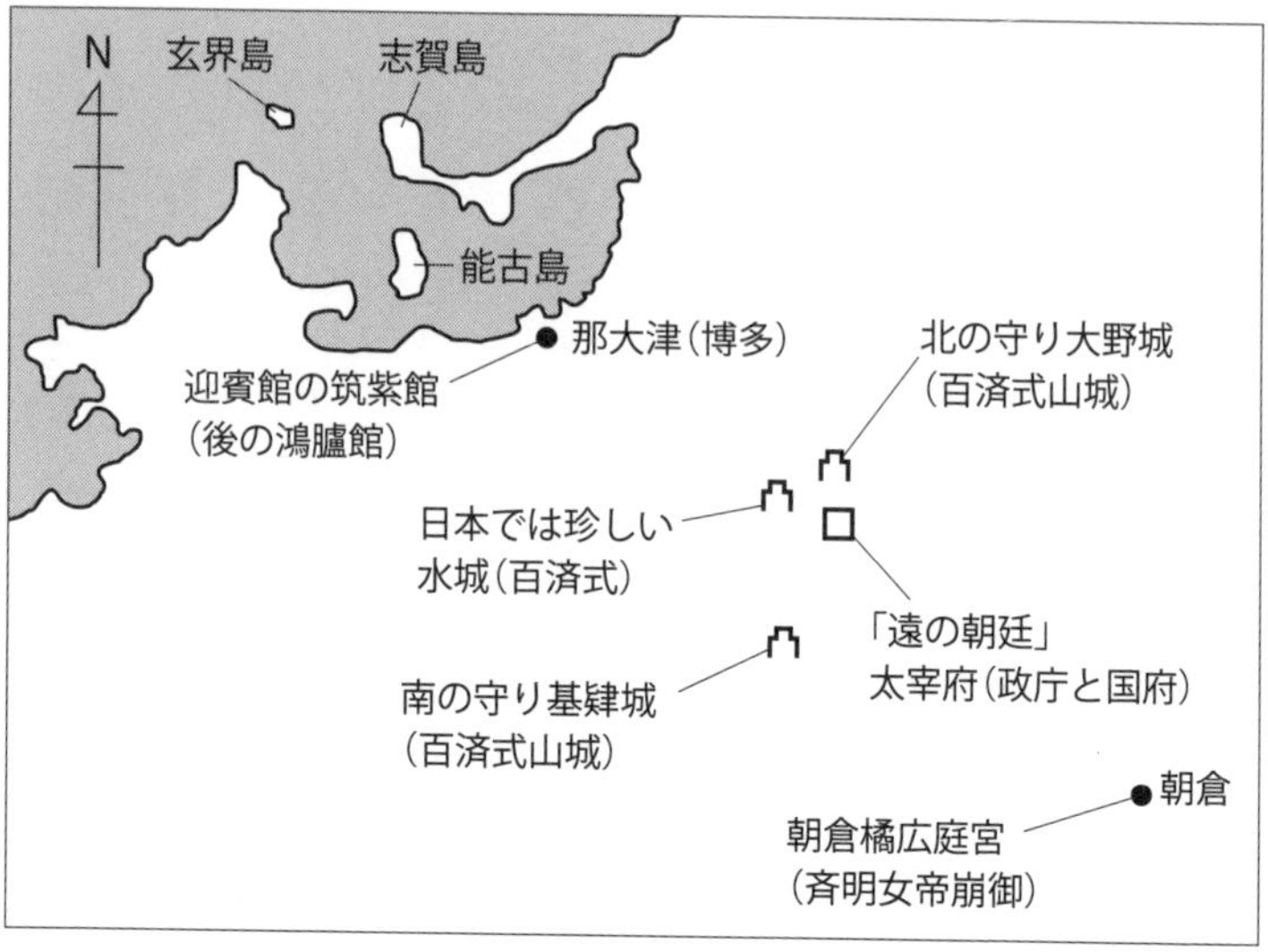

【太宰府概略図】

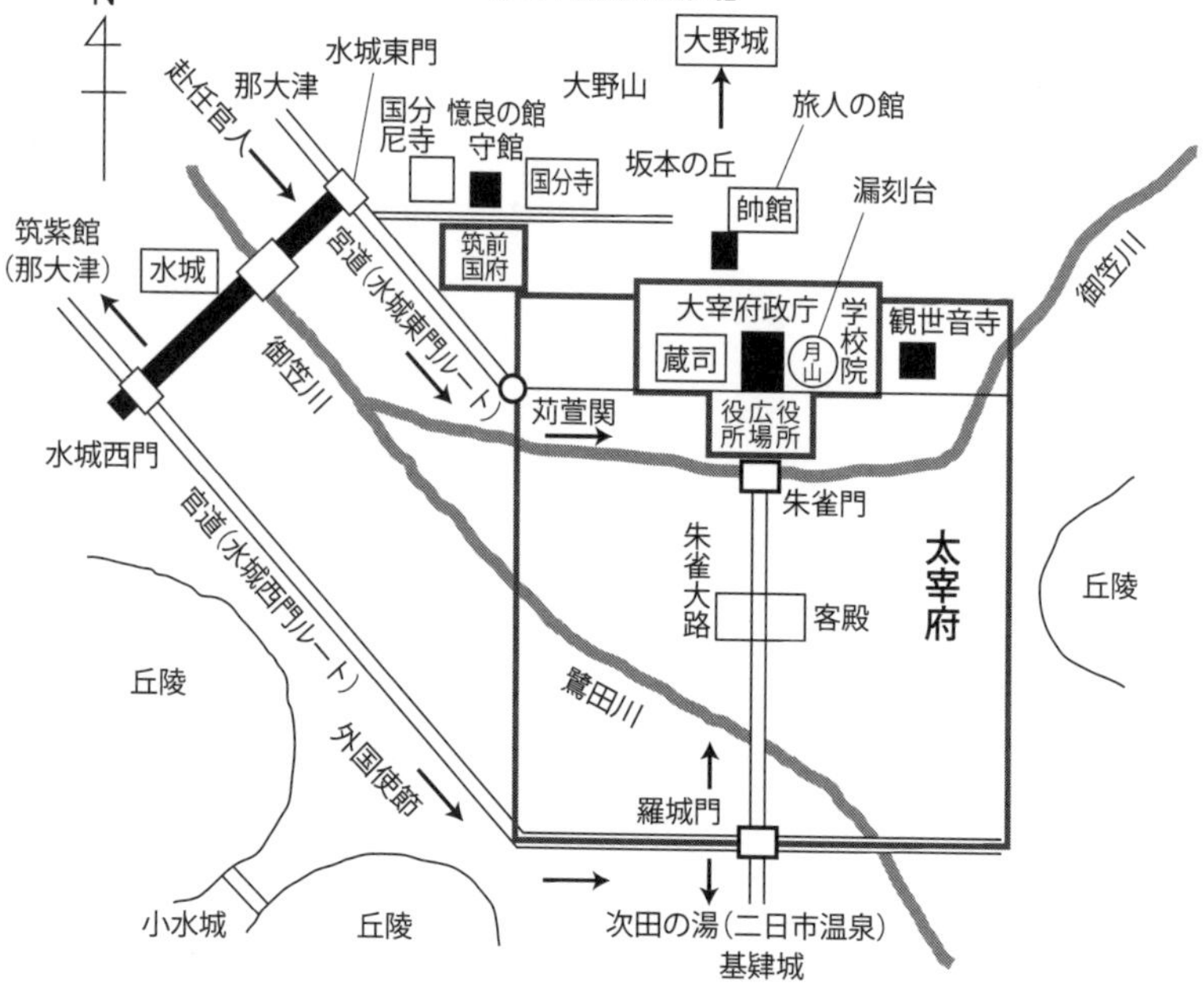

令和万葉秘帖

――まほろばの陰翳《いんえい》　下巻――

第十三帖　漁色《ぎょしょく》

あかねさす紫野行き標《しめ》野《の》行き野《の》守《もり》は見ずや君が袖《そで》振る
（額田王《ぬかたのおおきみ》　万葉集　巻一・二〇）

（一）饅頭《まんとう》

「権、楓から届いた饅頭を六個包んで持参してくれ。二個は大嬢《おおいらつめ》様と二嬢《おといらつめ》様の分だ」

「承知しました」

大嬢と二嬢は、坂上郎女が太宰府に連れてきた幼女である。旅人の庶弟《おとうと》・宿奈麻呂《すくなまろ》の遺児であった。

楓は那大津で手広く内外の雑貨や食材を扱う大店「倭唐屋」の先代の未亡人である。今は楽隠居の身である。憶良とは三十余年も昔、遣唐使の一員、末席の録事で渡唐した頃からの知り合いである。

「倭唐屋」は唐や韓半島つまり新羅、高句麗、百済三国や琉球の産物を扱っていた。楓はその商人の内儀《おかみ》として、異国の文物に憧れていた。興味を持つ分、吸収力があった。

唐とは白村江《はくそんこう》の敗戦以来約四十年近く国交は断絶していた。したがって、博多の商人たちは遣唐使節の復活に期待を寄せていた。楓もその一人であった。遣唐使の一行は出航まで公館である筑紫館《つくしのむろつみ》に泊まる。この期間、町方の良家の子女が接遇や下働きに動員される。中年の楓は若い女たちをてきぱきと指揮していた。

憶良とは筑紫館で顔見知りとなったのではない。楓の父は山師《やまし》であった。妻子を連れ各地を旅して鉱脈を探していた。憶良が少年の頃、楓の父は山辺郷に来て、一年ほど周辺の山や谷を探したが鉱脈はなく、一家は去った。憶良とはその時の幼馴染であった。短い間ではあったが森や渓谷で遊んだ少年少女の、三十年後のまさかの運命的な邂逅《かいこう》であった。

楓はとりわけ唐の食文化に興味を持っていた。「お帰りになったら是非店へお寄りくだされ。食道楽と噂に聞きます唐人の話を聴きとうございます」と憶良に語っていた。

唐に渡った憶良が初めて饅頭を口にした時、その柔らかさと旨さに感嘆した。帰国するまでに、権と助に命じて秘かに材料と製法を調べさせ、技を身に付けさせていた。帰国する時、小麦の種や粉末や、乾燥した麹《こうじ》などを油紙に包んでいた。那大津に帰港すると、憶良は小麦粉と麹を楓に手渡し、製法を伝授した。

権と助は小麦の種を山辺郷に運び、山畑に播いた。里人は年々収穫を増やした。

毎年、船長の甚の船で楓の許に小麦粉が届けられていた。憶良と楓の絆は小麦の粉であった。料理上手の楓は、その貴重な粉で試作し、麹の種菌を残して、腕を上げた。暗に工夫を加えていた。二人はそれだけの縁であった。お互い一生再会はないと諦めていた。

さらに三十年後、憶良が筑前守として赴任してきた。――二度ある事は三度ある――という。楓は驚喜し歓迎した。楓は寡婦となり、商いは退いていた。――三度目の正直――との俗諺《ぞくげん》もある。二人は熟した果実が落ちるように、ごく自然に理《わり》無い仲になった。欲得のない心の通う老いらくの恋であった。


「首領《おかしら》、楓様の作られる饅頭は、唐の国で食べたどの饅頭よりも美味しゅうございますな」

と、権が絶賛した。お世辞ではない。理由があった。この夕憶良が持参した饅頭には甘い餡《あん》が入っていた。茹《ゆ》で潰した小豆を胡麻油で煉ったただけではない。料理熱心な楓は、琉球商人から入手した甘《かん》蔗《しょ》、いわゆる砂糖黍《きび》から製した蔗糖をたっぷり加えていた。現在の酒饅頭である。

喰い盛りの家持、書持は早速反応する。

「ふわふわ柔らかく旨いのう、書持」

「舌がとろけるようでございますな、兄上」

「憶良様、大嬢と二嬢にも気を遣ってくだされ恐縮ですわ」

「ところで先生、この饅頭という菓子はどなたが作られたのですか」

「筑紫館で大きな宴《うたげ》がある時に応援を命ずる町方の老女です」

「先生とはどういうお知り合いですか」

書持ちは無邪気に重ねて尋ねた。

「書持、そのような口の利き方は、先生に失礼だぞ」

家持は兄らしく弟をたしなめた。

「ハハハ、それがしが遣唐使の録事で筑紫館に泊まった頃からでございます。今は国守と領民とでも申しますかな、ハハハ」

と、ぼかした。

「こんな旨いものを献上してくれる領民がいて、国守はいいなあ」

と、書持が羨ましがった。一同がどっと笑った。

(手作りの珍味をお届けするのは相当深い親しい間柄だわ)

坂上郎女は女性特有の勘で察していた。憶良は、素知らぬふりで一家四人に告げた。

「お腹ごなしに講論に入りましょう」

奥座敷は瞬時に学舎《まなびや》の雰囲気に変わった。

(二) 婦系図《おんなけいず》

「これまで数回の講義で、中大兄と鎌が様々な策略を使って、皇位継承の候補者や有力者を次々と斃《たお》して、権力や財産を掌中にした過程を説明しました。今夜は、実権者となった中大兄の異常な女性関係の遍歴をまとめて説明します。傍若無人《ぼうじゃくぶじん》の振る舞いとも見えます漁色《ぎょしょく》も、実はこれまた中大兄と鎌の綿密な謀略でございました」

「天智帝の女漁りは色欲だけではなく政略、いや六韜三略《りくとうさんりゃく》だったと申すか。驚いた」

「その通りでございます。まだ成人に達していない若たちには、いささか早すぎ、どぎつ過ぎるかとも思いましたが、いずれ数年内には、恋も妻帯も現実の問題となりましょう。何が中大兄を異常な色欲に駆り立てたのか、核心に触れまする。内容が帝《みかど》の房事《ぼうじ》だけに、くれぐれも他言無用に願います」

「承知した。お前たちもよいな」

旅人は妹と子息の三人に駄目を押した。三人が頷くのを確かめて、憶良は風呂敷を解いた。

半紙二枚を繋いで書いた系図を卓上に展《ひろ》げた。

「まあ、こんなに多くの姫たちとご関係がおありでしたか……」

坂上郎女が掌で口を半分抑えながら驚きの声を発した。

「はい。中大兄が一夜の快楽を弄《もてあそ》んだ采女《うねめ》たちは数知れませぬが、ここにあげましたのは皇統の歴史に影響する姫君や、皇子・皇女を産んだ采女・宮人ら十三名です。すでにお気づきと思いますが、後宮の序列にしたがって書いております」

「いつものことながら、憶良様の分類は、女の身にも分かり易うございます」

「では最初に、皇后や妃がたをご覧ください。いずれも略奪、下賜、交換、密通という異例な婚姻でございます」

「異例な婚姻だと……確かに」

「皇后倭姫王《やまとひめのおおきみ》については第九帖『韓人《からひと》の謎』で説明しました」

「覚えております。古人大兄皇子ご一家を吉野で斬殺し、美少女の倭姫王のお命のみを助けられ、将

天智天皇（中大兄皇子）の婚姻

序列は皇后、妃、夫人《ぶにん》、嬪《ひん》、采女《うねめ》、宮人の順
太字は「吉野の盟約」参加の六皇子
日本書紀とは異なる部分があります

岳父	身分	妃	御子名
古人大兄皇子《ふるひとのおおえ》	皇后	倭姫王《やまとひめのおおきみ》（略奪）	御子なし
鏡王	妃	鏡王女《かがみのおおきみのみむすめ》	（懐妊・中臣鎌足へ下賜）
鏡王	妃	額田王《ぬかたのおおきみ》（大海人皇子より奪取・四皇女と交換＊）	
倉山田石川麻呂《くらやまだいしかわまろ》	嬪	造媛《みやつこひめ》（自殺）	御子なし
倉山田石川麻呂	嬪	越智娘《おちのいらつめ》（自殺）	大田皇女（＊大海人皇子妃） 鸕野讃良皇女《うののさららひめみこ》（＊大海人皇子妃） 建皇子《たけるみこ》（夭折）
倉山田石川麻呂	嬪	姪娘《めいのいらつめ》	御名部皇女《みなべのひめみこ》（**高市皇子**妃） 阿閇皇女《あへのひめみこ》（草壁皇子妃・元明帝）
阿部倉梯麻呂《くらはしまろ》	嬪	橘娘《たちばなのいらつめ》	飛鳥《あすか》皇女 新田部皇女《にいたべのひめみこ》（＊大海人皇子妃）
蘇我赤兄《あかえ》	嬪	常陸娘《ひたちのいらつめ》	山辺皇女（**大津皇子**妃）
越道君《こしのみちのきみ》	采女	越道伊羅都売《こしのみちのいらつめ》	**志貴（施基）皇子**
伊賀の豪族	采女	伊賀宅子娘《やかこいらつめ》	大友皇子（伊賀皇子）（自害）
忍海造小竜《おしぬみのみやつこおたつ》	宮人	色夫古娘《しきふこのいらつめ》	大江皇女《おおえのひめみこ》（＊大海人皇子妃） **川島皇子** 泉皇女
栗隈首徳万《くりくまのおびとくま》	宮人	黒媛娘《くろひめのいらつめ》	水主皇女《もひとりのひめみこ》
皇極帝	孝徳帝皇后	間人《はしひと》皇女（天智妹）（禁忌の密通）	

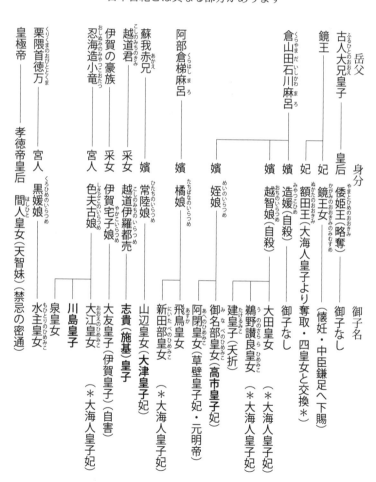

来の皇后にするため後宮に囲われた」

と、すぐに家持が応えた。

「その通りです。この時宮中の官人官女たちは――中大兄はご自分の血統の弱点を補強する策を取られた。愛情などひとかけらもない。囚われの身の倭姫王様のご心中を察すると、生ける屍《しかばね》ではないか。お可哀想に――と、同情しました」

「妾もまったく同感でございます」

坂上郎女がきっぱりと女心を述べた。

「第十帖『禁忌の密通』では、中大兄が同母妹で孝徳帝の皇后となられた間人皇女《はしひとのひめみこ》と道ならぬ不義を続けられ、孝徳帝を憤死させた話をしました」

「よう覚えています」

と応えた書持に、憶良は微笑を返した。

「古くから続く家柄の豪族たちから――倭の国の禁忌を無視した、獣にも劣る皇子よ――と顰蹙《ひんしゅく》を買いました」

一家四人も眉を顰《ひそ》めていた。

「このような中大兄に、皇族方はどなたもご息女をお側にと差し出しませぬ。中大兄が目を付けたのは、神鏡を製造し、宮廷に納める鏡王《かがみのおおきみ》の美人姉妹でした。鏡王女《みむすめ》は畿内の豪族、額田部族で、祖先は皇室の名家でした。妹君・額田王は、すでに相思相愛の大海人皇子の正妻として嫁いでいました。

中大兄は姉の鏡王女を後宮に入れました。これにより中大兄は在来の大和の名門豪族と縁ができました。しかしこの鏡王女に懸想《けそう》をし、大胆不敵にも夜這いをした男がいました」

「えっ。中大兄のお妃に妻問《つまど》いをするなんて！　信じられない。とんでもない奴は誰ですか」

と、家持が吃驚《びっくり》声をあげた。

「鎌」

「まさか？　……中大兄の臣の鎌が、主《あるじ》のお妃に！」

書持も絶句していた。

憶良はゆっくりと頷いた。

「鎌の夜這いを、鏡王女は和歌に詠まれ、これに鎌が返歌をされました」

（下下《しもじも》では夜這い、すなわち妻問いは男女の秘め事である。未婚ならばともかく、人妻、それも主の愛妃だ。不義密通の夜這いを公然と詠まれるとは……）

若い家持、書持の怪訝《けげん》な顔を見て、憶良は大きく頷いた。

「ご不審はご尤《もっと》もでございます。ご披露しましょう」

憶良は木簡二枚にさらさらと二首を書き、発声した。

玉くしげ覆《おほ》ふを安みあけて行かば君が名はあれど吾が名し惜しも

（鏡王女　万葉集　巻二・九三）

（櫛笥《くしげ》の蓋をするのも開けるのも楽なように、夜が明けてからお帰りになると、あなたは楽で、浮き名は立ってもよいでしょう。しかし私は困ります。どうか夜の明けぬ間に帰ってください）

「この歌に鎌はこう和《こた》えました」

玉くしげ見む圓山《まとやま》のさなかづらさ寝《ね》ずは遂《つひ》にありかつましじ

（藤原鎌足　万葉集　巻二・九四）

（櫛笥を開けて見るような圓山〈三輪山〉の美男《さな》かずらではないが、あなたとこうして寝ていないと、我慢ができないのです）

「まあ、鎌は家臣のくせに何と図々しい男でしょうか。皇太子の愛人を寝取るなんて。普通なら斬首か遠国に追放になる重罪ではありませぬか。憶良様……」

「そうです。しかし中大兄は腹心の鎌が鏡王女に懸想し、夜這いをする仲と知ると、惜しげもなく鏡王女を鎌に下賜しました」

「まあ。これにも驚きますわ。女人をまるで品物のように、家臣に与えるなんて……妾《わらわ》には中大兄の心が解《げ》せませせぬ」

じっと腕を組んで思慮していた旅人が、呟《つぶや》くように口を開いた。

「待てよ。昔、孝徳帝がまだ軽皇子の頃、愛妃・小足媛《おたらしひめ》を鎌の夜伽《よとぎ》に差し出されたという。与えはしなかったが、似たような話だな」

憶良は黙って頷いた。

旅人は系図を指して続けた。

「姉の鏡王女は鎌に下賜して、妹の額田王を大海人皇子から奪った。有無を言わせず差し出させた。その代わりにご自分の幼い皇女四名を大海人皇子に与えられた。一対四の交換なら文句はなかろうとの話だな」

「その通りでございます。＊印を付しておきました」

(まるで物々交換のようで、何とも寒々しい。非道《ひど》いお話だわ)

坂上郎女は感情的になっていた。

旅人は冷静な口調で憶良に語り続けた。

「憶良殿、更なる疑問が湧いてきた」

「何でございましょうか」

「天智八年（六六九）に、鎌が薨じた後、鏡王女は大和に隠栖された。天智帝は寡婦の鏡王女に相聞の歌を贈られたと聞いたことがある」

「その通りでございます。帝の歌に鏡王女が和《こた》えた歌とともにご披露しましょう」

この二首も木簡に書いた。

妹《いも》が家もつぎて見ましを大和なる大島の嶺《ね》に家も有らましを

（天智天皇　万葉集　巻二・九一）

（貴女の家をずっと見続けたいものだ。大和の大島の嶺に貴女の家があるといいのだが）

秋山の樹《こ》の下がくりゆく水の吾《われ》こそ益さめ御念《おもほす》よりは

（鏡王女　万葉集　巻二・九二）

（秋山の木の下を隠れて流れゆく水のように表には見えませんが、私が帝をお慕いする気持ちの方が、帝が私を想う気持ちよりももっと多いのでございます）

「この贈答歌で見る限りでは、天智帝と鏡王女は終生好き合っていたことになるな」

「左様でございます」

「相思相愛でありながら、何故家臣の鎌の夜這いを怒らず、罰せず、愛妃を下賜したのであろうか」

「よいところにお気づきになられました。ついでに、もう一つ鎌の歌を披露しましょう」

憶良はさらさらと木簡に書いて、坂上郎女に渡した。

「この歌なら知っていますので、妾《わらわ》が唱いましょう」

吾はもや安見児得《え》たり皆人の得《え》がてにすとふ安見児得たり
（藤原鎌足　万葉集　巻二・九五）

「和歌というにはまことにお粗末な、格調のない、自慢を鼻に掛けた歌です。鎌が、世人では得ることなど到底できない宮廷の采女を手に入れた歓喜の歌です。しかし、当時も今も、宮廷に仕える采女に手を出すことは厳しく禁じられています。采女と閨房《けいぼう》を共にできるのは天皇あるいは皇子のみです。采女に懸想《けそう》しただけで断罪になった宮人もいます。何故、鎌が聖女の采女を娶《めと》ることができ、さらに公然と歌に詠むことができたのでしょうか。さきほどの帥殿のご質問にあった鏡王女の下賜とともに、ご一家でお考えくだされ。この謎解きは、第二十三帖『落胤』で行いましょう」

そう言って、憶良はやおら白湯の茶碗を口にした。

「甘い蜜には毒がある。甘い饅頭には難しい宿題が練り込まれていたか、ハハハ」

と、旅人が笑った。

（三）打算の悲劇

「では貴族の女《むすめ》たちに移ります。第十一帖『岳父謀殺』の内容と重なりますが、婚姻の視点から簡単に纏めます」

と、憶良は前置きした。

「系図に示しました左大臣・阿倍倉梯麻呂《くらはしまろ》の女《むすめ》・橘娘《たちばなのいらつめ》。右大臣・蘇我倉山田石川麻呂の三人の女・造媛《みやつこひめ》、越智娘《おちのいらつめ》、姪娘《めいのいらつめ》。それに後の左大臣・蘇我赤兄《あかえ》の女・常陸娘《ひたちのいらつめ》の五名です。いずれも中大兄が政治力と財力を拡大するための政略結婚でした。皇室と貴族が、双方の利害一致で結託する政略結婚は多多あります。しかし、中大兄の三つの政略結婚には、『暗い死の影』がつきまとっています」

「ほう、――『暗い死の影』――とな」

「謀殺や刑死、自死などです。復習旁々《かたがた》順に説明しましょう。まず蘇我本宗家の打倒のために、分家の豪族石川麻呂との分断と、中大兄ご自分の後盾の強化策として、石川麻呂の女・造媛との婚姻をまとめました。挙式当日、蘇我日向《ひむか》が造媛と駆け落ちしたのは誤算でした。石川麻呂は面目を失いましたが、妹の越智娘が急遽輿入れし父の窮地を救いました」

兄弟が頷いた。それを確かめ、憶良は続けた。

「中大兄は石川麻呂を使い、血刀をもって入鹿と蝦夷を斃《たお》し、乙巳《いっし》の変は成功しました。後に日向を脅し造媛も取り戻し、さらに姪娘も後宮に入れました。蝦夷・入鹿の死により、阿倍倉梯麻呂と石川麻呂が左右大臣になりましたが、鎌と中大兄にとっては、両豪族の巨頭は目の上のたんこぶでした。倉梯麻呂は候《うかみ》を使って病死させ、間髪を入れず、日向を使って誣告《ぶこく》させ、石川麻呂父子を自害させました。わずか七日の間の出来事です」

「岳父謀殺はひどいのう」

「父石川麻呂の謀殺を知った造媛は自殺しました。越智娘は食を断ち衰弱死しました。このとき越智娘には大田皇女と鸕野讃良《うののさらら》皇女と唖《おし》の建皇子《たける》がいました。建皇子は病死しました。二人の皇女は祖父と母の死に、心に深い傷を負いました。父・中大兄への拭《ぬぐ》いがたい不信感と憎しみや絶望です。中大兄は一挙に権力と財力を掌中にしました。だが二人の夫人を無惨な死で失いました」

（まことに血を呼ぶ婚姻だわ）

二人の幼女を持つ坂上郎女が、ため息をついた。

憶良は、しばらく間を置いた。

「中大兄は、孝徳帝の遺児・有間皇子の謀殺に功のあった蘇我赤兄《あかえ》を左大臣に抜擢しました。赤兄の女・常陸娘の政略婚姻にも怨念が付いていました。常陸娘と中大兄の間に生まれた山辺皇女は、大田皇女の御子大津皇子に嫁ぎ、仲の良い夫婦でした。しかし、当時の持統皇后（鸕野讃良皇女）の謀略で、悲惨な自殺を致します。これは第二十二帖『磐余池《いわれいけ》悲歌』で詳しくお話しします」

一家四人は、悲劇の連鎖に言葉を失っていた。

「世の人々は――中大兄と大臣家の婚姻には愛情のかけらが微塵もない。打算が過ぎて怨念の血が血を呼んでいる。口にするのもおぞましい――と、蔑《さげす》みました」

（その通りだわ。女性の立場から見れば、中大兄は女性を人間と見ていないわ）

坂上郎女は、厭悪《けんお》の表情をしていた。

「たしか、越智娘に建皇子がお生まれになったとき、ご祖母・斉明帝も中大兄も大いに喜ばれたそうですが……」

「その建皇子は唖であり、夭逝《ようせつ》されました。世人は『死神が憑《つ》いている』と、同情致しませんでした。中大兄は、権力掌握のためとはいえ、殺人をし過ぎました」

憶良は一家が暗い話題で不愉快になっていると判断して、話題を変えた。

(四) 采女募集

「ではぴちぴちの若い采女たちの話をしましょう。系図の左半分をご覧ください。中大兄のお手つきで御子を産まれた采女・宮人たちです。書持殿、何か気づいたことがありますか」

憶良は説明の口調から質問形式に切り替えていた。

「四人のうち三名が皇子を産んでいる。蘇我とちがって女腹《おんなばら》ではなかった」

「ハハハ。若は女腹などご存知でしたか。よいところに目を付けられました」

と、まず賞めた。書持は続けた。

「三人の皇子のうち、志貴《しき》皇子と大友皇子の名は知っています。大友皇子は壬申《じんしん》の乱でわが先祖の方々と戦われた相手ですから」

旅人が父親顔で微笑む。

「志貴皇子は、今年の春、先生の和歌の講話で、皇子の『懽《よろこび》の御歌《みうた》』を教わりましたので覚えています。唱ってもよろしいですか」

「どうぞ」

石《いは》ばしる垂水《たるみ》の上のさわらびの萌《も》え出づる春になりにけるかも

（志貴皇子　万葉集　巻八・一四一八）


（お見事だ。家持殿同様に弟君も記憶力抜群だ。教え甲斐がある）

憶良には、教師冥利《みょうり》が身一杯に溢れていた。

「今回は志貴皇子のもう一つの秀歌をご披露しましょう」


采女《うねめ》の袖吹きかへす明日香《あすか》風京《みやこ》を遠みいたづらに吹く

（志貴皇子　万葉集　巻一・五一）


「これは飛鳥の浄御原宮《きよみはら》が藤原宮に遷都した後、華やかな采女たちのいなくなった廃墟の旧都を、美しく華麗な幻想で詠んだ秀歌です。ご存じの通り、采女は天皇や皇后に仕える官女で、手を付けてはならぬ聖女です。中央はもとより地方豪族たちは、天皇家の血縁に連なろうと、競って美女を差し出していました。それが、中大兄の乙巳《いっし》の変によって事態が激変しました」

（乙巳の変と采女がどう関係したのだろうか？……）

と、四人は訝《いぶか》った。憶良の次の言葉を待った。

「飛鳥板葺宮で入鹿の首を刎《は》ねた中大兄の血刀を見て、古人大兄皇子ら皇族方が慌てて宮殿から走り去った話は致しました。この時宮殿から逃げたのは大宮人ばかりではありませぬ。多くの采女たちも実家へ帰ってしまったのです。権力を手中にした中大兄が、越智娘らの夫人以外の若い女を抱こうとしても、采女はいませぬ」

　坂上郎女が手を上げた。

「憶良様、想い出しました。前々回でしたか、大化の改新の詔《みことのり》の最後に、税徴収とともに、『采女を差し出せ』とのお言葉がありました。その時、詔で『采女を差し出せ』とは格調が低いと仰《おっしゃ》られましたが、中大兄にとっては切実な要求だったのでございますね」

　三度結婚の経験ある坂上郎女である。血気盛んな二十歳の中大兄の、異性を求める気持ちが容易に理解できた。

「蝦夷や入鹿が実権を握っていた時代には、采女の大半は蘇我の系譜でした。本宗家消滅後は、彼女らは戻りませぬ。中央の豪族は、――中大兄が高向《たかむこ》王の子・漢皇子《あやのみこ》で、当時は財力がない――と知っていますから、女を出しませぬ」

「それで采女募集の条件を地方の郡司以上と引き下げて、明記したのでございますね」

「その通りです。豪族は、志貴皇子の祖父越道君《こしのみちのきみ》のみで、他の三名は、造《みやつこ》、首《おびと》、あるいは臣《おみ》など身分が著しく低い者です」

　越道君は、現在の石川県加賀市大聖寺川付近の豪族であった。

「忍海造小竜《おしぬみのみやつこおたつ》は畿内忍海郷の造《みやつこ》であり、栗隈首徳万《くりくまのおびととくま》は山背《やましろ》国の宇治近くの開拓地主です。伊賀宅子娘《いがやかこのいらつめ》の父は、伊賀国山田郡の郡司でございます」

「なるほど、いかにも皇子がたは、采女、宮人など婢母《ひぼ》の出自だな。皇子ではあるがこの血統では皇位継承は群臣《まえつきみ》が認めないのう」

「その通りです。志貴皇子や川島皇子は自覚され、ひっそりと成長されました。志貴皇子の歌は、この地方豪族の血統の背景に思いを致しますと、さらに哀切さえ感じまする」

(憶良様の解説は素晴らしいわ。置かれているお立場まで考察されている)

「このように、中大兄は地方豪族から郡司の女まで、いや采女どころか下働きの宮女まで、出自を問わず手を付けられました。まさに漁色です。注目すべきは伊賀の郡司某です」

「何故だ？　大友皇子の祖父だからか？」

「それだけではございませぬ。伊賀宅子娘《いがやかこのいらつめ》の父は、伊賀衆という候《うかみ》の首領だからです」

「えっ、何だと伊賀候だと！」

旅人は、絶句した。

「栗隈《くりくま》の地は、渡来人の多い伊賀や近江と飛鳥の中間地です」

「栗隈も候か……そうか。中大兄が皇太弟の大海人皇子に代えて、血統を無視して大友皇子を大王にしようとされたのは、中大兄を支えた伊賀衆の圧力だったのか」

「はい。壬申の乱は、伊賀候と吉野の行者との裏の戦いでもありました、これも第十九帖『壬申の乱』でお話しましょう」

坂上郎女や家持、書持は時の過ぎるのも忘れて、話の展開にのめり込んでいた。

「では本論に戻りまして、壬申の乱の遠因である人妻・額田王強奪の話を致しましょう」

（五）人妻強奪

「中大兄の、最後の、かつ衝撃的な漁色は、人妻強奪でした。それもあろうことか実弟・大海人皇子の正妻、額田王でした。皇子と額田王は相思相愛で結ばれており、誰もがお似合いの夫婦と認めていました。二人の間には十市皇女《とおちのひめみこ》が生まれていました。その額田王に中大兄は横恋慕して強引に奪ったのです。その代わりに、皇女四人を皇子の妃に与えたことは、先ほど帥殿が指摘されました」

家持、書持が頷く。

「未成年で純真な若たちには、ちと早うございますが、世の中の好色家の間で囁かれている快楽の言葉があります。『一盗、二婢、三妾《しょう》』――男が最も興奮するのは他人の妻を盗み密通することだ――との意です。中大兄は下賤の者のなすようなことを平然と行ったのです」

（まあ、憶良様は何と下品な表現を、初心《うぶ》な家持たちに……）

「しかも堂々と、長歌、反歌を詠まれました」

旅人が話を引き取った。

「余が中大兄の長歌と反歌を披露しよう」

香具山《かぐ》は　畝火《うねび》ををしと　耳梨《みみなし》と　相争ひき　神代より　かくなるらし
いにしへも　しかなれこそ　うつせみも　つまを争ふらしき
（天智天皇　万葉集　巻一・一三）

香具山と耳成山とあひしとき立ちて見に来し印南国原《いなみくにはら》
（天智天皇　万葉集　巻一・一四）

「憶良様、妾は以前からこの歌に腹立たしさを抱いています。話してもよろしゅうございますか」

「どうぞ」

「中大兄には、皇后もお妃も夫人も、さらに額田王の姉君・鏡王女も後宮にいました。一方額田王はすでに大海人皇子の妻です。それなのに額田王を畝傍山に見立て、――香具山の自分は、耳成山の大海人と争って勝った――と、正当化していますのは納得がいきません。額田王が未婚の時であれば、三山の争いに見立ててもよろしゅうございますが。この歌は明らかに詭弁《きべん》を弄《ろう》しております。古い神話を意図的に修辞に使って、民を誤魔化しています。腑《ふ》に落ちませせぬ」

と、才女で気の強い坂上郎女が、永年の思いを一気に述べた。

憶良はゆっくりと受け止めた。

「ご明察でございます。中大兄は横恋慕《よこれんぼ》を正当化しようと詠まれましたが、心ある者は軽蔑しました。――神話の時代、三山の争いを諌止《かんし》しようと、出雲の大神が出立され、播磨の印南国原《いなみくにはら》まで来たとき、争いは止んでいた――との故事を踏まえています。多分鎌の入れ知恵でしょう。お二人のご生母・斉明女帝が、大海人皇子に『ならぬ堪忍するが堪忍』と、我慢させたのでしょう。大海人皇子は表面では争われず、額田王を中大兄に差し出しました」

「非道《ひど》い話でございますわ。大海人皇子はお怒りにならず、よく我慢されましたね。これにも何か理由があったのでしょうか」

「よいご質問です」

「大海人皇子は幼いときから怜悧《れいり》でした。異父兄の中大兄が嫉妬深い、偏執者《へんしゅうしゃ》と知っていました。それゆえ己を抑え、従順に過ごしていました。中大兄が大王候補者を抹殺し、政治の実権者を次々と謀殺する様を、身近に見ていました。有間皇子が謀殺された時、――残る候補者は自分のみ――と知っていました。それ故、――もし妻の額田王を差し出さねば、何かの言いがかりを付けられ、鎌と中大兄に殺される――と、分かっていたのです。額田王にだけこのことを話して、差し出したのです。しかし二人の愛は強く、また額田王は、常に大海人皇子の命をご心配されていました。大海人皇子は中大兄を相当に恨まれていましたが、母斉明帝の忠告を聞き、ぐっと我慢されていました」

「よく分かりました」

「二人の相思相愛が続いていた証拠があります。天智七年（六六八）五月五日、近江の蒲生野《がもうの》での相聞歌です。前年飛鳥から近江へ遷都していた称制《しょうせい》天智帝は、翌七年二月、やっと群臣に大王として認知され即位しました。その喜びもあって、皇族、王族、群臣を集めた大規模な遊猟《みかり》を、蒲生野で催されました。遊猟とは薬草を採取する野遊びです。この時、額田王は昔の夫、大海人皇子に歌を差し上げました」

「有名な名歌なので、妾が額田王に成り代わって……」

と、ことわって、坂上郎女が自慢の美声で、玉を転がすように、唱った。

あかねさす紫野行き標野《しめの》行き野守《のもり》は見ずや君が袖《そで》振る

（お慕いするあなた様が、紫草の群生する蒲生野の御料地を、あちこち歩かれて、私に袖を振ってくださいます。それを野の番人に見つけられはしないか、私は不安でございます）

「これに対して、大海人皇子は……」
「それは余に任せよ」
と、旅人が引き取り、音吐《おんと》朗々と発声した。

むらさきのにほへる妹を憎《にく》くあらば人づまゆゑに吾恋《われこ》ひめやも

（天武天皇　万葉集　巻一・二一）

（紫の色が美しく匂うような美しいそなたが、もし憎いのなら、もはや他人の妻であるそなたにこれほどまでに恋するはずがないではないか。こうして袖を振るような危ないことをするのも、今尚そなたが恋しいからだ）

「この時大海人皇子は三十七歳の男盛り――額田王を失って十年以上経っていました。二人の相思相愛は心の中で密《ひそ》やかに続いていたのです。額田王が、前夫・大海人皇子の軽率な振る舞いを案じられ、注意されたのは背景がありました。天智帝は近江京で即位されるや大海人皇子を皇太弟《ひつぎのみこ》とされました。つまり次期大王の後継者とされたのです。それは――天智帝の三人の皇子、志貴皇子、川島皇子、大友皇子はいずれも婢母腹でしたから、群臣たちの承認を得られぬ――ことが、明白だったからです」

四人は先刻の講義で納得している。

「しかし、大友皇子が文武に秀でた皇子に育ってくると、中大兄の心中に迷いが生じていました。この雰囲気を最も敏感に察知したのが……額田王でした。――軽々に手など振って、鎌や中大兄の謀殺の事由にされてはなりませぬぞ――との暗号でした。額田王の危惧《きぐ》は、数年のうちに現実となりました」

間髪を入れず、

「壬申《じんしん》の乱です」

と、書持が、待ちかねたように応じた。

家持、書持だけでない。壬申の乱と聞くと旅人も坂上郎女も興味をそそられる。

憶良は、一家の微《かす》かな興奮を静めるように、空咳をした。

「今夜は中大兄と鎌の異常な漁色を中心に講論致しました。最後に額田王と大海人皇子の生涯変わらぬ相思相愛の名歌で終わりました。若たちには、中大兄のような女漁りではなく、大海人皇子と額田王のような麗しい、すがすがしい恋をしてほしいと思います。相手の心を踏みにじったりしない、傷つけない恋。相手から惚れられる恋をなされまし」

「いやいや、なかなか佳い話で締めていただきありがたい。親からは、照れくさくてなかなか話し出せぬものよ。憶良殿、では一献やろう」

（楓と老いらくの恋を楽しまれている憶良様だからお説教にも実感があるわ）

愛した夫、宿奈麻呂を失ってまだ一年も経っていない坂上郎女は、少しばかり楓に嫉妬していた。

「兄上、妾も一献いただき、新しき恋を探しましょう」

と、笑いながら立ち上がった。

第十四帖　百済《くだら》滅亡

きれいな姫　善花《ソンファ》姫
薯童《ソドン》と遊んで　宮中へ帰る
（新羅《しらぎ》　薯童謡《ソドンヨ》）

（一）新羅の醤《ひしお》

憶良の馬を曳く権が、韓《から》焼きの壺を背負っていた。中は韓の味噌である。権の背後を歩く小者は、やや大ぶりの素焼きの壺を背負っていた。こちらには味噌漬けの沈菜《キムチ》が入っていた。

数日前、那大津の楓から、――久しぶりに新羅船が入港し、前からご要望のありました珍味を入手しましたのでお届けします。それぞれ一壺を、坂本の館へ酒の肴に差し上げてくださいませ――との添え書きがあった。

（楓様は――今夜首領が若たちに何を講義されるか――ご存知のようだ）

権の小壺の味噌は、豆麴《こうじ》を発酵させたものである。一方、沈菜は、冬季野菜の取れない韓半島北部の人々にとっては、貴重な食材であった。この頃はまだ唐辛子は半島に存在していない。単純な塩水漬けが多かったが、貴族や富裕な商人たちは、醤《ひしお》から作る味噌や醤油も利用し始めていた。

「権、漬物にもお国柄があるのう。そちと唐にいた間は、蜀（四川省）の搾菜《ザーサイ》をよく食べたが、美味かったたな。搾菜は飽くことのないおおらかな味わいの漬物だったのう」

「左様でございます。それに比べると、韓の沈菜は大蒜《にんにく》や醤が効いて、コクがあり、個性の強い漬物でございます」

「今宵はこの醤や沈菜を若たちに実際に味見をさせたうえで、講論をする算段じゃ。韓三国の抗争の話を、食物で身近に感じられるであろう」

（さすがは首領だ。醤や沈菜も話の種に使われるとは……）

「耳学問をたのしみにしております る」

「警備は抜かるなよ」

「お任せあれ」

打てば響く主従であった。

（二）百済と倭《やまと》

旅人一家が醤や沈菜を少し試食し終わると、憶良はやおら卓上に三枚の白地の半紙を置いた。筆はまだ取っていない。

(何を書かれるのであろうか?)

家持の心を読んだ憶良は、その瞬間口を開いた。

「今夜より三、四回かけて、韓半島で七百年続いた百済国が、あっという間に滅亡、文字通り地上から消えた話と、わが国に及ぼした影響について講論します。若たちが容易に理解できるように、百済と倭の大きな歴史の流れと、韓半島の地図を書きましょう」

憶良はやおら筆を手にした。黒板などない時代である。四人の眼が、その墨跡を追った。

倭国激動の十余年

斉明六年(六六〇) 百済滅亡 難民大挙倭国に渡来
斉明七年(六六一) 在日の百済豊璋《ほうしょう》王子より、百済復興支援の要請あり
九州出兵
斉明天皇筑紫で崩御
(称制)天智二年(六六三) 白村江《はくそんこう》――「はくすきのえ」ともいう――の戦いで倭軍惨敗
天智四年(六六五) 戦勝国唐より使節
(即位)天智六年(六六七) 近江遷都 天智天皇正式に即位
天智七年(六六八) 高句麗《こうくり》滅亡 新羅《しらぎ》が韓半島統一
天智八年(六六九) 中臣鎌足薨去《こうきょ》 藤原賜姓

天智十年（六七一）　大友皇子太政大臣、大海人皇子吉野へ避難、天智天皇崩御
天武元年（六七二）　壬申の乱

「なるほど、すべて百済滅亡から始まっているな。この年表は家持、書持に分かり易かろう」

「女の頭にもよく理解できますわよ、兄上」

「じっと眺めていると、いささか疑問の点も浮かんできた」

「ご質問はおいおい伺うことにしましょう」

（まずは皆の興味を集中できたな）

と、憶良はほくそ笑み、

「ついでに百済滅亡直前の韓半島での百済、新羅、高句麗三国の、国境と王都、および錦江や白村江の戦いの場所などを略図に致しましょう」

憶良は二枚目の半紙にさらさらと地図を描いた。

（さすがは候の技だな）

旅人は武将の眼で地図の出来栄えを見ていた。

「国境はしばしば変わるので、若たちは——北は高句麗、東は新羅、西は百済——と、大まかに把握すれば十分でございます。ついでに倭と唐も入れておきます」

少年二人は頷いた。

「さて、百済が滅亡したのは第三十一代の義慈《ぎじ》王の時です。しかし、その遠因は祖父の昌王（威徳王）

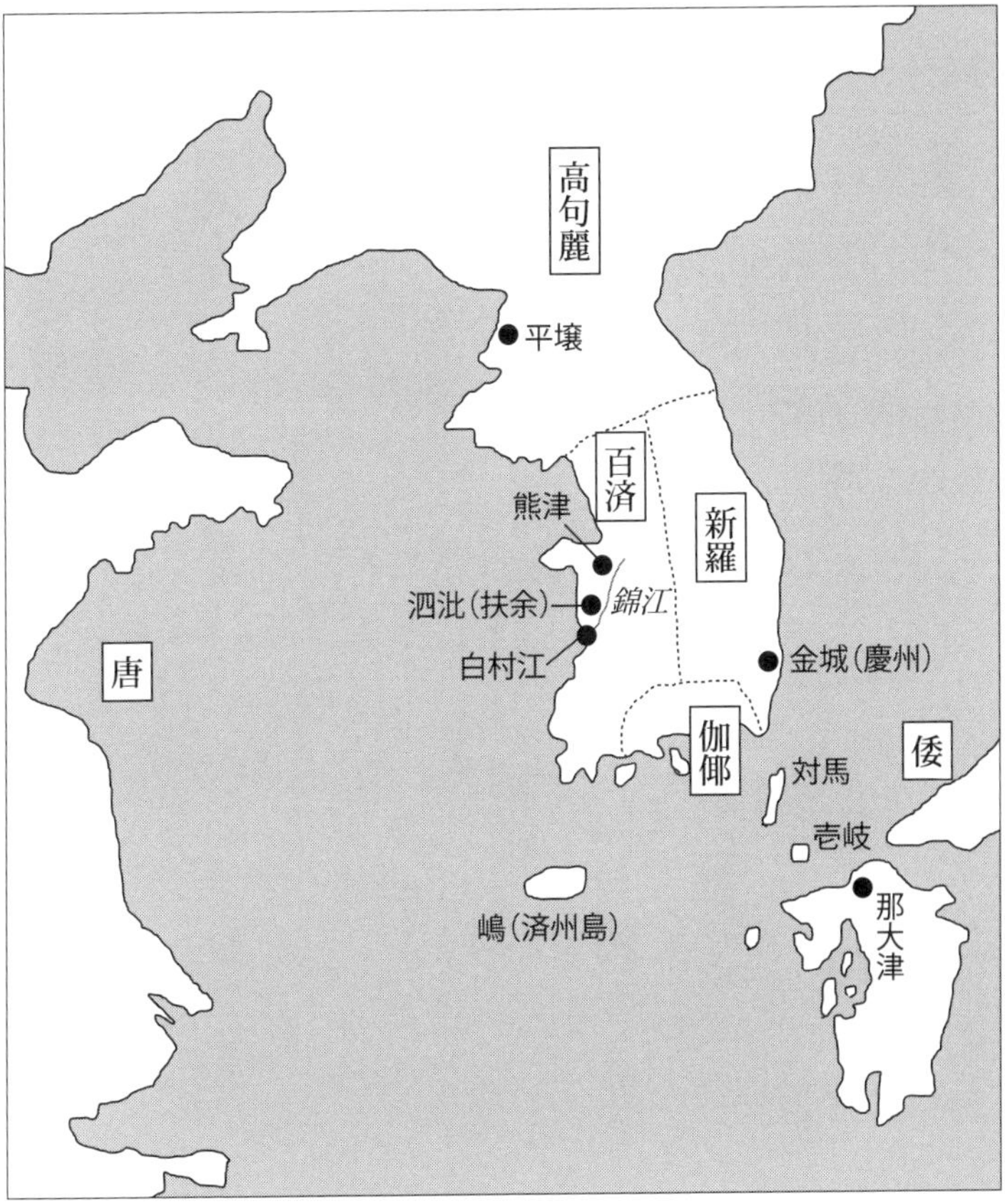
高句麗
平壌
百済
熊津
新羅
泗沘（扶余）
錦江
白村江
唐
金城（慶州）
伽倻
倭
対馬
壱岐
那大津
嶋（済州島）

や父君の武王の時から始まっています。百済の王統は、わが国にはあまり知られていませぬが、実はわが国とも関りが深く、それがしの後日の講論の核心にもなります。それゆえ、百済王朝末期の系図も書きましょう」

旅人は、憶良の行き届いた配慮に感服した。

百済王統

（第二十六代より三十一代まで）

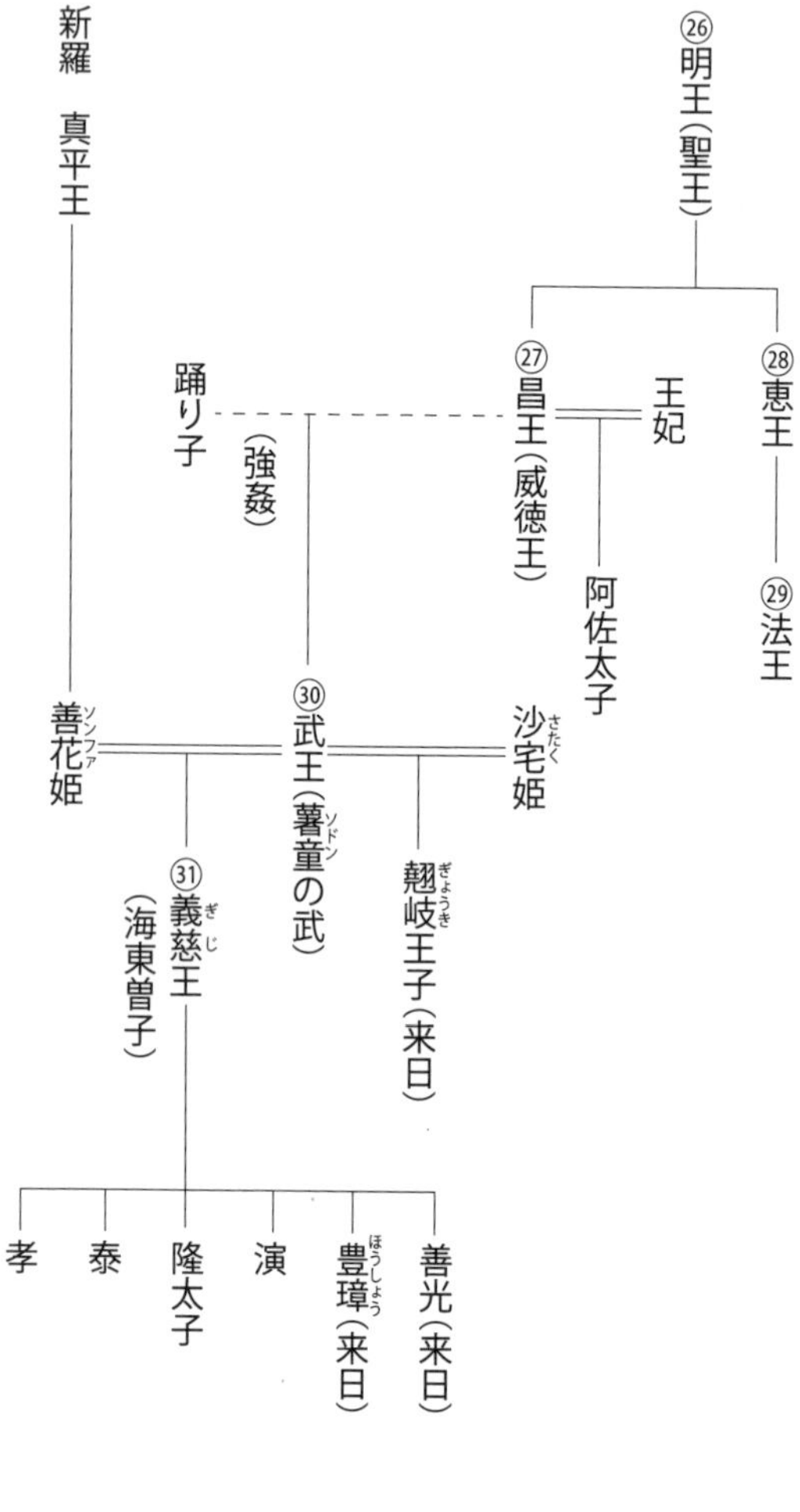

「ほほう。この系図を余は初めて目にする」

「これはそれがしの調べによるもので、世間に伝わる系図とは異なる部分もございます。この点をあらかじめお含みおきくだされ」

「相分かった。これまでも——憶良殿の説明は筋が通っている——と、納得しておるわ」

「では『薯童《ソドン》』——薯売りの子わっぱ——と蔑《さげす》まれていた武王の、波乱に満ちた生涯の前に、父昌王（威徳王）の逸話から始めましょう」

（三）踊り子と王

「系図をご覧ください」

憶良はまず王統の明王を指差した。

「明王は南下する高句麗に対抗するために、新羅《しらぎ》および倭、すなわち大和朝廷と連携を結びました。仏教の保護に熱心で、わが国に初めて金銅仏や経典を伝えました。第三帖で述べました蘇我馬子の時代です」

（そうか、あの時代の百済か）

家持、書持は、蘇我専横の講義を想い出し、大きく頷いた。

「明王は王都を熊津《ウンジン》（現公州）から南の泗沘《サビ》（現扶余《プヨ》）に移しました。更に、王女を新羅王に嫁がせ、友好を深めました」

「政略結婚だな」

「しかし、韓半島の南部、伽倻《かや》――わが国では任那《みまな》と呼びます――諸国の領有をめぐって、百済と新羅は対立しました」

その瞬間、家持が、

「先生、――欽明《きんめい》天皇のとき、わが先祖の金村が百済の領有を承認され、それを物部に『大伴の弱腰外交』と指弾され、失脚した――との講話を想い出しました」

(さすがは怜悧な御曹子だ。記憶力がよい)

旅人が父親顔で微笑み、頷いた。

「その伽倻を新羅に奪われたので、明王は立腹されました。家臣たちの諫《いまし》めを聴かず、新羅に攻め込みました」

戦話《いくさばなし》になったので、二少年の眼は輝く。

「王子の昌も、一軍を率いて侵攻しました。ところがある戦いで王子の軍は孤立しました。父の明王は占領していた城を出て、昌王子の救援に向かいました。新羅は伏兵を置き、この時を待っていました。明王は襲われ落命しました。首は新羅軍に持ち去られました」

(将なれば致し方ない)

兄弟はそれぞれ明王の最期を頭に描いていた。

「一方、昌王子は苦戦の末に危機を切り抜け、やっとの思いで、都の泗沘《サビ》に帰還しました。戦死した明王は、在位三十余年の名君でした。国民は『聖王』との諡《おくりな》で尊称しました。昌王子が即位して、第二十七代昌王を名乗られました。ここまではよろしいですね」

「はい」

「悲運の死を遂げた前王の祭祀を行うべく、王族や高官が喪に服している時、あろうことか、昌王は美しい旅の踊り子を見染め、強引に操《みさお》を奪いました。踊り子には恋人がいたのです。喪中のこととて顰蹙《ひんしゅく》を買いました。踊り子は身籠って男の子を生みました。昌王はこの子に武という名をつけました。しかし、事情が事情だけに、母子を後宮に迎えるわけにはいきません。昌王は踊り子に、王子である証《あかし》の宝玉を渡して、百済の国から立ち去らせました」

「まあ、何と酷い王でしょう。喪中にもかかわらず欲望に駆られ、恋人のある女を犯したうえ、自らの保身のために国外に追放するとは……あきれ果てましたわ。女の立場から断じて許せませぬ」

気性の強い坂上郎女が、即座に憤慨した。

「まあまあ、そう怒るではない。憶良殿の話を聴こう」

と、旅人が妹を宥《なだ》めた。

（四）薯童《ソドン》

「踊り子は乳飲み子を抱え、泣く泣く隣国の新羅へ逃げました。百済の民であることや、赤ん坊の武が百済昌王の落胤であることを隠して、苦労して育てました。母子家庭の子、武は幼少の時から路傍で薯《いも》を売って、家計を助けていました。人々は武に『薯童《ソドン》』とあだ名をつけて蔑《さげす》んでいました」

「可哀相に……」

坂上郎女はしきりに同情する。

(百済の王子が新羅で薯売りとは！)

少年二人はますます興味を持って聴講していた。

「武は、『薯童』のあだ名を卑下せずに、明るい快活な少年に育っていました。ある時、街の中で、美しく活発な少女が、同じ年頃の薯売りの武に目を止めました。そうそう二人は今の若たちの年頃でした」

同年と聞くと、興味は一層募る。

「薯童の武は、すぐにこの少女が高貴な育ちと知りました。巷《ちまた》に興味を持つこの少女と何度か会い、遊ぶうちに、彼女は『国王の真平王の公主《こうしゅ》(皇女)善花《ソンファ》です』と、身分を明かしました。この時点では、武は自分が百済の王子とは知っていませぬ。母がまだ秘していたのです。二人は公主と薯童、天と地ほどの身分の差など意に介さずに、相思相愛の仲になりました。――将来は結婚しよう――と、誓いあいました」

まだ恋人のいない家持は、同年と聞く武を、少しばかり羨ましく思った。

「たびたび宮廷を抜け出し、遊んで帰る善花姫の挙動に気を揉《も》んだ女官たちは、姫の外出を止めました。姫と逢引のできなくなった武少年は、即興の童謡《わらべうた》を創り、唄いました」

憶良が子供の声色で唄った。

美しい姫　善花姫《ソンフア》
薯童《ソドン》と遊んで　宮中へ帰る

「王都金城《クムソン》（現慶州）の子供たちは、面白がって唄いました。薯童謡《ソドンヨ》はあっという間に城下町に広まり、さらに宮中にも伝わり、遂に真平王の耳に達しました。善花姫の外出と、路傍の少年との遊びを初めて知った王は――善花姫はふしだらである――と、誤解して、烈火のごとく怒りました。――武の命が危ない――と察した姫は、密かに侍女を街に走らせました。武と母は、そのまま金城の街から姿を消しました。一方、真平王は――王室の品位をいたく傷つけた――との理由で、愛娘の善花姫を遠く島流しにしました」

「まあ、可哀相に……それで二人の純愛は終わったのでしょうか？」

坂上郎女にとっては恋愛の結果が知りたい。

「薯童の武と母は、新羅と百済の国境の寒村に身を潜めていました。武母子が百済を去って以来、祖国ではいろいろなことが起こっていました。父の昌王は、旅の踊り子との情事を反省し、心を新たにして国政に取り組みました。死後（五九八）国民は昌王に威徳王と謚《おくりな》を付けました。系図をご覧ください。昌王には王妃との間に皇太子の阿佐太子がいました。しかし、王位は太子に譲位されずに、王統は昌王の弟君、恵王、その王子の法王に移りました」

（そうか。百済の王家にも内紛があったのか）

これまでの講義の経験から、一家は憶良が王統図を用意した配慮がよく分かっていた。

「一方、薯童武の母は、臨終の際に『あなたの父は百済の昌王です。この宝石が王子の証拠です』と首飾りを武に渡しました。自分が百済の王子と知った武は、遠く流され幽閉されていた善花姫を、苦労の末救出し、結婚しました」

想像を超える物語の展開に、一家四人は固唾《かたず》を飲んで聴き入った。

「今夜の講論は百済の滅亡が主題ですから、武王子の苦労談は省略します。さて、昌王の嫡流阿佐太子と、庶子の武王子は、ふとした縁で異母兄弟と知りました。二人は協力して、叔父の恵王や従兄の法王より王位を奪還すべく争います。この肉親の間の闘争の過程で、阿佐太子は亡くなりました。紆《う》余曲折《よきよくせつ》の結果、薯童の武は勝利して、百済第三十代の王に即位しました。（六〇〇）新羅王家の姫、初恋の善花姫を晴れて妃に致しました。二人の間に玉のような男子が生まれました。後に第三十一代百済国王の義慈王となる海東曾子です。武王は王后として、百済貴族が推薦する沙宅《さたく》姫と婚姻し、翹《ぎょう》岐《き》王子が生まれました」

「まるでおとぎ話の様な薯童王子の実話でございますわね」

坂上郎女の感想の言葉に、家持兄弟も大きく頷く。

「武王も国民も、――百済と新羅の婚姻により、北の強国高句麗に対抗できる――と、考えました……が……」

「そうならなかったのですか？」

書持ちが首を傾げた。

「はい。長話になりますので、少し休みましょう」

憶良は白湯を口にした。

（心憎いばかりの講談だな。息子たちはすっかり引き込まれているわ）

（五）武王の二股外交

「政情はそう簡単には動きませぬ。なにしろ韓半島の三国は、何百年も鼎立《ていりつ》し、国境争いや面従腹背の外交を繰り返していました。百済は海を隔てているとはいえ、すぐ西隣の隋、唐や、わが倭国との勢力争いもありました。さらに国内では地方の貴族、豪族の力が強く、王権は不安定でした。大貴族の中には、新羅の姫との婚姻や親善を好まぬ者もいました。したがって武王は、百済を取り巻く国々と、その時々の情勢により、複雑な外交政策を取らねばなりませんでした」

「そうか。地理的に百済は四カ国に囲まれているわな」

旅人一家は、憶良が韓半島の地図に倭と隋唐を記入した意味を、はっきりと理解した。

「武王は、強国の高句麗の南下を防ぐため、高句麗と国境争いを繰り返していた隋に朝貢をしました。臣下の礼を取ったのです。同時に、高句麗の方にも、内密で誼《よしみ》を通じていました」

「下世話に申せば『二股外交』か？」

「その通りでございます。一方、隣国の新羅とは善花《ソンファ》姫との婚姻で、一時は親密でした。しかし長くは続きませんでした」

「何故ですか？」

家持が反応した。

「両国の南方伽倻《かや》諸国、いわゆる任那《みまな》の領有をめぐって、紛議が絶えず、不仲になりました」

「前の昌王の時もそうでしたが……」

「そうです。この地方がいつも紛争の火種でした。武王は、国内貴族の突き上げもあって、遂に新羅侵攻を決断しました。愛する善花姫の父、真平王と交戦しました。武王は、その名の示す通り勇猛でした。連戦連勝、新羅は亡国の窮地に至りました。たまりかねた真平王は、遂に唐に救援を求めました。大国の唐は二国の仲裁に入り、両国は休戦しました」

「そうか、百済が強くなると、新羅は唐にすがったのか」

「そうです。武王が百済の大軍を動かして新羅に攻め込み、多くの城を奪うことができたのは、先ほど申したように、北の高句麗とは内内で和親を結んでいたからです」

家持、書持は、国と国とが離合集散する複雑な裏事情が、少し理解できた。

「さて、それがしが薯童の武王やその父昌王（威徳王）を話題にしましたのは、武勇伝や恋物語以外の大事な事情があるからです」

（はて何であろうか？）

一家四人が憶良の発言を待つ。

「当時の昌王や武王とわが国は、実に関係が深かったのです。時代は昔に戻りますが、昌王（威徳王）二年（五七七）、王は、王都泗沘《サビ》（扶余《プヨ》）に王興寺の建立に着手しました。実際に完成したのは武王三十五年（六三四）です」

「随分長くかかったのだな」

と、旅人がすぐに疑問を述べた。

憶良が微笑み頷いた。

「そのことでございます。系図をご覧ください。昌王の没（五九八）後の王位は、不仲だった弟一家、すなわち第二十八代恵王、第二十九代法王に移りました」

「なるほどそうであったか。建立の遅れは分かった。ところでわが国との関係は？」

「倭国の用明二年（五八七）に戻ります。蘇我馬子が飛鳥に法興寺の建立を発願《ほつがん》しました。この時百済の昌王（威徳王）は建築技術者十余名をわが国に派遣したのです」

家持がすぐに応えた。

「先生、覚えております。たしか第三帖『丁未《ていび》の役』——蘇我と物部の争い——の講論でした。その時先生は『百済は渡来人の蘇我を通して、倭国の支配を目論んでいた』と申されました。その王が、薯童《ソドン》（武王）の父、昌王（威徳王）だったのですね。泗沘（扶余）の王興寺と、飛鳥の法興寺はそれだけを取り上げれば、単に同規模、同様式の寺院建築という——点と点の関係——に過ぎません。だが、蘇我氏が介在すると、渡来人という——線で結ばれ、さらに百済国と倭国という政治の——面の関係——になることがよく分かりました」

家持が興奮しながら一気に述べた。

（素晴らしい弟子だ！　吾の言いたいことを完璧に理解し、咀嚼《そしやく》している）

「お見事です。百済は北の高句麗や、東の新羅と戦ったり和睦したり、不安定な政情を繰り返していました。それゆえに、――南の倭国に、仏教や土木建築技術などを伝え、精神文化面で支配下に置こう。あわよくば政治支配も――という長期戦略だったのです」

「ふーむ。長期戦略か……そこまでは考えが及ばなかった。なるほど、筋が通るわ」

「武王（薯童）もまた父の方針を引き継ぎました。次子の翹岐《ぎょうき》王子を、密かに名を変えて倭へ送り出し、僧旻《みん》の塾へ留学させさせました」

旅人は、己が生まれる前の話とはいえ、内容の重大さに慄然《りつぜん》としていた。

「さらに、百済の王朝とわが国が、より複雑かつ緊密になった状況を、武王の子、第三十一代義慈王の事例でも説明しましょう」

一家四人は、憶良の一言一句も聞き漏らすまいと身を乗り出していた。

（六）義慈王の異母弟追放

「系図に戻りましょう。繰り返しますが、薯童《ソドン》の武王と善花《ソンファ》姫の間に生まれたのが海東曽子、後の義慈王です。幼少の頃から両親を敬い、四十二歳で王位に就くまでは、正義感の強い、自負心に富む皇太子でした。しかし武王の崩御（六四一）により即位すると、国民の人気を背景に、大胆な改革を実行しました」

いつものように、ここで一息置く。一家四人の集中力は高まる。

「何をされたと思いますか？」

家持兄弟は首を振る。

「日本に留学していた異母弟の翹岐《ぎょうき》王子だけでなく、王子と親しい佐平（大臣）らも国外に追放したのです」

「なぜ弟を？　異母弟とはいえ肉親ではないか？」

亡き宿奈麻呂や坂上郎女など異母弟妹を差別しない旅人ならではの疑問であった。

「義慈王の生母善花姫は新羅の真平王の皇女です。百済の国内には新羅王室の血が濃い義慈王に距離を置く貴族たちがいたのです。彼らは、百済貴族の出身沙宅《さたく》王后と、武王の間に生まれた翹岐王子を支持していました。義慈王にとっては、彼らは厄介な存在だったのです」

「翹岐王子は日本にいましたが、佐平たちは何処へ亡命したのですか？」

「北の高句麗ですか？」

兄弟が相次いで質問した。

「いえ、嶋（済州島）です。その後彼らはわが国に来ました」

「えっ！　倭《やまと》へ」

「そうです。わが国にはこれまで様々な理由で渡来してきた百済人が沢山住んでいます。翹岐王子たちを受け入れる人脈はありました」

「蘇我氏ですか？」

「いいえ。蘇我氏は百済の昌王や武王、さらに義慈王と結びついていましたから、翹岐王子を庇護するわけにはいきませぬ。しかし百済系渡来人でも、蘇我氏を快く思わなかった者も多数いました。巨勢氏や金氏などです」

「なるほど。反蘇我の渡来系豪族たちを頼ったか。して、翹岐王子はわが国ではどのように過ごしたのであろうか？――その名の王子が留学してきた――とは耳にしたことがあるが、その後の消息は全く存ぜぬが……」

旅人が疑問を述べた。

「まことに大事な点でございます。翹岐王子は入国しますと、直ちに和名に変えて、目立たぬように暮らしました。したがって公の記録には翹岐王子の名はございませぬ」

「何という和名でございましょうか？」

坂上郎女も興味を示した。

「皆さまよくご存じの方です」

「えっ！　何方であろうか？」

一家は唖然《あぜん》として首を傾《かし》げた。

「詳細は第二十三帖『落胤』で明かしましょう。それまで皆様で推論してくだされ」

「憶良様はいつもこうして焦《じ》らされますわね」

坂上郎女が艶っぽい流し目を憶良に送った。

憶良は平然と受け流し、微笑みを返して、

「今夜は百済滅亡が題目ですから、薯童の武王を継いだ義慈王の治世に話を戻しましょう」

（七）誤算

「義慈王は異母弟の翹岐王子と一派を国外追放し、国内の政治体制を掌握しました。対新羅政策は、和親ではなく侵略による領土拡張策を取りました」

「武王に似ていますが……」

と家持が感想を入れた。

「その通りです。百済と新羅は常にいがみあう宿命だったかもしれませぬ。さて、義慈王の許に団結した百済軍は、連戦連勝して、国土は拡大しました。しかし、信義に篤い名君だった義慈王は、いつしか自信過剰となり、傲慢で非情となり、さらに酒色に溺れ、政事をおろそかにするようになりました」

「うむ。権力の座に就くとありがちなことだな」

「たまりかねた佐平（大臣）の成忠将軍ら正義感の強い者たちが、新羅侵攻の深追いや、王の乱れた生活を諫《いさ》めました。義慈王は諫言《かんげん》に耳を傾けず、逆に、彼を捕らえ牢に入れ、一派を追放しました。成忠将軍は、入牢後も新羅侵攻を諫め、遂に獄中死致しました。その後、王を諫める重臣はいなくなりました」

（そうか！）

旅人は思い当たった。

（年初、憶良殿から身の上話を聴いた折、――母方の祖父は百済王族の学者であったが、身の危険を感じて、わが国へ亡命した。追手を差し向けられた――と申された。……成忠将軍派だったのかな？）

（その通りでございます）

憶良は旅人の表情から意中を察知していた。

黙って旅人の眼を見て、頷きを返した。


「慢心した義慈王は、国境周辺の領土蚕食《さんしょく》では満足しませんでした。――新羅全土をわが掌中にしよう――と、更に深く攻め込みました。最も重要なのが大耶城《テヤソン》の攻略でした」

城攻めの話である。武人一家四人の眼はらんらんと輝く。

「この城は王都である金城《クムソン》（慶州）を守るうえで重要な拠点でした。城主の金品石は、新羅の重臣金春秋将軍の娘婿でした。金春秋は後に新羅国王武烈王となる傑物です。義慈王の軍は大耶城を攻め落とし、降伏した城主夫妻を斬首し、二人の首を金春秋に送りつけました。肢体のない首を受け取った金将軍は、身を震わせて憤怒しました。『この怨みは必ず晴らさずしておくものか！』と、復讐を固く決意しました」

武将旅人は、金春秋将軍の心情がよく理解できた。憶良は続けた。

「金春秋は、――劣勢にある新羅一国では、百済を滅ぼすことは難しい――と、冷静に判断しました。金春秋はまず自ら高句麗に赴き、連合軍組成の話を持ちかけましたが、不調に終わりました。そればかりか高句麗軍に監禁されました。春秋将軍は苦労の末、無事脱出に成功し、帰国しました」

(金春秋将軍や新羅はどうなるのであろうか)

家持、書持の興味は増す。

「金春秋は倭にも来ましたが、救援の話は成立しませんでした。金春秋は、最後の望みを賭けて唐へ渡りました。唐は長年高句麗と国境争いをしていたので、新羅が百済を滅ぼした後、後方から高句麗を攻めることを期待し、遂に両国の連携が成立しました」

「なるほど、韓三国と倭、唐の五カ国間での凄まじい駆け引きだな。金春秋将軍の外交手腕というか、実行力は素晴らしいな」

「娘夫妻の仇討と、国家の存亡を背負った金春秋の交渉には迫力があったのでしょう」

「同感だな。口先外交では唐、新羅の連合軍は組成されぬ。金将軍自身、命を懸けた行動の成果だ」

「一方の百済の義慈王は、――要衝の大耶城奪取を機に、高句麗と同盟して一挙に新羅を殲滅《せんめつ》しよう――と、画策しました。しかしこれは利害が一致せずに、不首尾になりました。百済の義慈王の自信過剰による強気の態度が、高句麗には鼻もちならなかったのでしょう」

(そうであったか)

中納言として国家の運営に携わった旅人には、彼らの駆け引きは他人事《ひとごと》と思えなかった。

旅人の心中を見通したように、憶良が断定した。

「唐、新羅連合の結果、韓半島の軍事力の均衡が大きく崩れました」

（八）王国の滅亡

「かくして、わが国の斉明六年（六六〇）、唐十三万、新羅五万、合計十八万の大連合軍は、海と陸から一挙に百済に襲い掛かりました。唐の軍船は白村江《はくそんこう》（錦江河口）を遡《さかのぼ》り、王都泗沘《サビ》の要害、扶蘇《プソ》山城《サンソン》を攻めました。義慈王率いる百済の軍団は、あっという間に、連合軍に蹴散らされ、落城しました。この時、籠城していた後宮の女官たちは、城の背後の崖から次々と錦江に身を投じました。その有様は――まるで白い花が散るようであった――ところから、この崖は『落花岩』と呼ばれるようになりました」

「まあ可哀相に……女官たちはどのような気持ちで、大地を蹴ったのでしょうか。戦になると女はいつも苦労し、儚《はかな》い命ですね。今回の百済滅亡の過程では、新羅との戦いで命からがら帰還した昌王子が、旅の踊り子を犯し、身籠らせた上、追放しました。薯童《ソドン》の武を育てた踊り子の苦労は計り知れません。でも救いは武王が初恋の新羅の善花《ソンファ》姫と結ばれたことでした。二人の間に海東曽子（義慈王）が生まれた喜びも束の間、夫の武王は姫の父君である新羅の真平王と争ったとのお話――。この時姫は針の筵《むしろ》に坐ったようなお気持ちだったでしょう。さらに子の義慈王も母の祖国を侵略しました。この時まで姫がご存命だったかどうか存じませぬが……百済滅亡と女人の哀れさがよく分かりました」

坂上郎女の関心は、新羅、百済を問わず、女人たちの悲運に注がれていた。

（さすがは才女坂上郎女様だ。百済末期の問題点を女人の視点から完璧に理解されている）

「義慈王たちはどうなったのですか？」

戦の成り行きを知りたい書持の質問が、憶良を講師に引き戻した。

「落城の前に城を脱出して、旧都熊津《ウンジン》の城に入りました。しかし、唐、新羅の大軍には到底敵《かな》わないことは、火を見るよりも明らかでした。義慈王と隆太子はほどなく降伏しました。二人は、捕囚として唐に連行されました。その他の百済の王都泗沘《サビ》（現扶余《プヨ》）の王城や壮麗な寺院などをすべて破壊、焼却しました。その他の百済の街も完膚《かんぷ》なきまでに打ち壊され、七百年の王国は歴史の幕を閉じました」

「歴代為政者の無謀な欲望や思慮不足、あるいは見通しや判断の過ちが、国を滅ぼしたのか……。街も……わが倭の歴史では、いまだ外敵による国家消滅のごとき危機はなかったゆえに、余には正直なところ、国家消滅の実感が湧かぬ。だが、憐れなのは、家臣たちや民百姓か？」

「左様でございます。この百済滅亡の時、彼らは大挙してわが国へ逃げて参りました」

暗い話であった。しばらく沈黙が続いた。


「以上のように、百済は坂道を転げ落ちるように、短い期間で滅亡しました。その衰亡の過程で、国家に身命を捧げた三人の忠臣が語り継がれています」

「ほう、忠臣が三名もいたのか？　その話を聴きたいものだ」

「はい。――新羅侵攻は愚策である――と、義慈王を諫め、獄中死した成忠将軍のほかにも、士魂の重臣がいました。一人は、剛直の性格のため義慈王に疎まれ、遠方に配流《はいる》された身でありながら、最後まで救国の方策を模索、熟考し、王に献策を続けた興首《フンス》と申す将軍です。興将軍は新羅の進軍を防ぎ、唐の水軍を錦江深くに入れませんでした。いま一人は――唐、新羅の連合軍とは負け戦になる

――と、承知しながら、大軍に戦いを挑んだ階伯《ケペク》将軍です。それがしは――この三将軍は、主君義慈王への忠誠心よりも、百済という国家のために殉死した――と、解釈しています。なかでも階伯将軍は、出陣に先立ち、妻子の生命を、自らの手で断ち、討ち死にを覚悟で、僅かな決死隊を率いて戦場へ向かいました」

感情を殺した憶良の話が続く。

「将軍は十数万の大軍を相手に、四度突撃を敢行し、遂に全員戦死した――と伝えられています。この軍ぶりを見た新羅の名将金庾信《キムユシン》は『百済滅ぶとも、そこに将あり』と、階伯《ケペク》将軍を讃えました。ちなみに、金庾信将軍は、後に新羅の武烈王となる金春秋将軍の義兄です」

（そうか。階伯将軍は妻子の命を自ら断って、戦場へ赴いたか。……他人事ではない。壬申の乱の折、父や祖父はどのような気持ちで吾らを置いて出陣したのか？……もし、負け戦と分かっている出陣をせねばならない時に……はたして吾は家持、書持の首を刎《は》ねるであろうか？……あるいはいずれかへ亡命あるいは避難させるであろうか？）

旅人は、武将と父親の立場の狭間に立って、粛然《しゆくぜん》として自問自答していた。

この時旅人は、まさか半年後に、畏敬する長屋王が、自らの手で王妃と四人の王子を手にかけねばならぬ悲劇に追い込まれるとは、夢想だにしていなかった。

配流ではないが、太宰府に体よく左遷されている旅人は、育ての母郎女《いらつめ》を失った家持、書持をいとおし気に見詰めていた。

旅人の心の奥底を察した憶良は、さりげなく講話を続けた。

「義慈王は、新羅包囲外交の一環として、父祖以来親交のあった倭の王朝との親交を望んでいました。そのため唐、新羅連合軍の侵攻以前に、二人の王子をわが国に派遣していました。豊璋王子と善光王子です。——百済は倭を攻めない。友好を望んでいる——という証《あかし》でした」

「ということは、百済滅亡の時、倭には百済の三王子がいたことになりますか？」

「その通りです。義慈王に追放された異母弟の翹岐《ぎょうき》王子と、義慈王の王子二人です。百済の滅亡、義慈王と隆皇太子の唐への捕囚などで、三人は微妙な立場になりました」

「なるほど。立場は逆転したか？」

「次回には豊璋王子を中心とした百済復興の動きから白村江の敗戦などについて、それがしの調べたところを語りましょう」

「それは面白そうだな。では先刻味見をした沈菜《キムチ》などをあてにして、滅亡した百済に献杯《けんぱい》しよう。なにしろ吾らが古里飛鳥には百済の仏教文化が輸入されているのだ。その恩恵は計り知れないぞ。大いに敬意を払わねばなるまい」

「父上は何でもお酒の理由になされます」

と、書持が痛烈に揶揄《やゆ》して退室した。

（いい父子関係だな）

憶良は羨まし気に眺めていた。

第十五帖　鬼火《おにび》

熟田津《にきたづ》に船乗《ふなのり》せむと月待てば潮《しほ》もかなひぬ今はこぎ出でな
（額田王《ぬかたのおおきみ》　万葉集　巻一・八）

（一）垢穢《くえ》

坂本の帥館に船長《ふなおさ》の甚のだみ声が響いた。家持と書持が走り出てきた。

「若たちよ、うちの水夫どもが昨晩《ゆんべ》荒磯ででっけえのを釣り上げたんで、持ってきましたぜ」

筵《むしろ》の上には体長四尺（一・二米）はあろうかと思われる巨魚が横たわっていた。いかつい魚相に二人は度肝《どぎも》を抜かれていた。

「甚、何という魚じゃ。初めて目にする」

「わっはっは。山ん中の京師《みやこ》じゃお目にかかるこたあごぜえますまい。『くえ』（垢穢）と申します」

「何だと？　クエ？」

「わしらは『あら』（荒魚）とも言いますがのう。荒磯の岩場深くに棲んでいる大魚じゃ。釣るのは難しい。大きいのは三尺（一米）じゃが、こんなでっけえのは珍しいぞ」

「何か汚い魚だな」

書持が率直な感想を述べる。

「こんめえ（小さい）のは九条の斜め縞がついちょるけえ『九絵《くえ》』、どでっかくなると、この縞模様が消えて、全体が汚のうなるけえ、『垢穢《くえ》』という当て字になったんじゃ。しかしのう若、人も魚も見かけによらん。味は鯛や河豚《ふぐ》よりも滅法旨《うめ》え。刺身はまっこと上品なえもいわれぬ美味じゃ。臓腑《はらわた》は湯引きして、焼いたり煮たり酢の物にする。これまた絶品ぞ。食通の帥殿や館の皆のお口にと持ってきたが、若たちは『気味悪《わり》い』と食えぬか？」

「何を申すか甚、クエは食うぞ」

書持が冗談で応じた。

「はっはっは。甚、『くえ』とは嬉しいのう」

いつの間にか旅人と坂上郎女も顔を出していた。郎女の両脇には少女大嬢《おおいらつめ》と幼い二嬢《おといらつめ》が巨魚を見て驚いていた。

「骨はやけに硬《かて》え。鱗《うろこ》や内臓《もつ》の処理が難しいけえ、うちの若え者に捌《さば》かせやしょう」

水夫と膳部の者たちが巨魚を運んでいった。

「さて帥殿」

甚が改まった。

「何じゃ」

「今宵のお話は、あっしも庭先で聴きとうごぜえます。ちょっくら船乗りにも関係がありそうなんで……」

（そうか、宗像海人部《むなかたあまべ》の甚は、さすがは憶良の隠れ配下だけある。——機会あれば知識を増やそう——との心掛けか）

「よかろうぞ、甚。庭に回れ」

「若たちは『くえ』の捌《さば》きを観たいでしょうが、調理の間に講義を済ませましょう」

と、憶良が家持、書持を室内に入るよう促《うなが》した。

「今回は敗戦後の百済と、大和朝廷の対応や斉明女帝崩御《ほうぎょ》まで、激動の二年間を詳しく講論します。百済支援軍の奮戦や白村江の敗戦は次回にします」

憶良は庭の権や甚にも分かるように、口にしながら半紙に書いた。

百済復興軍の蜂起

大和朝廷との駆け引き

徴募の偏《かたよ》り

熟田津《にぎたづ》の詠唱

鬼火
斉明女帝崩御の謎
称制《しょうせい》の大王

（復興軍の蜂起や鬼火？　それに女帝崩御の謎——面白そうだ）

武将の子、家持と書持の眼は半紙の文字に食いついている。

「なるほど。これまで余は日本書紀に目を通しても、どうも今一つ奥歯に物が挟まったような憾《うら》みがあった。女帝崩御の謎など、長年のわが疑問が一挙に解けそうだな。この順序で拝聴すれば、子供にも歴史の真実がよく分かろう」

(二) 百済復興軍の蜂起

「とりあえず歴史の流れを時系列で分かり易く書いておきましょう」

斉明六年（六六〇）　七月　百済国滅亡　義慈《ぎじ》王と隆《りゅう》太子、捕囚となり唐へ連行さる
八月　唐の主力軍　高麗《こま》攻めに転戦、百済復興軍蜂起
十月　復興軍指揮の鬼室福信《きしつふくしん》、大和朝廷へ支援要請
十一・十二月　中大兄皇子全国の諸侯へ募兵

斉明七年（六六一）
一月　斉明帝、難波津出港、伊予石湯行宮《いよいわゆのかりみや》へ
三月　伊予熟田津出港　額田王詠唱
五月　那大津入港　磐瀬行宮《いわせのかりみや》へ
七月　朝倉橘広庭宮《あさくらたちばなのひろにわのみや》の造営。鬼火、斉明帝崩御、鬼出現
八・九月　先陣　豊璋《ほうしょう》王子の帰国護送と食糧、衣糧、武器輸送
十月　ご遺体那大津出港
十二月　飛鳥川原《あすかのかわら》にて殯《もがり》

「義慈王と隆太子は唐へ連行され、王都泗沘《サビ》は完膚《かんぷ》なきまで破壊されました。官人や将兵は四散し、――百済国は文字通り消滅した――と、思われました。唐の目標は百済の領有ではなく、宿年の敵、高句麗《こうくり》（高麗《こま》）征伐でした。百済攻撃はその道程の障害物除去といった感覚でしたから、八月には主力の大軍は、高麗の王都平壌城の攻略に転進しました。――若干の兵を駐留軍として、泗沘《サビ》と熊津《ウンジン》（前王都）に、唐本国との繋ぎのために残す――という羈縻《きび》支配の政策を取りました」

「なるほど羈縻支配というのか」

「義慈王は晩年愚かでしたが、百済には前回お話した三忠臣のほかにも、気骨ある遺民《いみん》が多数いました」

「イミン？」

と、書持が疑問を口にした。

「国が滅びても、他人や他国には仕えず、節を守る人民をそう申します。各地に潜んでいた将兵たちが、『百済復興』を標榜《ひょうぼう》して蜂起しました。百済一等官の佐平《さへい》であった鬼室福信《きしつふくしん》や熱血僧の道琛《どうちん》、武将黒歯常之《こくしじょうし》、余自進《よじしん》などです。福信らは任存城《ニンソン》、自進は周留城《スル》を拠点にして泗沘《サビ》に侵入を企てるなど、抵抗運動を活発に展開しました。これを見て、全国各地で二十ほどの城が立ち上がり、復興軍は次々と手薄な駐留軍に勝利しました」

「ほう。それは初めて知った。鬼室福信だけではなかったのだな」

「はい。これらの抵抗運動によって、熊津《ウンジン》にいた唐の都督は殺害されました。しかし唐の主力軍は高麗と激戦を展開していたので、百済へ引き返せませぬ。その代わりに新羅軍が百済の残党掃討のため侵入してきました。このため先ほどの二十ほどの城は、あっという間に鎮圧されました」

家持がすかさず、

「それは何月頃でしょうか？」

(吾としたことか、時期を話し忘れたとは不覚であった。それにしても家持殿は鋭い！)

「十月初めです。鬼室福信や余自進は、それぞれの拠点で健闘していましたが、このままでは新羅軍に制圧されることは、火を見るより明らかでした。そこで福信は、急遽、倭国の大和朝廷に軍事支援を求めることを決意しました」

「そうであったか。書紀にはない復興軍の蜂起の状態と、福信の判断がよく分かったぞ」

旅人は納得した。

（三）大和朝廷との駆け引き

「皆様、新羅の大軍を相手に孤軍奮闘している福信の立場で考えながら、お聴きくだされ」

一家四人は頷いた。

「福信は――長年倭国に客分として在留している百済の余豊璋王子を復興軍の総帥として祖国に迎え、同時に、大和朝廷から兵器、食糧、更には援軍などの軍事協力を求めたい――と、考えました。滅亡した国家の復興に、海の彼方の異国に、物的、人的支援を要請する破天荒な発想です。極めて難しい外交折衝になります。――倭国の大王、斉明女帝の護念《みめぐみ》におすがりするほかに途はない――との結論です。福信は、この重要な役目の使者として、同僚の佐平貴智《きち》を選びました。豊璋王子の帰国説得と、実権者中大兄皇子との交渉の全権を委《ゆだ》ねました」

（さすがは碩学の憶良殿だ。こうした内幕を熟知しているのも、候の情報収集力か！）

武将旅人は心服というよりも畏敬していた。

「憶良様、妾《わらわ》に質問がございますが……」

「何なりとご遠慮なく」

「豊璋王子様は人質として来日されていた――とか聞いていましたが……」

「いいえ。人質ではございませぬ。これまで講論致しましたように、当時の倭国と百済は、政事《まつりごと》、文化、あるいは軍事などの面では格差がありました。百済の領地は狭くても、隋や唐の文物を知る先進国でした。ただ、百済の弱点は地理環境でした。百済は東に新羅、北に高麗、西に唐、南に倭国に囲まれています。もし倭国が新羅と深い関係になれば、百済は文字通り四面楚歌《しめんそか》になります。したがって倭国とは和親の関係が必要でした。好むと好まざるとに関係なく、わが国とは親睦を結ばねばならぬ地政的な制約があったのです。これまで百済と倭国は対等の外交関係にありました。豊璋王子は、両国の友好親善を担保する長期滞在の使節役だったと言えましょう」

「よく分かりました」


「さて本論に戻りましょう。鬼室福信の要請を受けた豊璋王子は、直ちに帰国の決意をしました。使者の佐平貴智を伴に、中大兄皇子を訪れました」

家持兄弟は手に汗を握って、成り行きを聴いていた。

「通された部屋に、中大兄皇子と中臣鎌足の主従が入ってきました。鎌足を見て、――嫌な奴が付いてきたな――と、豊璋王子の顔色がほんの一瞬揺らぎました。鎌足は平然として王子を見下し、作法通り皇太子、中大兄皇子の斜め後ろに着席しました」

「憶良様、豊璋王子は鎌足に好感を持っていなかったのですか？」

「はい。その背景は、後日第二十三帖『落胤《おとしだね》』で話します」

「まあ、憶良様は興味を先延ばしされる名人でございますわね。ではその折に詳しくお伺いしましょう」

（大事なことなのだが、ここは脇道に逸《そ》れずに続けないと……）

と、憶良は、

「帰国を決意した豊璋王子は中大兄皇太子に軍事支援を懇請、いや文字通り泣訴《きゅうそ》しました」

「なるほど泣訴か。当時の百済の窮状ではまさにその通りだったろう」

旅人一家四人は、交渉の場に着いた倭と百済の高官四人の対面の場を想像していた。

警備のため庭にいる権と船長《ふなおさ》の甚も、耳を澄ましていた。

「中大兄皇子は、これまで講義しましたように、したたかな皇太子です。大化元年（六四五）以来十年孝徳帝に、その後はご生母斉明女帝に六年仕えて、政事の実権を掌握《しょうあく》されていました。権謀術策に長けた老獪の鎌足を寵臣とする皇太子です。豊璋王子に冷ややかに、こう申されました」

憶良は声色を変え、中大兄皇子を演じた。


中大兄『豊璋王子殿、貴国復興軍への支援要請はよく分かった。軍需物資の支援はともかく――唐や新羅の連合軍は十八万の大軍だった――と聞いた。その大軍を相手に、海を渡り戦うともなると、大義名分だけでは兵は動かせぬ。最初に、百済復興軍に勝ち目はあるのかどうか知りたい。ありのままの戦況を聴こう』

迫真の演技であった。憶良は平素の口調に戻して、

「豊璋王子は背後に控えていた使者の貴智《きち》に、先ほど述べました唐軍や新羅軍の動静や戦況を説明させました。――このようなこともあろう――と先読みして、福信は経験と識見のある地味な佐平の貴智を選んでいたのです」

「鬼室福信はなかなかの切れ者よ、のう」

「その通りです。中大兄皇子は更に豊璋王子に訊ねました」

再び、中大兄皇子と豊璋王子の声色で対談を演じる。


中大兄『唐軍が高麗の平壌攻めから引き返せぬ——とすると、戦う相手は新羅兵……多くても五万か。福信はわが倭の国に何名ほどの援軍を求めているのか？』

豊璋『できますれば五万を。しかし吾らには再興の意志に燃える熱血の兵三千がございますれば、せめて四万五千でも……』

中大兄『対等以下でも勝利の目算はあるのか？』

豊璋『はい、吾らは地の利を知る上、強兵でなる倭軍の応援が分かれば、山野に潜む遺臣の参集は間違いなく……』

中大兄『戦況と救援の内容及び目算は分かった。だが、わが大王に直属し、余の一存で動かせる兵は多くはない。全国の諸侯に募兵を求めねばならぬ。大海を渡り、他国のために命を懸けるのじゃ。はたして諸侯が快く参戦に応じるか、どうか……読みが難しい……』

「ここに至って豊璋王子は中大兄皇子の質問の真意を察知しました。——皇太子は出兵に対する具体的な見返りを求められているな——」

庭の権と甚には豊璋王子の声が聞こえる。

豊璋　『佐平鬼室福信の密書によれば――私が帰国すれば総師に推戴《すいたい》する――と明記されております。もし大和朝廷のご支援により百済再興が実現されますれば、百済王となります。新羅に奪われました伽那《かな》諸国（旧任那《みまな》）や嶋（済州島《さいしゅうとう》）を倭国に差し上げます』

「しかし中大兄皇子は、黙って目を閉じていました」

旅人一家は、中大兄皇子と豊璋王子の噛みあわない交渉の状況を脳裏に描いていた。

「豊璋王子は――皇太子はこの条件では不満足なのか――と推察しました。そこでこう切り出しました」

豊璋　『更に百済南端部のいくつかの郡を割譲致しましょう』

「だが、皇子は腕組みしたまま黙然としておりました。――皇太子はこれでも不満足なのか！　何と強欲なお方なのか――豊璋王子の心中に怒りが湧いていました。――やむをえぬか――と、心中で呟きました」

豊璋　『百済再興が実現しました暁には、百済は大和朝廷の冊封《さくほう》を受けることに致します』

「冊封とは天子が諸侯に勅をもって爵位や俸禄を授けることです。つまり――新しい百済は日本の属国になる――というのです。その瞬間、皇子の鋭い声が部屋中に響きました」

中大兄『まことか！』

豊璋『嘘偽りはございませぬ』

中大兄『では今まで申した条件を誓詞に書いてくだされ。募兵のため諸侯に示したい』

「もはや対等の外交交渉ではありません。亡命の王子と庇護者の皇太子の立場になっていました。豊璋王子は祖国を失った流浪の民の悲哀を痛感していました」

聡明な兄弟である。二人は中大兄皇子と豊璋王子の交渉状況をよく理解できた。

二人の叔母坂上郎女は、時代を動かす男たちの命がけの駆け引きに圧倒されていた。

(憶良様は何と博識であり、また演技も見事なことか！)

憶良は平常の講師の口調に戻っている。

「中大兄皇子は、いつの間にか肩を落とし、背を丸めている豊璋王子に、こう告げました」

中大兄『よかろう。わが大和朝廷は百済再興を、国を挙げて支援しよう。すぐに帝《みかど》のご承認を取り、重臣会議を開く。福信と申す者は天晴《あっぱ》れである。王子には兵五千を付け、船百七十隻でもって、お国へ護送しよう。兵器、食糧をすぐに送ろう』

「豊璋王子は中大兄皇子の素早い決断に驚きました。安堵してへなへなとなった身体がひとりでに深々と叩頭《こうとう》しておりました。背中は汗でぐっしょりと濡れていました」

「うむ。豊璋王子の気持ちはよく分かるな」

「初めて国と国との交渉の場に臨んだ佐平貴智は、中大兄皇子と豊璋王子の駆け引きに圧倒されていました。——支援を得るには倭の冊封《さくほう》国家になるという大きな犠牲を払わねばならぬか。大和朝廷の温情や大義にすがるなどとは甘い考えであった……。だが福信殿は『倭の冊封国になる』という豊璋王子の独断を、果たして了解されるであろうか？　禍根にならねばよいが——と危惧しました。後日この懸念は的中することになります。とはいえ貴智もまた大和朝廷の支援が得られたことにホッとしていました」

（四）徴募の偏《かたよ》り

「中大兄皇子は重臣会議を開きました。『百済遺臣による再興救援の泣訴を、拒否することは、これまで友好親善の関係を維持してきた国家として信義に悖《もと》る。遺臣たちは百済復興の暁には、相当の領地割譲の見返りを誓詞で確約した』と説き、軍事支援を決めました。皇子の気質を熟知している重臣たちは、黙認しました。直ちに全国の豪族たちに参戦徴募の回状が送られました。東国から九州まで五畿七道の豪族たちが応募してきました」

憶良は新しい半紙を横長に置いて、参加者の氏名を書き連ねた。八つの眼が追った。

地域別	応募の主要豪族（指揮官）と出兵一覧		斉明七年先陣	天智二年本軍
東山道	上野国《こうづけ》	上毛野君稚子《かみつけののきみわかこ》		前将軍
	信濃国	安曇比羅夫《あずみのひらふ》	先陣一次前将軍	
	近江国	朴市秦造田来津《えちはたのみやつこたくつ》	先陣二次将軍	
東海道	駿河国	盧原君臣《いおはらのきみおみ》		殿《しんがり》将軍
	美濃国	守君大石《もりのきみおおいわ》	先陣一次後将軍	
北陸道	越国	阿倍引田臣比羅夫《あべひきたのおみひらふ》	先陣一次後将軍	後将軍
畿内	大和国	河辺百枝臣《かわべのももえおみ》	先陣一次前将軍	
山陽道	播磨国	狭井連檳榔《さいのむらじあじまさ》	先陣二次将軍	
西海道	筑紫国	筑紫君薩夜麻《つくしのきみさちやま》		
	筑前国	三輪君根麻呂《みわのきみねまろ》		中将軍
	々	物部連熊《もののべのむらじくま》	先陣一次	後将軍
	肥前国	巨勢神前臣譯語《こせのかむさきのおみおさ》		中将軍
	肥後国	間人連大蓋《はしひとのむらじおおふた》		前将軍
	不詳	大宅臣鎌柄《おおやけのおみかまつか》		後将軍

（凡例）先陣は一次と二次。本軍は前・中・後将軍の三派。ただし殿軍は渡航せず。

「ほほう、この一覧表は面白い。いつもながら憶良殿の纏め方には感服する。猛将阿倍比羅夫は一度帰国しての二度の奉公か。この表は子女にも容易に理解できるわ」

憶良が書き終えるとすぐに家持が発言した。

「先生、筑紫君薩夜麻《つくしのきみさちやま》の欄が空白ですが……」

「彼については後刻説明します。このまま空白にしておきます」

弟の書持も負けていない。

「東国と九州の豪族ばかりで、わが大伴や佐伯、平群《へぐり》、石上《いそのかみ》など飛鳥や河内の大豪族の名が見当たりませぬ」

「良いところに気づかれましたな」

(書くことの利点は、だらだらと読み上げるに数倍の効果があるわ。視覚から思考へと頭脳が自然と働く)

東宮侍講だった憶良は、自分の教育手法に満足していた。

「実は二つの大きな背景がありました」

旅人一家は緊張して聴いていた。

「第一は、豪族の懐具合の格差です。(現代風に申せば経済格差である)大化改新の公地公民政策で、豪族たちは領地を国家に返しましたが、畿内や近隣の豪族は律令の制度により官位官職を得て、従前同様あるいはそれ以上の収入を得て、生活は安定していました。わざわざ自分や部下や領民を、他国の再興のために、危険な戦場に送りたくはなかったのです」

「なるほど」

「一方、地方の豪族はせいぜい国司の地位で、官位職位が低く、さらに大和朝廷への租税の納付のために、懐を温める余裕はありませんでした。むしろ以前より資産は細くなり、疲弊していました。このため特に九州の豪族たちは、――盟主の筑紫君薩夜麻を頭《かしら》に、新羅軍を駆逐して百済に領地や官職を得たい――という具体的な期待と打算がありました。阿倍引田比羅夫は再三蝦夷征伐に派遣されていましたが、その軍事費用の自己負担は大きかったでしょう。また安曇比羅夫は百済に駐在の長かった外交官の武官でしたから、この二人は中大兄皇子の指名です。なお上毛野氏の祖は百済渡来人です」

四人は納得して深く頷いた。

「もう一つの背景は、大海人皇子の意向です」

――ほう、大海人皇子の意向とは――旅人は驚愕した。

「前に第九帖『韓人の謎』で、説明しましたように、中大兄皇子のご実父は百済の王族高向王です。鎌足もまた百済渡来人ですから、この主従が百済再興に積極的であったのは当然です。しかし弟君の大海人皇子には百済の血は流れていませぬ。これまでは律令国家、中央集権国家の建設のために、兄君に誠心誠意協力して参りました。しかし、一か八か、国運を賭けるような百済再興支援軍の派遣には、疑義を感じていました。それゆえ賛成とも反対とも意見を口にされませんでした。渡来系でない古来の豪族や新羅渡来系の豪族たちは、無理をされない消極的な大海人皇子の意向を忖度《そんたく》して、応募しなかったのです」

「そうか……後の壬申の乱で大海人皇子に付くか、中大兄皇子の御子、大友皇子を支援するか、その伏線はこの時に始まっていたのか」

「さらに付言すれば、大海人皇子は新羅系の渡来人から先進的な知識を得ていたことも、征新羅には消極的だった理由でしょう」

「なるほど」

「とはいえ遠征には兵士のほかに船や水夫が必要です。全国からの諸侯と申しても船や水夫の調達のできぬ者もいます。中大兄皇子はこの面の責任を大海人皇子に任せました。と申すのは大海人皇子の後宮に宗像君徳善の女尼子娘《むすめあまこのいらつめ》がいたからです。大海人皇子は岳父の協力を得て、兄君、中大兄皇子の必要とする船や水夫を揃えましたから、中大兄皇子は弟君に終始一目置くことになります」

「そうか。大海人皇子はおとなしく影のような存在と思っていたが、宗像の海人《あま》族を支配していたのか」

「これも壬申の乱に影響しますことを頭に置いてくだされ」

「面白い」

「大海人皇子が消極的だったのは、愛妻の額田王を中大兄皇子に奪われてしまった怨みもございましょうか？」

坂上郎女が女の立場で質問した。

「全くないとは申しませぬ。ただそれは極力抑えられておりました」

「よく分かりました」

旅人が、

「憶良殿、ちょっと気になることがある。この中には、以前、中大兄皇子の刑罰を受け、後に赦された者が二、三いるぞ」

「さすがは帥殿、お気付きになりましたか」

書持が叫んだ。

「思い出したぞ。朴市秦造田来津《えちはたのみやつこたくつ》は中大兄皇子にご一家を斬殺された古人大兄皇子の家臣だった」

すると兄家持が、

「守君大石《もりのきみおおいわ》は第十二帖『松は知るらむ』で、その名を聴いた。中大兄皇子に謀殺された有間皇子の忠臣だった。そのために上毛野に配流されました。……そうか、美濃国の豪族になっているが、上毛野一族とは知己であったか」

「帥殿はじめ若たちも記憶力抜群で、お見事でございます。憶良め、教え甲斐がございます」

旅人が相好を崩した。

「更に申せば、畿内の河辺百枝臣《かわべのももえおみ》は、大化改新の後、某国司の不正事件が発覚した際の次官であったため、連座して罰せられました。後に赦されましたので中大兄皇子には負い目があります。これら三名は、畿内周辺在住ですが、本人の希望というよりも、中大兄皇子から有無を言わせぬ強制があっただろうと、それがしは推測しております」

「つまり、東国と九州では予定の兵員に達しなかったのだな」

「そうです」

「なるほど。憶良殿の講論を聴くと、倭国の参戦者たちは、必ずしも大義に殉じたわけではなさそうだな」

「それが後に述べます白村江の惨敗の要因の一つでございます」

（なんと憶良様は裏面の事情に詳しく、まるでその場にいたように語られる。女子供によく分かる。面白い！）

坂上郎女は憶良の博識に圧倒されていた。

憶良は空咳をした。一家の注意力が集中する。

「中大兄皇子が募兵を集計しますと四万七千名となりました。そこで斉明女帝の聖断を仰ぎ、大和朝廷による百済復興軍への軍事支援が決定されました」

「そうであったか。中大兄皇子の百済支配の欲望と周到さがよく分かった」

中納言大宰帥の旅人には、今は亡き藤原不比等の顔が、中大兄皇子に重なって見えていた。

（五）熟田津《にきたづ》の詠唱

「中大兄皇子は斉明女帝に九州筑紫への遷都を要望、いや強制しました。この時女帝は六十七〜八歳でした。また飛鳥には巨額の費用をかけて巨石の庭園を造られ、道教の説く神仙世界に遊び暮らしていました。したがって『筑紫へ遷都？』と絶句され、『この歳で今さら筑紫まで行《ゆ》きとうはない。そなただけが行けばよい』と、拒否されました。中大兄皇子は、ご生母にこう申されました」

憶良は中大兄皇子のどす声になる。

中大兄『高齢の帝《みかど》が九州に出陣なさるので、わが国の将兵、特に今回遠征の主力である筑紫軍団が――朝廷は本気だ――と納得するのです。戦いには士気が必要です。吾ら皇族は全員筑紫へ参るのです。勝利の暁には、再びこの飛鳥の地に帰ってきます』

「女帝は、蛇のような皇子の眼に射竦《いすく》められながらも、皇子に訊ねました」

斉明『そなたは皇族全員と申したが、身籠《みごも》っている妃などは残すのであろうな?』

「即座に冷ややかな言葉が返ってきました」

中大兄『いえ、連れて参ります』

「斉明女帝はこの時、――血を分けた皇子ではあるが、これほど冷酷なのか……まさか……――と、身を震わせ慄《おのの》きました」

「まあ、妊婦までも……何と中大兄皇子は非情なのでしょうか」

二人の娘を出産した女性として、坂上郎女は本能的な不快感と敵意を露《あら》わにした。
旅人は斉明女帝の「まさか……」との呟《つぶや》きが気になっていた。

「年が明けて斉明七年（六六一）一月、女帝は難波津を出港し、伊予石湯行宮《いよいわゆのかりみや》（松山市道後温泉）に向かわれました。途中大伯《おおく》（現岡山県瀬戸内市。旧邑久《おおく》郡）の沖を通過中、船内で大海人皇子の妃大田皇女が女児を分娩《ぶんべん》しました。土地に因んで大伯皇女《おおくのひめみこ》と命名されました。大伯皇女の悲運の生涯については、後日第二十二帖『磐余池悲歌《いわれいけ》』で詳しくお話しします。ここではお名前だけ頭に入れておいてくだされ」

同性の坂上郎女は（他人事《ひとごと》ではない）と、深く頷いた。

「さて女帝はこれまで石湯には何度か湯治に来ていました。こんこんと湧く名湯にゆったりと浸りましたが、このたびは何となく気乗りが致しませんでした。道教に心酔していたので、あるいは不吉な予感があったのかもしれませぬ」

「九州まで子連れできました妾です。女の立場から、戦をしたくない女帝のお気持ちがよく分かりますわ」

「一方、中大兄皇子は、久々の大仕事に張り切っていました。これまでいくつかの殺人に関与してきましたが、数万の国軍を動員し、戦略を練られた経験はございませぬ。今回は『百済再興の支援』という大義名分で、全国津々浦々から集めた大軍を操るのです。――実の父の祖国、百済を冊封《さくほう》国家にすることも夢ではない――と、自己陶酔していました」

「そうか、女帝が宝皇女時代の恋人高向王《たかむこ》は、百済の王族であったな。筑紫遷都と申しても母と子の心境は対照的だのう」

「はい。斉明女帝は——体調を整える——との名目で、石湯に七十日ほど滞在されました。しびれを切らして女帝を促《うなが》しました」

中大兄皇子はその間に食糧や武器の調達、輸送船の手配などをなされました。中大兄皇子『母上、そろそろ熟田津を引き払って那大津《なのおおつ》へ向かいましょう。全船に出港の命令を発してください』

「女帝は遂に出港命令を歌に詠みました」

憶良は立ち上がり、女性の声色で朗々と詠唱した。


熟田津《にきたづ》に船乗《ふなのり》せむと月待てば潮《しほ》もかなひぬ今はこぎ出でな

有名な和歌に、一家は大きな拍手をした。しかし坂上郎女が首を傾《かし》げ、訝《いぶか》しげに訊《たず》ねた。

「憶良様は先ほど『女帝は遂に出港命令を歌に詠みました』と仰《おつしや》いました。でもこの歌は額田王《ぬかたのおおきみ》の作品ではございませぬか？」

庭で権が甚の顔を見て、にやりと笑った。

（やはりな）

座敷では憶良が軽く受け止めて、

「世間ではそう伝わっております。額田王が全軍の兵士の前で、美声を以て詠唱し、鼓舞されたのは確かです。しかし額田王は中大兄皇子の愛妃ではございましたが、皇后でも正妃でもありませぬ。皇后は倭姫《やまとひめ》王です。この時、全軍に出港命令を出せるのは、ただ独り斉明女帝でした」

「それはそうだ。だがなぜ額田王の歌ではないと断定できるのか？」

と、旅人も不審がった。

「それは下の句の最後、『今はこぎ出でな』の文言でございます。船長《ふなおさ》の甚がそれがしに指摘し、強く主張している箇所でございます。甚の申すには——出航や停船、あるいは方向の転換など操舵の指図は、船団では最高指揮官、個別の船では船長が為すのが船乗りの掟《おきて》——との意見でございます。——熱田津の場合、全軍出港の指図は、額田王や中大兄皇子ではなく、斉明女帝でないと、船長たちは納得せず、水夫たちは漕ぎ出しませぬ。海の上では海人《あま》の掟や慣習がございます——と」

「なるほど」

「額田王が、いかに美人で、中大兄皇子の愛妃であり、名歌人であっても、『今はこぎ出でな』との号令を入れた歌を詠むことは、僭越《せんえつ》と申しますか、いや、越権行為になります。このことは、当の額田王は百もご承知でございます。ただ、当時女帝はお年を召され、容色も声色も衰えていました。したがって、詠唱の代役として、絶世の美女であり、才媛で人気の高かった額田王を起用されたのです。この起用は大成功し、全軍の将兵どもは奮い立って九州へ出港したのです」

「うわっはっは。男どもは美女には弱いからのう。女帝のしわがれ声じゃ名歌でも気勢は上がらぬ。斉明女帝の機転だな。家持、書持。上に立つ者は、機転の利く聡明さが必要ぞ」

（さすがは帥殿。上手くご子息の教育に使われた）

庭の甚が感心していた。

座敷では憶良が続けた。

「僅か七十年ほど前の出来事ですが、帥殿同様に、世間の方々は、――この名歌は額田王の作だ――と、思い込んでいます。それがしは何かの機会に――斉明女帝の作品だ――と左注《さちゅう》を入れる心積もりでございます」

「憶良様、それはよろしゅうございます。是非とも」

庭では権が――よかったのう――と、船長の甚の肩を叩いていた。

（六）鬼火

「三月二十五日、女帝の船は無事、那大津（博多）に入港し、磐瀬行宮《いわせのかりみや》（福岡市高宮）に入られました。同時に、この行宮を長津宮《ながつのみや》と改称されました」

「那大津の宮殿ということでしょうか？」

「その通りです。ところが斉明女帝はすぐに『もっと内陸の朝倉《あさくら》に移りたい』と主張されました」

朝倉は現在の福岡県朝倉市である。

「何故でございますか？　折角中大兄皇子が、便利な那大津に行宮《かりみや》をご用意されたでしょうに。朝倉は、ここ太宰府からでも更に七里半（三十粁）も東南、それも筑後の奥地です。豊後《ぶんご》の国境に近いのではありませんか？」

「非常に良いご質問です。仰せの通り朝倉は那大津からだと十一里（四十四粁）あります」

憶良は坂上郎女をまず褒めて、距離を示した。

「女帝が中大兄皇子に申すには——長津宮では万一唐や新羅が突然来襲すれば防ぎようがない。心配でおちおち眠れない。朝倉ならばすぐに山の中に逃げられ、豊後から船で大和に帰れる。近くによい出湯（原鶴温泉）がある——とのご意見でした。実は女帝は密かに怖れていたのです」

（何を？）

と四人は訝《いぶか》った。

「中大兄皇子の冷ややかな殺気です」

「殺気ですって！」

「はい。ご生母だけに本能が察知するのです。斉明帝は長津宮で沈思黙考しました——これまで皇子は入鹿を斬り、蘇我蝦夷を自害に追い込み、さらに功臣の岳父蘇我石川麻呂父子も自害させた。古人大兄皇子一家を斬殺し、孝徳帝を憤死させ、さらにその御子有間皇子をも謀殺した。政事の実権はもう十年も任せた。だがそれでは満足していない……次は皇位か。とすれば欲しいのはこの三種神器。舒明帝より受けし古来より皇統の権威の象徴……わが子といえども中大兄皇子には……やすやすと渡せぬ事情がある……血にまみれた皇子から少しでも遠くに離れて住みたい——というのが本音でした」

「もっともな感情だろう」

「中大兄皇子にとっては、折角費用と手間暇をかけて造営した磐瀬《いわせ》行宮（長津宮）ですから女帝の転居に不賛成でした。しかし言い出したら聞かない頑固なご生母の気性を知っています。ここで——飛鳥に帰る——と、駄々をこねられ実行されては困ります。しぶしぶ承知して、斉明女帝の希望する鄙《ひな》びた朝倉の小高い丘に場所を選びました」

「なるほど、母子の間にはそういう経緯《いきさつ》があったのか」

「そこには大樹が聳え、根元に小さな地の神の祠《ほこら》が祀《まつ》られていました。大樹はご神木だったのです。中大兄皇子はその大樹を切り倒させ、祠を壊し、宮殿を造営させました。村人は——何か不吉な祟りが起こらねばよいが——と危惧しました。まさにその危惧通りの異変が起こりました」

家持、書持の眼は憶良の口許に釘付けである。

「棟上げの時、突然宮殿がガラガラと壊れたのです」

「えっ！　宮殿が壊れた！」

兄弟は驚愕《きょうがく》した。

「それだけではありませぬ。その夜、不気味な鬼火が出ました」

「まあ怖い！　幽霊火が！」

坂上郎女は身を竦《すく》めていた。

鬼火――幽霊火ともいう。湿気の高い夜、地中から出た燐などの気体が、自然発火する現象である。だがこの時代、人々は燃える原因を知らない。鬼火は怨念として怖れていた。

「更に、異変が続きます。女帝に侍る大舎人《おおとねり》たちが数人、病で急死しました。――ご神木を切った祟りだ――との噂が広がりました。女帝は――やはり祟りか――と慄《おのの》きました。しかし、この噂で中大兄皇子が女帝に――長津宮へ滞在を――と翻意《ほんい》を迫ると困ります。祟りよりも中大兄皇子が怖かったのです。『神の祟りではない。流言飛語に惑わされるな、すぐに建て直せ』と命じられました」

「その後祟りは？」

「ございませぬ。種明かしをしましょう。実は百済出兵には多くの国民が賛成していませんでした。出兵には父や夫や子が動員されます。命懸けの戦いです。その上、米や布など税の徴収が厳しくなります。民の間には怨嗟《えんさ》の声が充満していたのです。遠征を快く思わない者たちが、建築中の宮殿を真夜中壊すぐらいの仕掛けは、大工と組めば、いとも簡単に可能なのです」

（そうか、大工を買収すれば……素人には分からず崩壊する……祟りと触れまわす）

旅人は納得した。

「鬼火も簡単です」

（えっ鬼火も？）

家持や書持は驚くことばかりである。

「九州にはあちこちに火の山があります。そこでは硫黄が採れます。硫黄を燃やすと、実際の鬼火に似た青白い焔《ほのお》をあげます。夜陰に紛れ、この硫黄をあちこちに付着させ付け火をすれば、ゆらゆらと燃えて消えます。出兵に反対する者たちが示し合わせて抵抗運動をしたのでしょう」

「なるほどそうであったか」

「崩壊した宮殿は再び組み戻され、女帝は那大津から朝倉へ移動されました。一件落着かと思われました」

そこで憶良は間を置いて、白湯《さゆ》を飲んだ。

（七）斉明女帝崩御の謎

「斉明女帝が真新しい朝倉橘広庭宮《あさくらたちばなのひろにわのみや》に落ち着かれた間もない七月下旬のことです。長津宮の中大兄皇子の許に百済の鬼室福信《きしつふくしん》から密使が参りました」

（何の話だろうか）

少年たちは身を乗り出した。

「――昨秋以来、唐軍は高麗の国境で戦っていましたが、唐は新たに蘇《そ》将軍や突厥《とっけつ》国（トルコ）の王子の指揮する強力な援軍を投入して、目下、高麗の王都平壌城を水陸両面から攻撃し、激戦が展開されています。しかし高麗軍はよく頑張っており、戦線は膠着状況にあります。急ぎ渡航出兵いただければ、今百済に進駐している新羅軍を一掃できる好機でございます。至急ご決行を伏してお願い申し上げます――との内容でした」

（いよいよ出兵の話になるか）

「七月二十四日、中大兄皇子は朝倉の女帝の宮殿に赴《おもむ》きました。人払いをして母子二人きりになりました。皇子は女帝に全軍の編成案を示され、渡洋出兵の詔勅を要請しました。しかし女帝は躊躇《ちゅうちょ》し、決断を下しませぬ。中大兄皇子の強引さに引きずられて九州まで参りましたが、昨年までは飛鳥で道教の神仙の境地を愉《たの》しまれていたのです。血生臭い戦争とは無縁の世界に浸っていたのです」

旅人も坂上郎女も、斉明女帝が巨石を集め散財した跡地を知っている。

「中大兄皇子は女帝にこう申されました」

中大兄『母上、全国から那大津に五万近い兵を集めております。福信の密書をご覧なされ。千載一遇の好機です。一刻の猶予も許されませぬ。今すぐご聖断を』

「しかし、女帝は首を縦に振りませぬ。短気の皇子はカッと激怒されました。——これでは百済出兵はいつまでもできぬ。……産みの親といえども最早これまでか——と、ある決意を実行されました」

深刻な話に兄弟は緊張している。憶良はなかなか語らない。時間がたつ。

「暫くして女帝の部屋から中大兄皇子が青白い顔をして退出して、大舎人や官女たちに告げました」

中大兄『帝《みかど》は余との会談中、発作で急逝された。その直前——次の大王はそちだ——と、仰《おお》せられ、三種神器を受け取った。今よりは余が大王と心得よ』

「大舎人や官女たちは『女帝崩御』との宣言に唖然《あぜん》としました。つい昨日までは、原鶴の出湯（原鶴温泉）を愉しまれ、お元気だったからです。しかし、中大兄皇子の嶮《けわ》しい目つきに射竦《いすく》められ、硬直して叩頭《こうとう》するばかりであった――と、密かに伝えられています」

「それは初耳だ。真実か？」

「もちろんそれがしはその場にいたわけではありませぬが、当時の官人官女の子孫には秘めごととして伝わっております。これを裏付けるように、書紀に奇妙な鬼の出現が記載されております」

「鬼が出たのですか？」

と、弟の書持が驚きの声を出した。

「はい。書紀にはこう書かれています」

と、憶良は木簡を取り出し、筆を走らせた。


八月甲子朔、皇太子奉徒天皇喪、還至磐瀬宮。是夕於朝倉山上有鬼、着大笠臨視喪儀。衆皆嗟怪。

（日本書紀　巻第二十六　斉明天皇紀）


「――八月一日、皇太子の中大兄皇子は天皇の喪を行い、磐瀬宮に帰ってきた。その夕べ朝倉山の上に大笠を被った鬼が出て、この喪の儀式をじっと視ていた。民衆は皆訝《いぶか》った――と」

「鬼は本当に出たのでしょうか？」

と、家持が首を傾《かし》げた。

(流石だ、鋭い!)

「――この鬼は豊浦の大臣、つまり蘇我の蝦夷《えみし》だ――との流言がございました。第八帖『乙巳の変』でご存知の通り、女帝(当時は皇極)の愛人であった蘇我入鹿は、中大兄皇子に斬殺され、父蝦夷は自殺に追い込まれています。中大兄皇子と母の斉明女帝に恨みのあるのは蝦夷です。『臨視』という表現は、――復讐の鬼となった蝦夷は、黙って中大兄皇子が斉明女帝になされたことをじっと視ていたぞ――ということです。これは『衆皆嗟怪《ひとびとみなあやしむ》』が示しているように、大衆は鬼の出現を怪しく思っている表現にしていますが、その真意は――この女帝の死は不自然だ。怪しいぞ――との後世への伝言なのです」

「憶良様、これまでのご講義で、斉明女帝と中大兄皇子の周辺には、随分と血生臭い事件があったと知りました。女帝の急なご崩御は、病ではなくやはり……」

「それ以上はお口になさりますな。ご推察の通りです。冷ややかな鬼はむしろ民衆です」

(中大兄皇子による母親殺人事件だったか!)

家持と書持は、中大兄皇子に心の凍るような恐怖を覚えていた。

旅人がおもむろに疑問を述べた。

「その背後には、書紀には書かれていない秘められた陰翳《かげ》がありそうだな」

「その通りです。少しくどくなりますが、なぞ解きをしてみましょう」

（八）称制《しょうせい》の大王

「皇太子として政事の実権を握ってこられた中大兄皇子から『九州遷都』を要請された時、女帝は本能的に、――遂に自分の番が来たかと、覚悟された――と推察しています。と申しますのは、斉明女帝はなかなか皇位を中大兄皇子に譲られなかったからです。乙巳《いっし》の変とその後の大化改新の時には、皇子はまだ二十歳でした。――若いから譲位を求めない方がよい――との鎌足の忠告や、古人大兄皇子の辞退もあって、皇位は女帝（当時は皇極）の弟、軽皇子が孝徳帝として即位されました。しかし、孝徳帝が崩御された時には、中大兄皇子は三十歳でした。女帝が斉明帝として重祚《じゅうそ》される必要はありませんでした。年齢も実績も十分でした。その後十年の間にも、譲位の機会はありました。何故女帝は生前に中大兄皇子に譲られなかったのでしょうか？」

「やはり……血統か？」

「その通りです。これまで再三説明しましたように、皇子のご実父は高向王、百済渡来人です。皇籍は舒明帝の御子になっていますが、皇統を継げないご身分です。これは公然の秘密ですから、在来系豪族の賛同は得られませぬ。大伴はじめ古来の有力諸侯は、中大兄皇子の政治手腕は認め、皇太子として律令国家の建設を任せてきました。しかし皇位となると話は別です。古来の豪族たちは、おとなしく政治手腕は未知数でも、弟君の大海人皇子への譲位を秘かに望んでいました。今回の徴募で大和周辺の古来豪族が誰一人出兵に応じなかった厳しい現実に、中大兄皇子は衝撃を受けていたと推測します。――斉明女帝を飛鳥に残して、自分のみが筑紫に赴けば、その間に三種神器が大海人皇子か別の皇子に譲られるかもしれぬ――と、危惧《きぐ》されたと思います。皇族全員の帯同は、――表向きは皇室挙げての戦意鼓舞《こぶ》ですが、本音《ほんね》は皇室内部に反乱を起こさせない人質作戦――だったのです。女帝と三種神器並びに皇族を筑紫に運ぶことが、中大兄皇子ご自身の安全の担保であり、かつ実権を発揮できる必要条件だったのです」

(何と理路整然とした見事な分析なのか!)

坂上郎女は、兄旅人が憶良に敬称をつける所以《ゆえん》がよく分かった。

「斉明女帝は皇子の政治力、実行力は抜群と認めていました。しかし、目的達成のためには手段を択《えら》ばない非情冷酷無比な殺人の数々には、産みの親として心を痛めておりました。神仙世界に逃避して、ずるずると時が過ぎてきました。――中大兄皇子が皇位に就くのは、妾から三種神器を奪う時だ――と、分かっていました。――それでも命が惜しい。中大兄皇子と同じ屋根の下で暮らしたくない――との嫌悪感と死の予感で、那大津から遥か離れた朝倉へ逃げたのが実情でしょう」

「そうであったか。三種神器を強引に掌中にするほか、皇位継承の手段はなかったのか」

旅人は憶良の結論を復唱していた。その顔には不幸な母子への憐憫《あわれみ》も読み取れた。

講義の途中であるが、憶良が静かに合掌し、四人も同調した。

「神器を入手された中大兄皇子は、こう宣言されました」

憶良は中大兄皇子を演じた。

一　斉明女帝は突然崩御された。崩御直前、余に皇位継承を指名され、神器を受領した。
二　帝の喪は朝倉橘広庭宮で行った。ご遺体は余が付き添い、十月那大津を発ち、大和に帰り、十二月に飛鳥河原《あすかのかわら》で殯《もがり》を行う。
三　今日より余が国務を執行する。新年より天智を称制《しょうせい》する。
四　直ちに百済出兵を行う。

「なるほど」

「大和へ帰られたのですから、喪の明けた翌年正月元旦に、群臣を集め、正式に天智大王として即位をなされば、何も問題はございませぬ。しかし、斉明帝崩御から七年も、称制、つまり群臣の正式承認を得ない帝であったのです。大和の古来豪族は、百済出兵に応じず、斉明女帝の筑紫遷都、朝倉でのご崩御を冷ややかに視ていたのです」

「つまり、大和の豪族たちは天智帝のご即位を七年も無視していたのですか？」

と、家持が確認の問いをした。

「そうです。天智天皇が正式に即位されたのは近江京に遷都された天智六年（六六七）です。これとて大和の群臣たちが、近江京に赴いたかどうか、それがしは疑問を持っております」

「憶良殿の説明で、書紀の記述にあった朝倉宮の鬼火や、斉明帝崩御の際の鬼の出現の闇がよく分かった。――目から鱗《うろこ》が落ちる――とは、まさに今の余の心境だ」

「兄上、妾も同感でございます」

家持兄弟も深く頷いた。

「憶良殿、いい匂いがしてきたぞ。隣室に食膳が運ばれてきたようだ。さあ飲もう」

「兄上、吾らはクエ（垢穢）を食《く》えますぞ」

と、書持が駄洒落を飛ばし立ち上がった。


庭では権と甚が首領憶良の講義に満悦していた。二人の腹の虫が鳴いた。

第十六帖　白村江惨敗《はくそんこうざんぱい》

すると大唐軍は左右から船をはさんで攻撃した。たちまち日本軍は破れた。水中に落ちて溺死する者が多かった。

（日本書紀　巻第二十七　天智天皇紀）

（一）先陣派遣

坂本の帥館《そちやかた》に向かう憶良に、船長《ふなおさ》の甚と息子の健、それに二人の水夫《かこ》が従っていた。水夫たちが背負っている籠には、特大の鮑《あわび》と栄螺《さざえ》がどっさり入っていた。どちらも高級食材である。今夜は健も庭で聴講することを旅人に許されていた。

甚が、中大兄皇子の百済出兵の講論に格別の興味を持っているのには理由があった。

百済出兵には当然のことながら船や水夫が必要であった。最初中大兄皇子は、奈良に近い紀伊や伊勢志摩の海人部や、瀬戸内の海人部に声を掛けた。だが彼らは躊躇《ちゅうちょ》し、ことごとく拒否反応を示した。船は玄界灘の荒波に耐えうる構造でなければならない。水夫たちは那大津から壱岐、対馬を経由して韓半島の百済国までの水路を知らなければならない。近海の海人が尻込みしたのは当然であった。中大兄皇子は弟の大海人皇子に船と水夫の調達を命じた。大海人皇子の側室尼子娘《あまこのいらつめ》が、九州西北部の豪族、宗像君徳善《むなかたのきみとくぜん》の女《むすめ》であることに目をつけた。宗像の海人が多数動員された。だが、白村江の海戦で被害者は多かった。

船長の甚としては、岳父の祖先たちの苦労の真相を知る亦とない機会であった。将来、宗像海人を率いる宿命の健を連れてきたのは、甚なりの後継者養成であった。

「では始めます」

憶良の声が、庭の権、甚、健の耳に入った。

「斉明女帝が崩御されるや、中大兄皇子は間髪《かんぱつ》を入れず、翌八月には具体的な侵攻作戦に着手されました。一万の兵を次のような軍団編成にして発表しました」

憶良は半紙にさらさらと書き入れ、声を出して読んだ。庭の三人への配慮であった。

斉明七年（六六一）の出陣表

先発派遣軍

八月　第一陣　五千名　目的　兵器、食糧の輸送

九月　第二陣
前将軍　安曇比羅夫《あずみのひらふ》　河辺百枝《かわべのももえ》
後将軍　阿倍引田比羅夫《あべひきたのひらふ》　物部熊《もののべのくま》　守君大石《もりのきみおおいわ》
五千名　目的　豊璋王子の護送
将軍　朴市秦田來津《えちはたのたくつ》　狭井檳榔《さいのあじまさ》

「なるほど、この出陣表は面白いな」

「さすがは帥殿《そち》、お気付きになりましたか。多分鎌の入れ知恵でしょう」

坂上郎女が首を傾《かし》げて、

「兄上や憶良様にはお分かりでも妾《わらわ》には何のことやら理解できませぬ。何が面白いのでございますか？」

「これは失礼しました。ではご説明しましょう。まず八月に出陣した第一陣の前将軍、つまり先鋒の大将は安曇比羅夫《あずみのひらふ》です。比羅夫は長い間百済の宮廷に駐在した外交官でした」

現今で申せば駐在武官である。

「武将で？」

「そうです。比羅夫は武官として百済の兵法関係の情報を収集していました。文官ではありませぬが、外交の才がありました。帰国後は、百済の朝廷から大和朝廷に派遣された王子の世話もしていました。それゆえ百済復興支援軍の先遣隊《せんけんたい》の指揮官としては、両国にとって最も適した人材でした」

「そうでございましたか」

坂上郎女と家持兄弟は納得した。

「次に、後将軍の阿倍引田比羅夫《あべひきたのひらふ》は越《こし》の豪族です。彼は北辺の蝦夷《えみし》の反乱を何度となく鎮圧してきた歴戦の武将です。蝦夷地《えぞち》には自前の船団と強兵を引き連れ遠征してきました。豪勇で名を轟かせ、百済の民も彼の名声を知っていました。その猛将が、兵器と食糧を運んでくるのです。百済復興の蜂起軍の総指揮官である鬼室福信《きしつふくしん》は相当喜んだことでしょう」

（それで武人の兄上はよくご存知だったのか）

「次に第二陣として豊璋王子を護送する将軍、朴市秦田來津《えちはたのたくつ》です。田來津は昔、古人大兄皇子に仕えていた大舎人《おおとねり》です。吉野で中大兄皇子の刺客団に古人大兄皇子一家が襲われた時、斬られるところ、鎌の謀略を受け入れ逃亡して一命を得て、今回の遠征の将に任命された話は前回致しました。田來津は古人大兄皇子に直接仕え、身の回りの世話をしてきた経験があります。今回中大兄皇子は豊璋王子に、倭国の民では最高位の『織冠《おりもののこうぶり》』を授けていました。貴人の豊璋王子を護送し、相手の鬼室福信に引き継ぐまでの世話人としては、余人をもって代えがたい人材でした」

「その通りだ」

「先生のご説明で、第一陣の安曇比羅夫、阿倍引田比羅夫、第二陣朴市秦田來津それぞれの役割が鮮明に分かりました。田來津のほか、有間皇子事件の守君大石や、部下の犯罪があったという河辺百枝など訳《わけ》ありの将が先陣に起用されたのですね」

と、家持が応《こた》えた。

憶良は満足げに微笑みを返して、

「百済では復興軍を代表して、鬼室福信が港で出迎え、王子と涙を流して抱擁しました。豊璋王子は、実に三十年ぶりの母国でした。福信は約束通り、王子を百済復興軍の総帥《そうすい》に戴きました。大和朝廷から一万の兵と多数の兵器と食糧を得て、復興軍に活気が漲《みなぎ》りました」

「天智元年（六六二）正月、称制《しょうせい》ながら皇位に就いた中大兄皇子こと天智帝は、百済復興軍の鬼室福信に大盤振舞いをしました。矢十万隻、糸五百斤《きん》、綿千斤、布千反、葦千張、種稲《たなしね》三千斛《こく》など軍事物資を下賜されました」

「福信はさぞかし喜んだであろう」

「その通りです。倭国は本気だ――と、復興軍の士気はますます上がりました。新羅は倭の支援を観て侵攻を控え、戦線は小康状態となりました」

四人は頷く。

「三月、大和朝廷は豊璋王子に布三百反を下賜しました。これは福信だけを厚遇しては、豊璋が嫉妬するかもしれぬ――と、懸念したからです。この不安は、後日、現実となります」

「大和朝廷は福信と豊璋の双方に随分配慮していたのだな」

憶良が黙って肯定した。

「唐軍と新羅軍は高麗《こま》を攻め続けていました。たまりかねた高麗は、倭国に支援を求めてきました。大和朝廷は、現地派遣軍を北上させ、州柔城《ツヌサシ》に駐在させました。城のある都々岐留山《ツツキルノムレ》は百済の都にある要害です。そのため高麗を攻めていた唐軍は南下できず、新羅は西進を阻止されました」

「倭軍派遣の効果は大きかったのう」

「その通りです。百済の状況が安定していたので、朝廷は、五月に豊璋と福信を呼びました。二人を護送したのは外交官の将軍、安曇比羅夫です。この時天智帝は勅を以って、豊璋の百済王位継承を正式に承認しました。帝は佐平福信の背を撫でて、これまでの苦労を労《ねぎら》い、金一封を与えました。二人は天智帝の支援と厚遇に感激の涙を流しました」

（憶良様の説明は女の私にも分かり易い）

坂上郎女はのめり込んでいた。

「この年は無事終わるかと思われました。ところが予想外の事態が発生しました」

（二）不協和音

「百済王豊璋、佐平（大臣）で指揮官の鬼室福信《きしつふくしん》、派遣軍の朴市秦田來津《えちはたのたくつ》、狭井檳榔《さいのあじまさ》は、州柔《ツヌ》（疏留《ソル》）城《サシ》を拠点としていました。十二月のある日、四人の軍議の席で、豊璋王は、こう提案しました」

豊璋王『この州柔（疏留）城は田畑のある平野から遠く、土地はいかにも狭い。民が飢えるであろう。いつまでも居座る処ではない。避城《ヘサシ》に都を移すべきであろう。避城は西北に川の水に恵まれ、東南には深い湿地帯があるので、大きな堰《せき》となり、防ぎやすい』

「これに対して、田來津が進み出て、諫言《かんげん》しました」

田來津『避城は新羅との国境に近く、一夜にして攻撃に曝《さら》されます。このことを考慮しなければ、後日、悔いを残す事態になりましょう。飢えを考えるよりも、国が滅ぼされることを先に考えるべきであります。現在新羅が攻めてこないのは、州柔は山嶮しく、谷深く、攻めるに難しく、防御には適しているからです。これまで固く守って隙が無いので、今日に至っているのです』

「田來津は福信に向かってこう申しました」

田來津『福信殿、貴殿が付いているのに、王はどうしてこのような移転をされるのか？』

福信『実はそれがし反対したのですが、王は頑として聞き入れなかったのです』

「豊璋王は、軍事に詳しい田來津や、家臣の福信の忠告を聴かず、避城《ヘサシ》に移りました。復興軍と倭軍との間に、気まずい空気が流れました。年が明けて天智二年（六六三）二月。はたせるかな、新羅は百済の南部四州に攻め込み、焼き尽くしました。さらに安徳などの要地を占領しました。避城のすぐ近くに攻め込んできそうになりました。豊璋王はようやく形勢の不利を実感し、慌てて州柔に戻ってきました。田來津の諫言通りの結果になりました」

「豊璋王は愚かでございますわね、福信はこれまで州柔に籠って、苦労して抵抗運動をしてきたのでしょうに、どうして王の意見に従ったのでしょうか？」

「それは、百済が儒教の教えに毒されていたからでございます。儒教では——是非を問わず上司の意向に従うのが忠臣——とされています。豊璋を王に推戴して、政事の権限を与えてしまったので、福信は従わざるを得なかったのです。しかし今回の遷都問題で、豊璋の愚かさがはっきりしました。福信は——失敗した！　王に戴くべき資質の王子ではなかった——と、悔みました。豊璋王と佐平鬼室福信の間に微かな亀裂が生じていました」

「よく分かりました」

「新羅軍が動き始めたので、福信は大和朝廷にさらに支援を求めました。福信は苦労人ですから、天智帝のご機嫌を得るようにと、唐人の捕虜を朝廷に献上しました。三月、大和朝廷は本軍二万七千名、殿軍一万名の派遣を決めました。その布陣は次の通りです」

憶良は半紙に氏名を書いた。

本軍　二万七千名　前将軍　上毛野君稚子《かみつけのきみわかこ》　間人連大蓋《はしひとのむらじおおふた》
中将軍　巨勢神前臣譯語《こせのかんざきのおみおさ》　三輪君根麻呂《みわのきみねまろ》
後将軍　阿倍引田比羅夫《あべひきたのひらふ》　大宅臣鎌柄《おおやけのおみかまつか》
殿軍　一万名　将軍　蘆原君臣《いおはらのきみおみ》

「五月、高麗《こま》に軍事視察に赴いていた犬上君という武将が――豊璋王と鬼室福信の間が上手くいっていない――との噂を聴いて帰国しました。二人の不仲は高麗までも伝わっていたのです。天智帝と鎌は――国家の方針を決める王と、その運営を司る佐平が、これじゃ困ったものだな――と、頭を抱えました」

「派遣軍は早速活躍しました。なかでも前将軍上毛野君稚子は、新羅に攻め込み二つの城を落としました。倭軍が百済復興のために戦っている六月、異常な事態が起こりました」

(何事か？)

憶良の軍談に熱心に聴き惚れている兄弟は興をそそられた。

「豊璋王は――佐平福信は新羅と通じ謀反の心あり――と、突然彼を捕らえ、掌《てのひら》に孔を開け、針金で括《くく》ってしまいました。勿論、田來津などの倭の将軍には、予告も相談もありませぬ。これまで百済復興に命を懸けて苦労してきた福信には、謀反の意志など毛頭ありませぬ。豊璋王は、腹心たちに『この男をどうしたものか？』と聞きました。徳執得《とくしゅうとく》という者が、『謀反人を放っておくわけにはいきますまい』と、申しました。鬼室福信は、『この腐った犬め！』と徳執得に唾を吐きました。ずるい豊璋王は自分で結論を出さず、部下の意見を聞いた形で、名将を斬り、その首を罪人として塩漬けにしました」

「何と酷いことを……」

坂上郎女が手で顔を覆った。

「この情報はすぐに新羅と唐に伝わりました。これまで鬼室福信の抵抗運動に手を焼いていた新羅は、――馬鹿な百済王だ。良将を斬ったとは！　だから百済はクダラン国だ――と喜び、早速、八月に王都州柔《ツヌ》を占領しようと計画を立てました」

家持と書持は、予想もしなかった展開に驚いた。憶良の一言一句聞き漏らすまいと、集中していた。

「新羅が州柔に攻めてくる――との情報に、豊璋王は落ち着きを失いました。豊璋王は、『倭の救援軍の殿《しんがり》、蘆原君臣《いおはらのきみおみ》将軍が、一万の兵を率いて那大津を出港されたそうだ。余は、蘆原将軍を白村江で出迎え、歓迎の接待をせねばならぬ』と述べて、田來津などの倭軍と共に城を出ました。田來津が城を出たのは、唐の船団が動き始めた――との情報で、倭軍が集結することになったからです。州柔城《ツヌサシ》には、王を欠く百済復興軍のみが、取り残されました。名将鬼室福信を失った復興軍は茫然自失の状態でした」

「豊璋王は、新羅軍の攻撃がおそろしくなって、逃げたのだな」

「その通りです。間もなく新羅軍は州柔城を包囲しました」

（三）白村江の海戦

「佐平福信が斬られた――との情報に、唐もまた驚き、かつ喜びました。すぐに猛将劉仁軌《りゅうじんき》に、捕囚だった前の百済太子隆《りゅう》を付けて、軍船百七十隻に一万二千名の将兵を乗せ、白村江に向けて出港させました」

「ほう、唐は前の太子を加えたのか？」

「そこが唐の狡猾《こうかつ》な作戦でございます。隆太子と豊璋王の争いになりますれば、一部の百済兵の戦意は萎《な》えます」

「なるほど。捕囚を巧く利用したな」

「はい。さて、白村江は旧都熊津《ウンジン》や、その後王都だった泗沘《サビ》を流れる錦江の河口の町です。州柔を出た田來津らの軍団と豊璋王は白村江に到着しました。しかし、福信事件の事後対応などのごたごたがあって、到着が予定より十日ほど遅れました。この間に唐の軍船は陣形を整えて、待機していました。倭軍は、田來津などの一万の先遣隊と二万七千名の本軍、合計三万七千名が、千隻に乗船しました」

「軍船は百七十隻対千隻、兵は一万二千名対三万七千名ですか？　数では倭軍が圧倒的に多かったのですか？」

と、家持が念を押した。

「その通りです。しかし、唐の船は頑丈な大船や、快速船でした。装備も格段の差がありました。絵に描いておりますので、ご覧ください」

憶良は風呂敷から二枚の絵を取り出し、机上に拡げた。一家四人の眼が集中する。

坂上郎女、家持、書持は初めて目にする唐の軍船の構造に驚いた。

「まず楼舡《ろうこう》という楼船《やぐらせん》から説明します。これは二層あるいは三層の櫓《やぐら》、それも火玉や矢を避ける盾で頑丈に防備され、船上からは火玉や石玉を遠投できる弩《ど》の装置があります。小さな窓からは兵士が弩で矢を射ることができます。漕ぎ手は片舷二十名、両舷四十名の巨船です。水面からは見上げるような高さになります。もう一枚は、艨衝《もうしょう》と申す頑丈な小型の高速船です。片舷五人、両舷十名で漕ぎ、船首は頑丈で、突き刺す構造になっています。これは相手の船に衝突して、破壊する目的の船です」

「わが方の船は？」

と、書持がか細い声で質問した。

「平底の舟で、防御と言えばせいぜい舷側に矢避けの盾を並べたぐらいです」

「兄上、これではとても戦になりませんわね」

と、坂上郎女が旅人に同意を求めた。


「では、陣形について説明しましょう。唐の水軍百七十隻は、巨船の楼舡《ろうこう》を十隻ほどの艨衝《もうしょう》が護衛するような、統制の取れた組織になっていました。唐軍は河口の上流側に待機していました。遅れて布陣する千隻の倭の水軍は、沖から攻めざるを得ない状態でした。各軍団が渡航した時の船に乗り、好きな場所に布陣しました」

兄弟は身を乗り出していた。

「まず両軍の先頭部隊が小競り合いをしましたが、あっという間に倭軍は一方的に敗れました。この様子を見た将軍たちは、一旦引き下がり、軍議を開きました。その席で決まったのは——先陣が、上げ潮に乗り我先にと、勢いを以って攻め掛かれば、唐軍の奴らは恐れをなして逃げるであろう。この時に中軍が一気に突入すれば、わが軍の勝利は間違いない。要は気合じゃ、気合じゃ——というものでした」

「まあ、何と大雑把《おおざっぱ》な作戦でございましょうか」

坂上郎女は呆れた。

「その通りでございます。千隻の船が、掛け声勇ましく、上げ潮に乗って軽快に、相手に近づき、我先にと、てんでんばらばら攻め掛かりました。ところが、巨船の楼舡《ろうこう》から弩《ど》で石玉や火矢が撃ち込まれました。また高速の艨衝《もうしょう》が突っ込んできて、船は壊れてしまい、多くの兵士が海に投げだされました。油を付けた火矢で衣は燃え、船も燃えます。大混乱になりました。倭船から射かける矢は、頑丈な防備の櫓に跳ね返されます。このありさまに、引き返そうとしますが、上げ潮なので沖に戻ることができませぬ。見る見るうちに倭の軍船は、唐の巨艦の挟み撃ちにあい、船も兵も弩で射られる火矢に燃え、海面は死傷者の血で赤く染まりました」

家持と書持はその有様に茫然としていた。

「倭の水軍はほうほうの体で岸に戻りました。軍船四百隻を失っていました。――倭軍の猛将、朴市《えち》秦田來津《はたのたくつ》は天を仰いで、作戦の失敗を切歯扼腕《せっしやくわん》し、敵兵数十名を殺して戦死した――と伝えられています。それがしは、軍船の構造から殆ど斬り込みはできずに、戦死したと思います。多分、生き延びた部下が、田來津の新羅攻めでの奮闘を重ねたのでしょう。この戦で安曇比羅夫《あずみのひらふ》将軍も戦死しました。豊璋王は、戦うどころか数名の供と小舟に乗り、高麗に逃亡しました。その後の行方は分かりませぬ。これが白村江の惨敗の実情です」

「豊璋王は、何と情けない男か。このような臆病者を王に迎え、斬られた愛国の士、鬼室福信《きしつふくしん》が可哀相だな」

と、旅人がしみじみと同情した。

「唐軍は殆ど無傷だったのですか？」

と家持が訊ねた。

「そうです。歯が立ちませんでした。倭軍の将兵は恐怖感を抱いて退却したのです。人は皆勝ち戦は自慢げに語りますが、負け戦は黙ります。だから実情は伝わりにくいのです。要約すれば、第一に、戦う前に、――唐の軍船の防御、あるいは攻撃力の設備が、桁違いに大きい――という情報を全く知らなかったこと。第二に、個々の武将は個々の戦いでは猛将でも、連合して戦う経験がなかったこと。これを補うには現場の総指揮官が必要であったが、中大兄皇子は総指揮官を自任し、現場の総指揮官を任命していなかったこと、第三に、その結果として陣形や連携あるいは潮流の配慮などの戦略、戦術が皆無であったこと、第四に、空元気《から》の戦意が実戦に通用すると錯覚していたこと――などでしょう」

「その通りだ。優れた総師を欠く軍勢は、いかに豪傑が集まっても烏合《うごう》の衆に過ぎぬ。武人は敗戦こそ謙虚に、しっかり分析し、敗因を学ばねばならぬ。家持、心得ておけ。ところで憶良殿、州柔城《ツヌサシ》の方はどうなったのか？」

「州柔城の百済復興軍は、――白村江で倭軍惨敗――との報に、色を失いました。戦意は萎《な》え、翌九月、唐・新羅連合軍に降伏しました。これにより『百済』の名は消滅しました。百済を見限った各地の貴族や武将やその妻子などは国を去る決意をしました。惨敗した倭軍は、一旦上陸し、唐・新羅軍の襲撃を押し返しつつ、陣形を整えて、これらの亡命希望の百済の貴人たちを、六百隻の船に乗せて、帰国しました」

「そうか。逃げ軍《いくさ》は難しい――という。――百済の亡命希望者までも乗せ帰国した――とは善い話だ。生き残った将軍たちが冷静さを取り戻したのであろう」

「はい。この時の亡命者の中に、鬼室福信の親友で、以前来日した佐平の余自進や、憶礼福留《おくらいふくる》などがいました。彼らは大和朝廷に暖かく迎えられ、官人として登用され、律令国家の建設や、築城に、惜しみなく才智を発揮しました」

「ということは、白村江の戦いは、わが国にとっては屈辱的な惨敗であったが、その副産物として、百済の貴人、武将たちの英知をそっくり輸入できたことになるか」

「その通りでございます。一万五千名ほどの尊い犠牲を払いましたが、百済の先進文化を一挙に入手しました。それがしは、この効果を高く評価しています。退却戦をしながら、よくぞ百済の名士を多数、船に乗せたものだ――と、倭の武将たちの度量の大きさに感服します」

「同感じゃ。他人事《ひとごと》ではない。家持、吾らも先人に見習おうぞ」

「心に留めておきまする」

と、嫡男家持が応えた。

(四) 筑紫君薩夜麻《つくしのきみさちやま》の謎

「先生、九州の豪族で筑紫君薩夜麻は、どうなったのでしょうか? 派遣軍の将軍の配置に筑紫君薩夜麻の名がないので気に懸かっています」

「筑紫君薩夜麻は仮の名前です。『筑紫君』で分かりますように、筑前筑後の豪族を代表する盟主のような存在で、直接の軍団を持っていたわけではありませぬ。あるやんごとなきお方の御子です。指揮官ではありませんが、今回の百済復興支援軍派遣の象徴的存在でしたが、捕囚になりました」

「えっ！」

「そのお方のお名前は後刻明かしましょう」

（憶良様はまた焦《じ》らせるわ）

坂上郎女はすっかり慣れてきていた。

「筑紫君は当時十歳の少年でしたが、唐に連行され八年の歳月を過ごしました。筑紫君が帰国できたのは、捕囚の一人、筑紫国上妻郡《つくしのくにかみのやめのこおり》（八女《やめ》郡）出身の大伴部博麻《おおともべのはかま》と申す兵士が、自分の身を奴隷として唐人に売り、その代金で主君を解放してほしい――と、願い出たからです。唐の将軍、劉仁軌《りゅうじんき》は筑紫君薩夜麻がやんごとなき身分、つまり皇族であると知りました。劉仁軌は筑紫君を倭軍の捕囚の中で最高位の人物として処遇しました。余談になりますが、大伴部博麻は奴隷の年季が終わった三十年後の持統四年（六九〇）、やっと帰国できました。持統女帝は、大伴部博麻の忠誠心を讃えて、彼と一族に、筑後国上陽咩郡《かみつやめのこおり》の水田などを与えました。これは持統女帝を支えて知太政官事の地位に在った高市《たけち》皇子の配慮です」

「ほう。そなたはどうして唐での劉仁軌の筑紫君に対する処遇が分かったのか？」

「実は遣唐使節の一員で唐に参りました際に、それがしは、この白村江の戦いが、かの国ではどう報告されているか調べました。戦いは、勝利者は多くを語り、敗者は口を閉ざすものです。先刻お話しました唐の軍船の構造はじめ多くの事実が分かりました。そのなかに、——唐の麟徳二年（六六五）、時の皇帝であった高宗が、名山の泰山で封禅《ほうぜん》の儀式、つまり天下泰平を祈願する祭祀を行った際に、劉仁軌《りゅうじんき》が新羅、百済、耽羅《たんら》（済州島《さいしゅうとう》）、倭の酋長を従えて参列した——という記事がありました。酋長とは一国の国主を意味します。当時数千の捕囚の中で、数人の小豪族がいましたが，『君』と敬称が付く方は筑紫君だけです。筑紫君はこの時十三歳の少年ながら一国の代表格として、唐朝廷の式典に参加していたのです」

「すごいなあ」

と、書持は驚嘆した。

「天智十年（六七一）十一月、唐は捕虜二千名を解放し、返送してきました。その頃、唐は韓半島を統一した新羅と対立していたので、倭と誼《よしみ》を結びたいと考えていたのです。筑紫君薩夜麻《つくしのきみさちやま》は八年ぶりに帰国しました。薩夜麻は、白村江の敗戦で、倭の国が激変していたことに驚きました。第一は中大兄皇子こと天智天皇と、弟の大海人皇子の間がこじれていることでした。天智帝が皇位を御子の大友皇子に譲りたい意向だと察知できました。第二は、祖国防衛のために百済式の山城や水城《みずき》が築城され、防人《さきもり》が配備されていることでした。第三は近江への遷都と大海人皇子の吉野隠棲でした。したがって、次回は、筑紫君薩夜麻が捕囚となっていた間の、近江遷都と吉野隠棲など壬申《じんしん》の乱直前までの流れを概略お話しします」

庭では、船長の甚の息子で宗像海人の若者頭の健が木陰に潜み、真剣に聴いていた。筑紫君薩夜麻の運命は、他人事ではなかった。――白村江では多くの宗像海人が水夫《かこ》として徴用され、為すべもなく死傷した。それだけに、惨敗の背景を知り、海人の仲間にも伝えたい――と考えていた。

（親父は凄え方の子分になったものよ）

と、健は実感していた。

第十七帖　遷都と隠棲

三輪山をしかも隠すか雲だにも情《こころ》あらなむ隠さふべしや
（額田王　万葉集　巻一・一八）

（一）近江遷都の背景

「話を白村江の戦いの時点に戻します。――倭軍大惨敗。船四百艘、将兵一万数千名を失う――との報に、称制天智天皇は動顛《どうてん》しました。これまで倭国は、国運を賭けて外国と戦った経験はございませぬ。しかし今回の海戦で、――唐と倭国の軍事力の差は大きく、まるで戦闘になっていなかった――ことが認識されました。色を失った天智帝は、腹心の鎌足を呼びました」

憶良は、帝と鎌足の問答を再現した。

天智帝『鎌足、唐と新羅の連合軍が、百済を殲滅《せんめつ》したように、わが国を今すぐ攻めてきたら、どうすればよいか？』

鎌足『落ち着きなさいませ。唐の目標は、宿敵の高麗《こま》でございます。百済復興軍を瓦解《がかい》させ、わが国の水軍に大打撃を与えた唐軍は、新羅軍と共に北上しています。高麗軍は健在ですから、唐・新羅連合軍との戦いはまだまだ続くでしょう。新羅軍がわが国に攻め込めば、高麗が新羅に攻め込みます。唐と新羅が今すぐわが国に攻め来る惧《おそ》れありませぬ。高麗と戦っている間に、防衛対策をとる時間はございます。幸いにも、わが派遣軍は退却の際に、憶礼福留《おくらいふくる》、四比福夫《しひふくぶ》、答本春初《とうほんしゅんそ》など築城家の将軍や、上級官人などの亡命者を連れてきています。彼らをわが朝廷で雇用し、その経験や能力を発揮させることが、防衛策になりましょう』

天智帝『なるほど。よく分かった。転んでもただでは起きないそちらしい意見だ』

「……ということで、太宰府周辺や瀬戸内の沿岸に、百済式の山城や水城《みずき》が築城されました。大野城《おおの》や水城については、太宰府到着の折、防人司佑《さきもりのつかさのすけ》の大伴四綱《よつな》殿から詳しくお聞きしたと伺っていますので、省略します」（「令和万葉秘帖　隠流し　第六帖　遠の朝廷」）

一家は大野城や水城など、身近な防衛陣地の築城に至る時代の背景がよく分かった。

「憶良様、この太宰府に参りまして、京師《みやこ》にはない大規模の山城や水城に驚きました。大工事だったと思いますが、白村江の惨敗後によくぞできましたわね」

「それは、命からがら逃げ帰ってきた将兵たちの口伝えで、唐の軍事力や侵攻の怖さが国民に伝わりました。――西国の防衛力強化の大工事が必要である。他人事《ひとごと》ではない――と、国民全員に理解され、労力奉仕が行われたのです。しかし一方では、天智天皇の独裁、特に総指揮官を天皇が兼務し、現地での指揮系統が乱れた不手際を指摘する声や、大和地方の大豪族が出陣しなかった不満などが、筑紫、越《こし》、東国などの豪族に鬱積《うっせき》していました。飛鳥や難波周辺では、蘇我宗本家や、分家の倉山田石川麻呂、あるいは古人大兄皇子、孝徳帝や有間皇子の旧臣や領民たちが、怨嗟《えんさ》の眼で、中大兄皇子すなわち天智帝や寵臣中臣鎌足の言動を見ていましたから、白村江での惨敗の失態を冷笑しました。畿内や周辺の古代豪族は、出兵していませんでしたが、九州行宮での斉明女帝の急逝に疑問を感じていました。それゆえに、女帝の殯《もがり》を飛鳥河原で行っても、天智天皇の即位を承認する動きにはなりませんでした。つまり、天智帝はご自分で天皇（当時は大王）を名乗る『称制《しょうせい》』の帝で過ごさねばなりませんでした。天智帝にとっては、飛鳥は居心地の良い場所ではありませんでした。それは占郷を持たぬ鎌足も同様でした」

「二人は余りにも多く人を殺し、あるいは自害させたからのう」

「その通りです。二人は飛鳥を逃げ出す口実と場所を検討しました。その結果選んだのが……」

「近江国の大津です」

と、書持が元気よく答えた。

「そうです。遷都は、宮殿や皇族貴族の邸宅、官人たちの住居建築に至るまで、多大の出費を伴います。国家だけでなく個人の負担も大変です。それだけに、国民の納得のいく説明が必要です。二人は

——唐・新羅連合軍が攻め込んできたら、飛鳥では守り切れない。近江の大津であれば、逢坂の関を固めれば護りやすい——と、主張しました。しかし、真意は別でした。近江には昔から渡来人が多く、百済の滅亡や白村江の敗戦後も、多数の亡命者が住み着いていました。高向王の血を引く天智帝としては、近江の方が飛鳥よりも親近感があったのです」

「武人の眼で見ると、近江の大津は要害の地とは思えぬ。その上、背後はすぐに比叡の山並み、前は淡海《おうみ》の湖。都を置くにはいかにも狭い土地だ。やはり中大兄皇子の天智帝は、——渡来人の多い安住の地に逃げ込んだ——というのが実態だろう」

「その通りでございます。称制天智六年（六六七）遷都は実行されました。官位を得ている豪族たちは、しぶしぶ従いました。飛鳥を去りたくなかった貴人たちの、三輪山に別れを告げる気持ちを、和歌で紹介しましょう」

「そんな歌があったのですか」

と、家持が驚いた。

「はい……額田王の歌です」

三輪山をしかも隠すか雲だにも情《こころ》あらなむ隠さふべしや

「この大津近江宮で群臣会議を開催し、天智帝は晴れて正式の天皇として即位しました。天皇は正妃の倭姫《やまとひめ》王を皇后に、また、これまで帝に従順に仕えてきた弟の大海人皇子に『大皇弟《ひつぎのみこ》』の名称を与えました。したがって天智帝の後は大海人皇子が皇位を継ぐと見做されました」

「大海人皇子は何歳だったのか？」

「三十八歳でございました。皇子は長い間肩書のないまま兄君に仕えてきました。『大皇弟《ひつぎのみこ》』の称号により、やっと皇位継承権が内外に示され、政治への発言権ができました。『ひ』は太陽、皇位を意味します。『ひつぎ』は後嗣の表現です。実は、天智帝はこの称号を大海人皇子に与えたくなかったのですが、やむをえない事情があったのです」

「ほう。それは初めて聞く」

旅人が身を乗り出した。

「一つは、白村江の惨敗により、称制天智帝への国民の信望と権威は落ちていました。一方、在来の豪族たちは、遷都に反対していた大海人皇子を支持していました。渡来系でない在来の豪族たちを抑え、政事《まつりごと》を進めるには、大海人皇子を懐柔《かいじゅう》する必要があったのです」

「なるほど」

「第二には、皇太子候補の不在でした。第十三帖の『漁色』でお話しましたように、中大兄皇子時代の妃、倭姫王《やまとひめ》には男子の御子がお生まれになりませんでした。川島皇子、志貴（施基）皇子、大友皇子たちは、いずれも身分の低い出自の采女《うねめ》たちの御子でしたから、皇太子の適格者ではなかったのです」

「いずれも卑母《ひぼ》だな」

「はい。天智帝と鎌足は、大海人皇子を確実に取り込むためもう一つの秘策を実行しました」

「その秘策とは？」

「遷都と即位の祝典を機に、天智帝の最愛の御子である大友皇子と、大海人皇子と額田王の愛孃である十市皇女《とおちのひめみこ》を結婚させることでした。この時大友皇子は二十歳であり、その才幹は大宮人の注目を集めていましたから、大海人皇子と額田王にとっては反対の理由はありませんでした」

「大海人皇子は『大皇弟』の称号と引き換えに、愛妻額田王と愛孃十市皇女を召しあげられたのか」

「結果としてそうなります」

「そうしますと、天智帝が蒲生野《がもうの》に薬猟の野遊びをなされ、大海人皇子と前妻の額田王が有名な相聞歌を詠まれたのが、たしか天智七年の五月五日だったかと記憶しますが……」

（さすがは才女だ）

と、憶良は感服した。

「そうです。即位の翌年ですから、大海人皇子は『大皇弟』になったばかりでした。それだけに額田王は——今あなたは大事な時ですから、嫉妬深い天智帝に睨《にら》まれるような軽率な振る舞いはご自制ください。私は今でもあなたを愛していますから——と、注意されたのです」

「白村江の惨敗から近江遷都となり、蒲生野の薬猟が催されて、相聞の名歌が誕生したか。ではちょっと講論も道草を食おう。郎女よ、そなたが額田王、余が大海人皇子の歌を……」

と、旅人が坂上郎女と朗唱した。


あかねさす紫野行き標野《しめの》行き野守《のもり》は見ずや君が袖《そで》振る

（額田王　万葉集　巻一・二〇）

むらさきのにほへる妹を憎《にく》くあらば人づまゆゑに吾恋《われこ》ひめやも

（大海人皇子　万葉集　巻一・二一）

「愛妻を兄天智帝に差し出さねばならなかった大海人皇子の腹立ちと、皇子を愛された額田王の切なさがよく分かります。では小休止して、この遊猟後の兄弟の不和について語りましょう」

と、憶良は白湯を口にした。

（二）湖畔高楼、槍の舞

「少年の頃から大海人皇子は気弱で、兄の中大兄皇子に楯突くことはありませんでした。長年連れ添った愛妻の額田王を、『吾によこせ』と取り上げられた時も、表立っては素直に応じました。しかし近江遷都には、大和周辺の豪族たちの意見を容れて、反対の意見を持っていました。『大皇弟《ひつぎのみこ》』の肩書を得ましたが、政事《まつりごと》は依然として天智帝と鎌足や渡来系大貴族たちで進められていました。ただ白村江の敗戦以来、鎌足の政治力は急速に衰えていました。在来中小豪族たちの支持を受けていた大海人皇子の人望が次第に高まっていました。このような時、事件が起こりました」

事件——との言葉に、家持兄弟は驚いた。

「事件を語る前に、先ほど申した大友皇子について話しておきましょう。天智帝は伊賀采女宅子娘《いがのうねめやかこのいらつめ》との間に生まれていた大友皇子を特に愛していました。それは大友皇子が少年の頃から英邁《えいまい》だったからです。称制天智二年（六六三）白村江の敗戦で多くの百済貴族が亡命してきたことは前に述べました。この時十六歳だった大友皇子は、亡命の学者や兵法者を招いて、その教えを受けました。例えば兵法は答本春初《とうほんしゅんそ》や木素貴子《もくそきし》、法令は沙宅紹明《さたくしょうみょう》、五経は許率母《こそつも》、薬学は吉太尚《きちだいじょう》などです」

「先生、答本春初はあの長門《ながと》国で築城したと聞きました武将ですか」

（家持殿はさすがに記憶力が良い）

「そうです。優れた百済貴族、学者たちの指導により、大友皇子の才能は一気に開花しました。大宮人たちは――天性明悟。博古を愛し、筆を取れば名文を書き、口を開けば名論となる。特に詩文の才に優れ、博学多通。文武の才幹あり――と激賞しました。近江京での大友皇子は年の頃は二十過ぎの好青年であり、目立った存在でした。天智帝は、ある時琵琶湖畔の高楼で酒宴を催しました。正確には詩宴でした。酒宴が酣《たけなわ》になった頃、帝は参加者に詩を朗唱させました。勿論、大友皇子も自作の詩を見事に披露しました。帝から声がかかりました」

天智天皇『では大海人もひとつどうだ』

「大海人皇子の酔いは一気に醒めました。心中深く怒りました」

大海人皇子（――詩宴とは聞いていなかった！　題も知らされていない！　余に赤恥を掻かせる宴だったのか！　兄上は何と卑劣な！　大友皇子の詩の後に、即興で作れというのか！　余を虚仮《こけ》にするのか！――）

旅人一家は、大海人皇子を演ずる憶良の迫真の講論に、息を呑んでいた。

大海人皇子（――よし、それならこちらにも覚悟がある。吾は幼少時より兄君に従順だった。兄君の申されるまま、愛妻額田王を差し出し、愛娘十市《まなむすめとおち》を大友皇子に嫁がせた。十市は長子高市《たけち》と幼馴染で、恋仲だった。その高市は百済復興軍に差し出され、白村江の激戦に敗れ、筑紫君薩夜麻《つくしのきみさちやま》と本名を隠して、唐に囚われの身となっている。近江遷都には反対だった。吾は琵琶湖を眺めて詩宴などを愉《たの》しむ心境にない！――）

「鬱積《うっせき》していた不満が一気に暴発しました。大海人皇子はおもむろに立ち上がると、壁際に行き、飾られていた槍を手に取り、座敷の中央に立ちました」

大海人皇子『吾不調法なれば、詩歌の代わりに即興の槍の舞を披露致しましょう』

「……と、槍をぶんぶん振り回しました。大海人皇子は、つかつかと帝の前に進み、その槍を床に突き刺しました」

家持、書持は驚いて息を呑んだ。憶良が帝と鎌足を演じた。

天智天皇『無礼者！　覚悟せよ！』

「……と帝が太刀に手を掛けた時、鎌足が飛び出て大手を広げ、絶叫しました」

鎌足　『お待ちください。鎌足に免じてお納めを！』

「腹心の鎌足の制止に、帝も刀を収めました。参加者の半数は大海人皇子を支持する武人系の貴族豪族たちでした。もし斬り合いになれば、渡来系官僚の文人重臣たちに武力での勝ち味はなかったのです。鎌足は雰囲気を読んでいただけではありません。白村江の敗戦の責任を問う無言の圧力と、己の政治力の低下をひしひしと感じていた時期でした。いつかは大海人皇子にも媚《こび》を売らねばならないと考えていたのです」

「なるほど、鎌足は天智帝と大海人皇子の間を取り持つことで、政治生命を復活しようとしたのか。白村江の大惨敗によって、鎌足は時代の流れが微妙に変わってきたのを、動物的な感覚で読み取っていたのだな。鎌足にとっては絶好の機会だったか。それにもまして驚いたのは、筑紫君薩夜麻が高市皇子だったとはな……なるほどそうであったか。辻褄《つじつま》が合う」

「まことにその通りでございます。鎌足の必死のとりなしで、この場は収まりました。しかし、天智帝と大皇弟《ひつぎのみこ》の大海人皇子の間には、冷たい大きな溝ができました」

「抜き身の槍を振りかざして舞い、帝の真ん前に突き刺すとは、……切羽詰まれば気弱なお方も大胆になることがございますわ。しかし、詩宴の題目を告げずに、従順な大海人皇子に恥をかかせた天智帝は卑劣でございますわね」

と、坂上郎女が酷評した。全員が頷いた。

「この詩宴事件の翌年の天智八年（六六九）十月、天智帝・大友皇子と大海人皇子の間を取り持っていた鎌足が重篤の病に臥しました。天智帝は『大皇弟』の大海人皇子を勅使として、内大臣の中臣鎌足邸に派遣して、大織冠《だいしきのこうぶり》と大臣《おおおみ》の位を与え、藤原《ふじわら》の姓を下賜しました。したがって中臣鎌足はこのあと藤原鎌足となり、間もなく薨去しました。五十六歳でした。鎌足の薨去により、天智帝と大海人皇子の間の緩衝材《かんしょうざい》が無くなりました。近江京には帝と大海人皇子の間に緊張感が張り詰めたまま天智九年が終わりました。年が明けた天智十年（六七一）正月の閣僚人事が、またまた波紋を呼び起こしました」

（三）大友皇子異例の抜擢

憶良は半紙に筆を走らせた。

太政大臣《だじょう》　大友皇子

左大臣　蘇我赤兄《そがのあかえ》
右大臣　中臣金《なかとみのかね》
御史大夫《ぎょしたいふ》　蘇我果安《はたやす》
々　巨勢人《こせのひと》
々　紀大人《きのうし》

「前に説明しましたが、大化五年（六四九）左大臣阿倍内麻呂が急逝し、一週間後右大臣で岳父の蘇我倉山田石川麻呂を謀殺して以来、中大兄皇子は左右大臣を置かず、皇太子として実権を握ってきました。しかし白村江の惨敗と近江遷都は心身両面で天智帝に負担をかけていました。遷都して四年、働き盛りの四十六歳というのに、病魔に侵されました。寝込むほどではありませぬが、ご自身は体力の衰えを感じていました。本来ならば四十二歳の大海人皇子に譲位され、ご静養されればよい局面でした。ところが、大海人皇子に何の相談もなく、突然の大臣任命でした。特に太政大臣に、溺愛《できあい》していた大友皇子を任命したのが波紋を呼びました。太政大臣の官職は、律令制度の下では名誉職ではありません。天皇権を代行して政事を行うことを意味しています。大宮人たちは――『大皇弟《ひつぎのみこ》』と太政大臣はどちらが上になるのか？――と囁き、困惑しました。大友皇子を補佐する要職の左大臣には腹心の蘇我赤兄を任命しました」

「有間皇子を謀殺した悪人だ！」

と、書持が叫びました。憶良はにこりと笑みを返して、

「その通りです。御史大夫というのは今の大納言です。天智天皇の意図を最も敏感に読み取ったのは大海人皇子でした。――兄君は大友皇子を次の天皇に望んでいる。渡来系貴族で神輿担《みこしかつ》ぎをさせたな。わが身を護るべし――と、静観され、近江を去る準備を始めました」

「ほう、年初からか？」

旅人が驚いた。

「そうです。十月に天智帝が大海人皇子を病床に呼ばれました。この時、宮廷を歩く大海人皇子に、蘇我一族の安麻呂という男が『天皇のお言葉に慎重に対処なされまし』と囁きました。実は乙巳《いっし》の変に関与していなかった大海人皇子に、蘇我氏の一部は密かに好意を持っていたのです。果たせるかな、天智帝は、大海人皇子に、『わが身は病に侵され、最早政事《まつりごと》を執ることは難しい。今すぐにでも皇位をそなたに譲りたい』と申されました。大海人皇子は――これは罠《わな》だ――と察知しました。皇子は即座に、『何を申されますか。大友皇子が然るべき年齢になるまで、お后、倭姫王様を天皇になさいませ。その間、政事は太政大臣の大友皇子にお任せになればよろしゅうございます』と固辞され、『それがしは本日出家致します』と申されました。その場で佩刀《はいとう》を外し、宮殿の仏殿で剃髪《ていはつ》されました。天智帝は大海人皇子に袈裟《けさ》を与えました。剃髪した皇子は二日後再び天皇に拝謁し、『吉野へ隠棲し、修行することをお認めください』と願い出ました。『大皇弟《ひつぎのみこ》』の大海人皇子が出家し、近江京から去れば、太政大臣の大友皇子が実質東宮になりますから、天智帝は快く認め、左右大臣を宇治まで見送りさせました。世人が『虎に翼を付けて野に放ったようなものだ』と評した逸話は有名ですから皆さまご存知でしょう」

「はい」

「天智帝が両大臣を宇治まで見送りさせたのは、――大海人皇子と妃の鵜野讃良《うののさらら》皇女や草壁《くさかべ》皇子たちが本当に吉野へ向かうのかどうか――確認させたのです。この宇治で大海人皇子は四十名ほどの舎人《とねり》のうち半数を解雇し、意を含めて郷里へ返しました。身の回りの世話をさせるため僅か二十名ほどの舎人に数名の侍女を吉野へ帯同しました。数十名の舎人を帯同しては、古人大兄皇子のように、謀反の意在りと疑われる危険があったからです。随行の舎人には遁甲方術《とんこうほうじゅつ》を学んだ者が数名いました」

「何！　遁甲方術の知識ある者が！」

　と、旅人が問い質《ただ》した。

「その通りです。遁甲方術には山歩きの術も、身を隠す技や知識も含まれます。大海人皇子は帝が追手を差し向ける事態も予想し、吉野の奥山に急ぎました。この時何処からともなく修験道の行者や山人が現れ、お妃や草壁皇子らを背負い、侍女たちの荷物を運びました。一行は難所の芋ケ峠道も無事越えて国栖《くず》の里に到着しました。里人たちが総出で一行を暖かくもてなしました。翁たちが、国栖奏《くずそう》と呼ばれる家伝の古い舞で大海人皇子を慰めました」

「ほう、行者や国栖の山人たちが逃避行を手伝ったのか……それは初耳だ」

「大海人皇子が前々から近江遷都に反対の意見であったことは前に述べました。この頃から、大海人皇子は国栖の民を通じて、吉野の修験者を率いる役行者《えんのぎょうじゃ》に接触していたのです」

「役行者だと！」

予想もしなかった人物の登場に、旅人は絶句した。

「はい。大海人皇子は槍の舞の事件以来、密かに近江京脱出の口実や時期など実行計画を練っていたのです。鸕野讃良妃や皇子たちを連れて無事に吉野へ逃亡するのは難事ですから」

「なるほど……役行者と組んでいたのか」

旅人は憶良の語る裏話に、ただただ驚いた。

(さすがは山辺衆の首領《かしら》だ。吾らの知らぬ裏話を知っている)

「皆様驚いたようですが……若たちは役行者について何か知っていますか？」

「天狗のように空を飛べると友達に聞いたことがあります」

「前鬼、後鬼という二匹の鬼を従えていたとか……」

二人が自信なさげに応えた。

「ははは、半分嘘、半分本当でございます。それでは脇道になりますが、壬申の乱とも関りがありますので、修験者役行者について語りましょう」

(四) 役行者《えんのぎょうじゃ》

「役行者は役小角《えんのおづぬ》と申します。約百年前の舒明六年（六三四）、大和国葛城上郡茅原《ちはら》（御所《ごぜ》市茅原）に生まれました。茅原は葛城山の東の麓になります。地理の見当はつきましょう」

「はい。飛鳥は吾ら大伴の本貫《ほんがん》（本籍）の地でございますから」

と、家持が応えた。

「茅原より少し南に鴨神という地がございます。金剛山の東麓です。この里の一番高い場所に高鴨神社がございます。役行者の父はこの高鴨神社に奉仕する高加茂朝臣《たかかもあそん》の一族でした。姓は加茂役君《かものえたちのきみ》、名は大角《おおづぬ》です。母は渡都岐比売《とときひめ》、通称白専女《しらとうめ》と申しました。蘇我氏に滅ぼされた物部氏の娘と伝えられています。この白専女が、舒明五年（六三三）熊野に参詣した際に、――月を呑みこむ夢を見て受胎した――との逸話がありますが、真偽のほどは分かりませぬ」

二人の娘を持つ坂上郎女は興味津々であった。

「鴨神の地名を語りますのは理由があります。実は大昔、神日本磐余彦《かむやまといわれひこ》、後の神武天皇が九州から東征してこられる前は、この地は出雲の領土でした。大国主神は大倭の宮廷の守り神として、三輪、飛鳥、それに葛城の鴨の三カ所に、神が鎮座されます『神南備《かむなび》』を置かれました。葛城の鴨は聖地なのです」

兄弟が大きく頷くのを見て、父旅人が、

「任を終え帰京し、落ち着いたならば、そなたたちを茅原や鴨神の地に連れていこうぞ。特に高鴨神社は幽邃《ゆうすい》であり、山水を蓄えた池は、葛城の高間《たかま》の山を映して、見事な景観だ。話のついでに、この地で詠まれた古歌を紹介しておこう」

「兄上様は博学でございますこと」

旅人は微笑みながら詠唱した。

葛城《かづらき》の高間《たかま》の草野《かやの》早領《も》りて標指《しめさ》さましを今ぞ悔しき
（作者不詳　万葉集　巻七・一三三七）

憶良が拍手した。旅人が続けた。

「この地の若者が――野に標識を立てて自分の土地とするように、あの美少女をもっと早く知って、妻問《つまどい》しておけばよかった。人妻になったのは口惜しい――と嘆いた歌だ。その若者も、乙女も、多分鴨神の地を周遊したことであろう。そなたたちはまだ幼いが、いずれ恋をしよう。この若者のように悩まぬように行動するがよかろう。はっはっは」

「その通りでございますわ、ほほほ」

と、多くの恋をしてきた坂上郎女が、袖を口に当てた。

憶良が空咳をした。

「話が脇道に逸れましたので、役行者の方に戻しましょう」

「いやいや済まぬ、済まぬ」

と、旅人が憶良に頭を下げた。

「信仰心の篤い両親の影響で、小角《おづぬ》は幼少から神仏に興味を示しました。僅か十一歳で出家し、役優《えんのう》婆塞《ばそく》と名乗りました。皇極四年（六四五）のことです。この年は？」

憶良が二人に問いかけた。

「はい。乙巳《いつし》の変です」

弟の書持が即答した。

（家持殿同様に賢い！）

憶良は感心した。

「その通りです。中大兄皇子と中臣鎌足は、蘇我本宗家を滅ぼし、大化の改新と呼ばれる施策を次々と実行に移されました。大人たちが政変に驚き、目を奪われていた翌大化二年（六四六）、小角は葛城山に登り、山中で修行に入りました」

（今の我らとほぼ同じ年頃だ！）

兄弟は一瞬身震いした。

（憶良様のご指導は、いつも時代背景や年齢を上手に認識させ、子たちの興味をそそらせている。流石は元侍講……）

と、坂上郎女は、感服した。

「四年後の白雉元年（六五〇）、十六歳の時、――修行の目的は人心の救済に在り。その目的遂行には呪術会得が必要――と、発願《ほつがん》され、長期の山岳修行に入られました。最も厳しいと恐れられていた峻険な高山に身を置き、宇宙や大自然と一体になって、超能力を身に付けようとされました。人跡未踏の深山渓谷を登り下りするのは、並大抵の苦労ではございませぬ。猛獣や大蛇も出ます。役小角は錫杖《しやくじよう》を以って、修行の邪魔物を退治されました。自然に杖術の達人となられ、また折伏《しやくぶく》の術も会得されました。天文の術を知り、落石倒木、猛獣の襲撃から身を隠す術、仙薬の知識など、遁甲方術《とんこうほうじゆつ》と呼ばれる保身術を、文字通り体得されたのです。山歩きは常人の比ではありませぬ。岩登りは猿や羚《かも》羊《しか》のようであったと伝えられています」

家持、書持は、深山を駆け抜け、岩登りする白衣の行者姿を、脳裏に描いていた。

「いつしか役行者と呼ばれ、前後に雌雄の異相の者が従っていました」

「前鬼と後鬼です」

書持が元気よく叫んだ。

「その通りです。だが鬼ではありませぬ。儀学《ぎがく》と儀賢《ぎけん》と申す修行の弟子です。彼らは倭人ではなく、異国の男女です。南か西か定かではありませぬが、遥か彼方から嵐で漂流し、日本の海岸に着いたが、里人に恐れられ、追われ、山中に逃げ込んでひっそり暮らしていた者たちです。魔物ではありませぬ」

「人間だったのですか」

「そうです。この世には鬼はいませぬ。異相の外国の民か、あるいは不幸にして異相に生まれた倭の民です。前鬼と呼ばれた儀学、後鬼の儀賢は役行者の弟子であるとともに、身辺警護の雑人《ぞうにん》でした」

「よく分かりました」

兄弟は憶良の説明を十分理解していた。

「天智六年（六六七）といえば……」

「はい。天智天皇が近江大津へ遷都された年です」

と、家持が応えた。

「その通りです。同じ年の師走の晦日《みそか》（三十日）、三十三歳の壮年となっていた役行者は、熊野に詣でられると、一念発起、脚を北に向けました。峨峨《がが》たる山塊の獣道《けものみち》を辿《たど》り、木の根、岩角を踏みしめて、ようやく大峯山に着き、さらに金峰山《きんぷせん》に至りました。この間、百日を要したと言われています」

「まあ、そんなにかかったのですか」

坂上郎女は驚いた。

「はい。途中、大峯山脈の天上ケ岳で祈念している最中に蔵王権現《ざおうごんげん》が現れました」

一家は真剣な目つきになっていた。

「権《ごん》とは仮の意味です。権現とは、仏や菩薩が衆生《しゅじょう》――生きとし生けるもの――を救済するため、いろいろな形をとって権《かり》に現れる姿を申します。この時行者の前に示現《じげん》したのは、一面三目二臂《ひ》（肘《ひじ》）で、悪魔を降伏させる憤怒《ふんぬ》の相をしていました。左手を腰に当て、三鈷杵《さんこしょ》――三叉の、短いが切っ先鋭い武具――を持った右手を高く掲げた戦いの姿勢でした。役行者は金峯山に蔵王堂《ざおうどう》を創られ、この蔵王権現像を修験道の主尊となされました。これにより吉野の金峯山は修験者の霊地となりました。金峯山には役行者を崇敬する山伏たちが、全国から集まるようになりました。役行者の呪術《じゅじゅつ》力は、大和だけでなく近江朝廷でも話題となっていました。実は近江遷都に気の進まぬ大海人皇子は、飛鳥の裏山ともいえる吉野金峯山の権現堂の建築に、密かに寄進をなさるとともに、役行者に天文遁甲の方術を学んでいたのです」

「それはまことか？」

「はい。随行した舎人の内、山背直小林《やましろのあたいこばやし》、山背部小田《やましろべのおだ》、書直智徳《ふみのあたいちとこ》、書首根麻呂《ふみのあたいねまろ》も遁甲方術を学んでいました」

「そうであったか。大海人皇子は早くから吉野の役行者と親しかったのだな」

「はい。その一例が、二年前の鎌足重篤の際の大海人皇子の行動でした」

「ほう。どういうことだ？　鎌足は突然の頭痛と高熱でうなされていたというが」

「大海人皇子は役行者に鎌足の病気回復祈願を頼みました。――鎌足には先年、湖畔高楼での宴席で危機に身をもって庇《かば》ってくれた恩義がある。天智帝と余との間を取り持とうとしている。また鎌足の豊富な知識や経験は、今後の律令政治に利用価値がある――と判断されたからです。役行者は、策謀家の鎌足を嫌悪《けんお》していましたが、ほかならぬ大海人皇子の意図を理解され、密かに鎌足の病床に参りました」

坂上郎女や家持兄弟は、役行者にますます興味を持っていた。

「役行者が祈念すると、――鎌足に古狐が憑依《ひょうい》、つまり取り付いている――と、分かりました。古狐は――鎌足に追放され、あるいは処罰された生霊《いきりょう》の怨みを晴らしている――と申しました。そこで役行者は『吾は神仏ならぬ身、鎌足殿の寿命は延ばせぬが、祈祷により、鎌足殿のこれまでの悪行による怨霊を鎮め、安らかに成仏させ申そう。古狐よ、鎮まれ』と、呪詛《じゅそ》祈念されました」

「そうであったか。――鎌足は七転八倒《しちてんばっとう》し苦しんでいたが、不思議にも往生の直前は、頭痛が治癒していた――と聞いた。役行者が密かに古狐を落としていたのか」

旅人は納得した。

「憶良様、天智帝が病に臥した時には、祈願されたとは聞いていませぬが……」

「役行者は衆生済度《しゅじょうさいど》を目的として、身を浄め、山に籠って修行された方です。権勢欲のため多くの殺人を繰り返した中大兄皇子、天智天皇とは対極の世界にいました。特に出家をされて吉野に隠棲された古人大兄皇子一家を斬殺された行為は、――古来神聖な霊地吉野を汚した。許せぬ――と、お考えでした」

「よく分かりました」

「大海人皇子が吉野へ隠棲された翌十一月、朗報が吉野に届きました。大唐に捕囚となっていた将兵二千名が解放され、帰国したのです。その中に筑紫君薩夜麻《つくしのきみさちやま》がいました。筑紫君は白村江の惨敗をまざまざと体験しました。さらに唐では捕囚を代表し、倭の酋長として処遇され、逞《たくま》しい成長をしていました。今日は長話になりましたので、吉野行者と筑紫君薩夜麻の続きは、次々回、壬申の乱で致しましょう」

（えっ。吉野行者や筑紫君薩夜麻が壬申の乱と関係があるの）

と、坂上郎女は吃驚《びっくり》した。

「もっとお聞きしたい」

と、書持が駄々をこねた。

「書持、これから先もある。楽しみにしようぞ」

父親の顔で旅人が宥《なだ》めた。

第十八帖　木幡《こはた》の空

青旗《あをはた》の木旗《こはた》の上を通《かよ》ふとは目には見れども直《ただ》にあはぬかも
（倭姫皇后　万葉集　巻二・一四八）

（一）沓《くつ》

「今日は吉野の葛粉で作らせた葛餅を持参しました」

と、憶良が包みを家持に渡した。

「さては憶良様、今夜のお話と関係ありそうですわね、ほほほ」

坂上郎女が探りを入れてきた。

「さあどうでしょうかな。では始めましょう」

旅人一家が座に着いた。

「今回は天智天皇の崩御について、秘話をお話しします。日本書紀では、――天智天皇は、天智十年（六七一）十一月下旬、大友皇子と蘇我赤兄ら五人の重臣を集め、『六人、心を同じくして天皇の詔《みことのり》を奉る。違《たが》うことあらば、必ず天罰を被《かぶ》る』と誓約させた。その十日後の十二月三日に、病で崩御された――と記述されています。しかし事実は病死ではありませぬ。お身体は弱っていましたが、寝込むほどではございませんでした」

「では？」

「山科《やましな》で拉致《らち》され、木幡で暗殺されました」

「エッ！」

一家四人は絶句した。

「そうでございましょう。それがしもある伝承を小耳にして、この調査をしていささか驚きましたから」

と前置きして、憶良は講話を続けた。

「天智天皇は、赤兄ら重臣たちが――将来も大友皇子を支えます――との盟約に安堵されました。そこで、大和の故里《ふるさと》に帰っておられた皇后倭姫《やまとひめ》王に、そのことを伝えようと思い立ちました。第十三帖『漁色』でお話しましたように、四十六歳の天皇は荒淫で、多くの女人が後宮にいました。しかし身分の高い方は、古人大兄皇子の皇女であられた倭姫王皇后のみでした。――大友皇子を皇太子に立太子させるか、あるいは天皇に即位させるか――という皇位継承に係わる重要な案件では、舒明天皇の孫で、血筋の良い倭姫皇后の同意が必要でした。――久々に皇后を妻問いするか――と、僅かな供を連れ、馬に乗り、大津を出発されました。大和への近道は山科から宇治を経由し飛鳥へ向かう道（現在の醍醐道《だいごみち》）です。途中山科から南へ二里（八粁）のところに木幡の邑《むら》があります。まず山科で事件が起こりました」

（事件！……）

四人は固唾《かたず》を呑んで憶良の口許を凝視していた。

「突如覆面の群れが現れ、抜刀して従者たちを大津の方へと追っ払いました。馬ごと天皇を奪い、森の中に消えました。従者たちが近江京の警備兵たちと引き返しましたが、なぜか天皇の沓《くつ》が片方だけ残っているだけでした。さんざん探索しましたが、天皇は行方不明になりました」

予想もしなかった展開に、四人は言葉もない。

「左大臣の赤兄は、直ちに関係者に箝口令《かんこうれい》を敷きました。――天皇は山科で病没された――ことにしました。山科で葬儀が行われました。お身体が発見されなかったので、沓を陵《みささぎ》に納めました。それゆえ里人は陵と言わず、『沓塚《くつづか》』と呼んでいます」

「先生、その話は書紀にはありませぬが、どうして――木幡で殺害された――と、知ったのですか」

（さすがに家持殿はよい質問をなされるな）

憶良は木簡に倭姫皇后の挽歌を書いて、家持に示した。

青旗《あをはた》の木旗《こはた》の上を通《かよ》ふとは目には見れども直《ただ》にあはぬかも

「天智天皇の魂が、木幡（木旗）の山の上を往き来しているのが目には見えますが、直接天皇に会うことができないのが悲しい――と、皇后は詠まれています。そこでそれがしは事実確認のため、山科と木幡の邑《むら》を訪れました。すると、山科では――天皇は山科で拉致《らち》された。天皇の片方の沓が残っていた。その沓のあった場所には、目印の石を置いた。朝廷は、これをお墓に入れた。地元では『沓塚』として語り継いでいる――と分かりました。木幡では古老たちに少し銭を与えて、重い口を開かせました。――山科で拉致された天皇は木幡に運ばれ、拉致した犯人たちに殺害された――と、語りました」

「まことに身が竦《すく》む思いが致します」

と、坂上郎女が肩を窄《すぼ》めた。

「さらに付言すれば、陵《みささぎ》の場所が異例です」

（何？　陵の場所が異例だと？）

旅人は、これまで山科の天智天皇陵にはまったく疑念を持っていなかった。

「天智天皇は淡海《おうみ》をこよなく愛され、京師《みやこ》と定められたお方です。近江京で崩御されたのであれば、天皇を支える百済系渡来人の多い近江の大津で、殯《もがり》を行い、湖の眺望の良い大津の丘陵にお墓を設けられるのが常識的な埋葬でしょう。殯もなさらず、特段の縁《ゆかり》も所縁もない山背国《やましろ》の山科《やましな》に、陵を築かれたのは、それなりの深い事情があったのです。天智天皇だけ大和に陵がございませぬ。これも不思議なことだと思っていました」

「確かに、天智天皇には山科より近江がお似合いでしたわ」

と、坂上郎女が同意し、旅人らも納得した。

「先生、拉致暗殺事件だと、誰が犯人ですか？」

書持が疑問を憶良に返した。

「さあ誰でしょうか。どういうわけか、近江朝廷では——詳《つまび》らかにせず——と、犯人の探索を避けました。しかし丁度よい機会です。若たちは将来武官として、弾正台《だんじょうだい》の要職や、兵部、刑部を担当する右弁官《うべんかん》になる可能性が高いと思います。少しお時間を上げますので、お考えください。ではちょっと」

と、言って憶良は席をはずして厠《かわや》に立った。


（なるほど、憶良殿はこのように現場に行って調べ、また、首《おびと》皇太子には自ら考えさせる機会を与える教育をされたのか。吾も後継者教育をこのようにせねばならぬ）

暫くの間、家持と書持が話し合っていた。

部屋に帰ってきた憶良に、家持が、

「先生、天智天皇に恨みを持つ者の仕業《しわざ》と思います。天智帝は中大兄皇子時代に多数の殺人をされました。山背《やましろ》大兄皇子、蘇我入鹿、古人《ふるひと》大兄皇子、倉山田石川麻呂、孝徳天皇と有間皇子、それに斉明女帝も殺害されたかもしれないと。いずれも非道《ひど》い謀殺ばかりです。近親者も殆ど滅ぼされています。そのうえ白村江《はくそんこう》の惨敗で、家族を失った将兵の遺族も恨んでいましょう。人生を滅茶苦茶にされた者は数え切れません。相当に恨みを買っていたでしょう。この中には、左大臣蘇我赤兄の絡んでいる事件や、倭姫皇后のお父上、古人大兄皇子事件もありますゆえ、深い捜査は最初からなされなかったと推測します」

「うむ。まずは怨恨《えんこん》の筋か。かなりの部分当たっているだろうな」

と、父の旅人が頷いた。

「これだけ恨みを買っていれば、犯人の特定は難しいと思います」

「その通りだ。ところで殺人の場合、怨恨のほかに、もう一つ探索の切り口があるぞ」

と、人生経験の深い旅人が家持兄弟に暗示した。

「何でしょうか？」

「それは——その殺人で誰が利益を得るか——という見方だ」

「天智天皇が亡くなって得をするのは……吉野へ逃れた大海人……」

と、書持が名を口にしたとき、旅人が遮った。

「その御名は口にするではないぞ。その筋もあるが、証拠は何もない。ただ、これまで兄君天智帝に従順だった大海人皇子は、近江遷都には強く反対であったと聞いている。そのような面から調べることも頭の隅に覚えておくがよかろう」

兄弟は父の助言に深く頷いた。

「憶良先生はお分かりでしょうか？」

憶良は笑顔で首を振って、

「殺人事件というのは、表面上はっきりする怨恨報復や、利害関係とは別に、当事者でなければ分からぬ暗闇の事情が背景にあることも稀にございます。その場合、――最も犯人らしくない方が犯人――という事例も起こりえます」

「最も犯人らしくない方が？」

「そうです」

家持兄弟は考え込んだ。

「最も悲しまれたのは倭姫皇后様でしょうか？　皇后は挽歌を数首詠まれたとか聞いています……最も犯人らしくありませぬが……」

と、坂上郎女が、半ば首を傾《かし》げながら、口にした。

「その通りでございます。先刻紹介しました木幡の歌以外の三首をご披露しましょう」

憶良は木簡に一首を書いた。

天《あま》の原ふりさけ見れば大君の御命《みいのち》は長く天足《あまた》らしたり
（倭姫皇后　万葉集　巻二・一四七）

「先生、天皇は四十六歳の若さで崩御されたのに、なぜ皇后は、――天皇の御寿命は長く、空に満ち溢れるほど、満ち足りています――と、反対のことを歌にされたのですか？」

（さすがに家持殿は反応が早いな）

「ある方は、――生き返ってほしい――と願う呪歌《じゆか》と解釈しています。が、それがしは、――倭姫皇后の天智天皇に対する痛烈な皮肉ではないか——と解しております。あとで総括してお話しましょう。ではもう一首」

人はよし思ひ止《や》むとも玉かづら影《かげ》に見えつつ忘らえぬかも

（倭姫皇后　万葉集　巻二・一四九）

「——たとえ人は忘れることがあっても、私はあなたの幻影を決して忘れません——と詠まれたこの歌を、——皇后の誇りと真実愛の表現だ——と絶賛する者もいます。だが、それがしは、皇后の人生から挽歌というより遺恨の表現と受け取っています。と申しますのは、ご葬儀の最後まで、山科の陵にいたのは倭姫皇后ではなく、妃の額田王であったからです」

やすみしし　わご大君の　かしこきや　御《み》陵《はか》奉《つ》仕《か》ふる　山科《やましな》の　鏡の山に　夜《よる》はも
夜《よ》のことごと　昼はも　日のことごと　哭《ね》のみを　泣きつつありてや　ももしきの
大宮人は　去《ゆ》き別れなむ

（額田王　万葉集　巻二・一五五）

「山科の陵に夜も昼も大声をあげて哭《な》いているのに、大勢の大宮人はもう帰ってしまった——と、額田王は大宮人の離心を嘆いています。これまで恐怖政治を行っていた天智帝が崩御された後、緊張感が切れている官人たちの姿が、見事に描写されています。額田王は前の夫、大海人皇子との間に生まれた愛娘、十市皇女《とおちのひめみこ》が大友皇子と結婚しているので、大友皇子を天皇にしようとされていた夫、天智帝を殺害する理由は全くありませぬ。天智帝と額田王は、双方の愛児を通じて緊密な関係になっていたのです」

(二) 皇后の心の闇

「すると……天智帝と倭姫皇后のお仲はどうであったのでございますか? 憶良様」

(さすがは女性だ……)

「それがしは――玉鬘《たまかずら》、影のごとき存在は、皇后ではなかったのか――と視《み》ております」

(ほほう。首領は倭姫皇后に変身されて、挽歌の真意を探られたな……)

と、警護の権は庭先で察していた。

聡明な家持と書持は、倭姫皇后についての公表を憚《はばか》る深刻な話に、身が引き締まっていた。

「倭姫皇后は幸せな人生だったのでしょうか?……天智帝のご長寿を心から願っていたのでしょうか?」

と、憶良が二人に疑問を提示し、さらに続けた。

「皇后のお父上、古人大兄皇子は『乙巳《いっし》の変』の折、皇位継承を固辞し、直ちに出家され、吉野へ逃げられました。しかし、猜疑《さいぎ》心の強い中大兄皇子が差し向けた刺客団に斬殺されました。しかも、母上や他の妃、兄弟姉妹、全員でした。大虐殺でした。当時六歳だった倭姫王は、たまたま大和の乳母の実家に養われていたので助かりました。いや、正確には中大兄皇子は意図して美少女の倭姫王のみ助命したのです。政略結婚の目的だったのです。それゆえ姫は宮中でひっそりと、文字通り玉鬘の如く、育てられました。しかし、心の奥底に深い傷を負われたことは容易に推測されます。その傷の深さは余人には分かりませぬ」

坂上郎女は、倭姫皇后の心理状態に共感していた。

「中大兄皇子は、これまでお話ししましたように異常な好色でした。母、皇極・斉明帝の采女《うねめ》たちや官女に次々と手を付けました。伊賀宅子娘《いがやかこのいらつめ》、色夫古娘《しきぶこのいらつめ》、越道君伊羅都売《こしのみちのきみのいらつめ》などです。王族の子女では鏡王の女、鏡王女。貴族では蘇我倉山田石川麻呂の女、造媛《みやつこひめ》や越智娘《おちのいらつめ》、姪娘《めいのいらつめ》。蘇我赤兄の女、常陸娘《ひたちのいらつめ》。阿倍倉橋麻呂の女、橘娘《たちばなのいらつめ》などです。だが、皇族や有力な王族は誰も息女を中大兄皇子に嫁がせませぬ。皇子の好色を嫌ったのではなく、問題は血統でした」

家持も書持も頷いた。このたびの特訓で、――中大兄皇子が百済の高向王の子――と知っていた。

「中大兄皇子が天皇に即位するには、ご生母、皇極・斉明女帝の血統だけでは不十分です。古来の貴族、豪族の賛同は得られませぬ。――家柄の良い皇女または王女を皇后にしなければならない――と、鎌足が白羽の矢を立てたのが、古人大兄皇子の遺児の倭姫王でした。強引に宮中へ入れ、妃とし、さらに皇后とされました。ご生母と倭姫王の血筋で、在来の豪族たちに渋々承認されたのが天智即位の実態です。政略結婚に利用された倭姫皇后には、御子が生まれませんでした。倭姫皇后には夫との愛なき房事《ぼうじ》は苦痛でした。中大兄は次々と女を求め、遂には弟の大海人皇子に、――額田王を寄越せ

——と、皇子の愛妻を寝取ったのです。驚いたことに身籠っていた妃の鏡王女を、鎌足に下賜しました。それだけではなく、禁忌であった同母妹の間人皇女《はしひとのひめみこ》とも密通を続けました。これらはすでにお話しました」

「よく覚えております」

と、書持が応えた。

「その間の倭姫のご心中はいかばかりであったでしょうか。晩年の天智帝のお気持ちは、采女、伊賀宅子娘の産んだ、利発な大友皇子に注がれていました。性欲は額田王と他の女性で充たされていました。倭姫皇后は——夫、中大兄皇子の即位のためのみに道具として利用された——と、ご自分の運命を悲しく思われていました」

権も庭先で頷いていた。

「前回お話しましたが、天智七年（六六八）ようやく在来の豪族たちも、近江京での即位を認め、称制《しょうせい》天皇から正式の天皇になられ、倭姫は晴れて皇后となられました。この時、大海人皇子が大皇弟《ひつぎのみこ》となられました。大海人皇子は舒明天皇（田村皇子）の御子であり、倭姫皇后は舒明天皇の皇孫になります。したがって、倭姫皇后は、皇統が舒明帝の本流に戻ることを、心中秘かに喜ばれたはずです」

「なるほど、大海人皇子と倭姫皇后は、血の繋がる叔父・姪だな」

「その通りでございます。それゆえ天智七年から、皇統問題が生じた天智十年（六七一）までの三〜四年間が、倭姫にとっては心の穏やかな日々であったとそれがしは推量しています」

（憶良殿が皇后に変身して、その心理を読み解かれる術は凄い）

と、旅人は驚嘆し続けていた。

「天智十年冬十二月、皇位を打診された大皇弟《ひつぎのみこ》の大海人皇子は、――兄の本心は吾への譲位ではない――と、見破っていました。『次の天皇は倭姫皇后に、また摂政皇太子には大友皇子を』と、進言され、急いで吉野へ去られました。この言葉は、明らかに――皇統を一旦舒明の血統に戻されよ――との暗示でした。倭姫皇后は、――これが実現すれば、長年の忍従の日々が報いられ、亡き父、古人大兄皇子も喜ばれる――と、思われました。だが、夫、天智天皇の言葉は『大海人の申すことは聴かぬ。次の大王（天皇）は、倭姫、そなたではなく、わが子、大友皇子に譲位する』と、冷ややかでした」

四人は、憶良の語りに、時の経つのも忘れていた。

「倭姫皇后にとって、これまで我慢してきたのは皇孫という血統の誇りでした。――夫は舒明天皇の御子である大海人皇子も、皇孫の私も虫けらの如く無視している。在来の豪族が称制七年後、やっと即位を認めた条件の一つが、大海人皇子の大皇弟就任であった筈だ。これまで大海人皇子は中大兄皇子を支えてきたではないか。私も大海人皇子も、やはり、渡来人の子の中大兄皇子が天皇に即位するために、利用されたに過ぎなかった。大友皇子が即位すれば、祖父舒明帝の血が一滴も流れていない伊賀娘の子が、日本国の天皇になるのか！　赦し難い！　私の人生は一体何だったのか！――と、心の中で激怒されました」

「先生、倭姫皇后は、――天智天皇が大友皇子を次の天皇にされる――との結論に、耐えに耐えていた御心がプツンと切れたのですね」

「その通りです」

「倭姫皇后は、最早近江京に何の魅力もありませんでした。里帰りと称されて、大和の乳母の故里に引き籠りました。天智天皇としては倭姫皇后の事前の了解と、皇后の朝議への参席がなくては、大友皇子への皇位継承を群臣に諮《はか》るわけにはいきませぬ。他の者では皇后の説得はできませぬ。話の内容が、混み入っているだけに、自ら解決するほかありませぬ。数人の供だけを連れて、大和の皇后の許へと赴《おもむ》かれたのです」

（三）内通

「行程と日時は、前もって五人の重臣と皇后に知らせていたでしょう。皇后が、その日程を亡父、古人大兄皇子の遺臣たちに洩らしたのか、あるいは、舒明帝の血の連なる叔父の大海人皇子に知らせたのか、そこまでは究明できておりませぬ」

「憶良様は重臣たちも日程を承知していた——と、仰《おつしや》られましたが……」

（さすがは坂上郎女様。鋭い）

「はい。左大臣の蘇我赤兄が、——詳《つまび》らかにせず——と、探索しなかったのは、天智天皇はあまりに多く怨恨を買っていたことだけではありません。もし重臣を疑えば、大変な内輪もめになりかねなかったからです。大海人皇子が大皇弟《ひつぎのみこ》の地位を捨て、吉野へ隠棲して間もなくの事件ゆえに、内通の犯人探しなどしている心の余裕はありませんでした。間もなく壬申《じんしん》の乱が勃発したように、この頃の近江朝廷は、異様な雰囲気でした」

　旅人が大きな声を出した。

「憶良殿、ちょっと待たれよ」

「兄上様、何か……」

　坂上郎女が隣席の旅人に問いかけた。

「うむ。『壬申の乱』という言葉で想い出した。父から――左大臣の蘇我赤兄は流罪、右大臣の中臣金《なかとみのかね》は斬刑、御史大夫《ぎょしたいふ》の蘇我果安《はたやす》は戦場で自殺、巨勢人《こせのひと》は流罪になった。ところが紀大人《きのうし》のみは、身を隠して大友皇子軍に参戦しなかった。逆に、紀一族は、阿閉麻呂《あへまろ》殿が数万の兵を率いて、大海人皇子軍の総指揮官、高市皇子の麾下《きか》で大活躍された。わが一族の吹負《ふけい》伯父は、命を落としそうな負け戦で逃走中を阿閉麻呂将軍に助けられた――と、聞いた。紀一族が戦乱の後、天武帝に重用されているのは、紀阿閉麻呂将軍の抜群の軍功によると思っていたが、……もしや紀大人が……」

「その通りです。それがしは、――紀大人殿が大海人皇子に天智帝の日程を内通し、同時に、『万一蜂起の場合には、紀一族は大海人皇子軍につきます』と密約した――と推定しています。その証拠に、大人《うし》殿の令息麻呂殿は、正三位、大納言にまで出世しています。また令孫男人《おひと》殿は、現在、この大宰府で大宰大弐の高官になられています。紀阿閉麻呂殿の軍功のみでなく、大人《うし》殿の寝返りが、大海人皇子に高く評価されたのでしょう」

「そうか。そうであったか。よく分かったぞ」

　と旅人が膝を叩いた。

家持と書持は、父の補佐をしている紀男人の名を聞いて驚いた。

（吾らは大変な境遇に身を置いているのだ）

と、武者震いした。

（四）お身体の行方

「憶良様、天智帝が山科で拉致《らち》され、木幡で殺害されたと分かりました。それでは帝のご遺体のお行方は、どうなりましたか？」

と、坂上郎女が興味津々の眼差しで訊ねた。

「ある情報では、覆面の群れは入鹿や倉山田石川麻呂など蘇我一族、それも赤兄を快く思わない者たちや古人大兄皇子の遺臣、有間皇子の元舎人など中大兄皇子へ怨みを持つ者たちでした。――彼らは木幡の奥深い森で、一人ずつ名乗り、恨み言を述べ、帝を刺した――と、たまたま森蔭から密かに視ていた古老が、語り残していました」

「扼殺《やくさつ》とか毒殺ではなかったのですか？」

「皇族は血を見ずに落命するのが慣例でございますが、……恨みを持つ者たちの一刺しごとの……なぶり殺しだった――との話でしたが、確認はされませぬ」

と言って、憶良は合掌していた。

「律令国家を創られた功績も多いが、恨みも多い帝だったな。末路は致し方あるまい。で、ご遺体は？」

と、旅人が質問した。

「木幡から半里ほど南の宇治の小椋《おぐら》（小倉）に運ばれ、密かに小寺の隅に埋葬された――と、伝えられています。これも事実かどうか分かりませぬが、ありえましょう」

「近江朝廷には気付かれなかったのか」

「この辺りは天智帝の近江遷都を好まぬ者たちの地域でございました」

「よく分かった」

旅人は大きく頷いた。


「ところで憶良様。今夜は手土産に吉野の葛餅を頂きましたが、帝への報復に、国栖の人々は関与されていますか？」

と、坂上郎女が新たな質問をした。

（やはり訊ねてきたか）

「さてさて、どうお答えしますか。国栖の人々は古人大兄皇子のご一家に同情していました。聖地吉野を汚した惨劇を快く思っていませぬ。また、吉野へ逃れた大海人皇子を、国栖の人々は父祖伝来の『翁の舞』（国栖奏）で慰めました。先ほど申しました覆面の者たちによる天智帝拉致には、山の民の国栖人は手を貸したのではないかと思っております。だが刺殺には手を出してはいますまい。あまりにも拉致《らち》の手際が良いのは、あるいは吉野の行者集団も参加していたのかもしれませぬ」

「何と申した？　吉野の行者集団も？」

旅人は驚愕《きょうがく》した。

憶良は含み笑いをした。

「はい。——天智帝は拉致されて、小椋池を船で運ばれ、遥か薩摩国の開聞岳《かいもんだけ》の麓の僻村に幽囚され、そのまま果てられた——との噂もあります。——その地の社では、神主が白足袋を片足脱いで、鎮魂の神楽を舞う——とか。これとて伝聞ですがご披露しておきましょう」

「ほう。刺殺されたのではなく、薩摩の山奥に幽囚された——とは驚きだ。九州には白村江の戦いに駆り出されて、中大兄皇子の暴挙に恨みを持つ遺族は多い——と聞いている。ありうることだな。しかし、誰が運んだのか？　……そうか吉野の行者集団か」

「その通りです。行者集団でなければ、人目につかずに薩摩まで運べませぬ。吉野の行者集団は、実は壬申の乱でも『人運び』の裏仕事をしているのです」

「まさか！　それは先祖から聞いていないぞ」

(吉野の行者もまた、吾ら山辺衆同様に候の集団でもありますぞ)

と明かしたかったが、憶良は抑えた。

「次回に詳しくお話しましょう。今夜はこの辺りでお開きに」

一家は思わぬ展開に時の経つのも忘れていた。

「うーむ。まだまだ聞きたいが、やむをえぬか。額田王が嘆かれたように、大宮人は墓所からさっさと帰ってしまった。家持、書持、統治には恐怖ではなく仁徳が必要ぞ。また女人の人格や心情を軽視してはならぬぞ」

「心得ました」

兄弟は神妙に応えた。

「憶良殿、それでは酒にするか。天智帝は殺人鬼であったが、今はご成仏を祈ろう。家持、書持、そなたたちは葛餅を頂くがよい」

「倭姫皇后のお気持ちを察すると、妾も飲みたいわ」

(お酒好きは何事も肴になされる。兄上帥殿にそっくりだな)

権が庭の木陰で笑っていた。

第十九帖　壬《じん》申《しん》の乱

……不破《ふは》山越えて　高麗剣《こまつるぎ》　和蹔《わざみ》が原の　行宮《かりみや》に　天降《あも》りいまして
天《あめ》の下　治めたまひ　食国《をすくに》を　定めたまふと……

（柿本人麻呂　万葉集　巻二・一九九）

（一）人質

帥館《そちやかた》奥座敷。

憶良は着席すると白湯《さゆ》で咽喉《のど》を潤《うるお》し、背筋を伸ばした。

「今回は大伴氏と関係深い題目です。若たちは、お父上や一族の長老がたから、いろいろと家伝のお話を聴いて、戦についてはよくご存知でしょう。それがしが語りますのは戦に至る背景と、勝敗を分けた事由の分析です。勝ちに不思議の勝ちなく、負けにも原因があります。戦闘描写の講談のような面白みはありませぬが、お聴きくだされ」

「私どもはご先祖の自慢話にいささか食傷気味でございますゆえ、憶良様の分析が楽しみでございます」

男勝りの坂上郎女が応《こた》え、頭を下げた。

「さて、前々回にお話しましたが、大海人皇子が吉野へ隠棲されて丁度一カ月が過ぎた十一月のある日、皇子の許へ思い掛けない朗報が届きました。白村江《はくそんこう》の戦いで唐の捕囚となって抑留されていた筑紫君薩夜麻《つくしのきみさちやま》ら四名の幹部が解放され、帰国したのです」

「筑紫君薩夜麻は高市皇子でございましたわね」

「そうです。高市皇子は大海人皇子のご長子でしたが、ご生母が宗像君徳善の女《むすめ》で采女の尼子娘《あまこのいらつめ》でしたから、皇位継承の序列は低うございました。大海人皇子にとっては初子であり、目を掛けていただけに、八年前、兄君の中大兄皇子の命ずるままに、わずか十歳で百済復興支援軍に参戦させたことを内心悔やんでいました。白村江惨敗の報せに、一時は生存を諦めていました。戦後来日した唐の使節から——捕囚となり倭《やまと》の代表として、酋長《しゅうちょう》の扱いを受けている——と聞き、安堵していましたが、まさか釈放されるとは思ってもいませんでした。大海人皇子は小躍りして喜ばれ、『今すぐにでも会いたい。大和へ帰ったら吉野へ呼ぼう』と周囲に申されました。すると鵜野讃良《うののさらら》妃が、柳眉《りゅうび》を立てて反対しました」

「何故でございますか？」

坂上郎女が訝《いぶか》った。

「讃良妃は大海人皇子を見下すような目つきで、こう申されました」

讃良妃『吉野へお呼びすれば、それが八年ぶりの親子の再会挨拶の名目であっても、天智帝は——あなた様に謀反の意志あり——との言いがかりをつけ、この吉野へ大軍の討手を差し向けましょう。ここは心を鬼にして、高市皇子に——那大津から近江京へ直行し、帝《みかど》へ帰国の挨拶をされよ。その後は、捕囚となった事態を愧《は》じて、空き家となっている大津のわが館にて謹慎せよ——と命じなされまし』

「(何という冷たい女だ！)と、大海人皇子はしらけました」

「まあ、信じられないわ。讃良妃は父上の天智帝に取りなして、吉野で再会させて近江に帰してもよいのに、——謹慎せよ——とは酷《ひど》過ぎます」

同性の坂上郎女はいささか興奮気味であった。

憶良は淡々と続けた。

「ご承知の通り大津皇子は、鵜野讃良妃の姉君で病没された大田皇女の遺児でございます。天智帝にとっては外孫です。近江京に残留していても、生命を脅かされる心配は少のうございます。しかし、高市皇子は天智帝とは血の繋がりはありませぬ。激しい気性の天智帝のお心次第では、高市皇子のみが真っ先に血祭りに上げられる危険があります。大海人皇子が憂慮されたのはこの血統でした。それを知りながら、大津皇子と同列の人質扱いした妃に、大海人皇子は激しい怒りと嫌悪を覚えました。

しかし生来気弱い性格でしたから、ここでも黙って讃良妃の言葉に従いました」

（大海人皇子は何と男らしくない！）

と思ったが、坂上郎女は言葉に出さなかった。

「それがしは――高市皇子を吉野に呼ばれなかったのは、正解であった――と、判断しています。呼ばれたら、讃良媛の申された通り、天智帝は古人大兄皇子の時と同じように、いや、それ以上の大勢の討手を吉野へ差し向けたでしょう」

「なるほど。その通りじゃ」

と、旅人が同意した。


「一方、唐の使者郭務悰《かくむそう》に送られて帰国した筑紫君薩夜麻《つくしのきみさちやま》こと高市皇子は、――抑留されていた八年の間に、京師《みやこ》が飛鳥から近江の大津へ移ったこと、天智帝と父大海人皇子が不仲となり、父は吉野へ隠棲したこと、従兄弟になる大友皇子が太政大臣として実質皇太子の職務を執行していること、さらには、高市皇子の幼馴染で恋仲であった異母姉十市皇女《とおちのひめみこ》を妃としていること――などを知りました。高市皇子は天智帝に帰国挨拶を済ませると、父の指示通り、空き家同然の邸に引き籠り、謹慎しました」

「先生、それでは高市皇子は幽囚《ゆうしゅう》ではありませぬか。それも、針の筵《むしろ》に坐すような……」

「その通りです。いつ何時、命が断たれるか分かりませぬ。しかし高市皇子は十歳で出陣された時から、その覚悟はできていました」

同じ年頃の家持、書持は粛然《しゆくぜん》としていた。

「――俎板《まないた》の上の鯉――の心境でございますね」

と坂上郎女が大人の描写をした。

「その通りです。唐使の郭務悰《かくむそう》は捕虜を倭国に引き渡すと、多額の報酬を受け取り帰国しました。白村江の戦いの頃は、新羅と唐は連合していましたが、高句麗も滅ぼすと、新羅は唐と仲が悪くなりました。唐は韓半島を統一した新羅の向こう側にいる倭と誼《よしみ》を求めていたのです。捕囚の解放は唐の外交政策でした」

「高市皇子は運がよかったのですね」

「そうです。天運がついていました。高市皇子が帰国して間もなく、政情が激変しました」

(二) 吉野行者

「天智十年(六七一)十二月、天智帝が山科で謎の行方不明となり、暗殺された話は前回致しました。大海人近江朝廷での政事の実権は、若い大友皇子ではなく、老猾な左大臣、蘇我赤兄《あかえ》に移りました。大海人皇子は人質同然の高市皇子と大津皇子の身の安全を危惧《きぐ》し、何も手を打てない己の無力さに懊悩《おうのう》しました。――誰かに悩みを打ち明け、相談したい。そうだ! 役行者《えんのぎようじや》に、父親の苦悩を打ち明けてみよう。何かいい思案があるかもしれぬ――と、讃良妃には内密に、行動されました。剃髪出家している皇子が、修行と称して役行者を訪れるのは不自然ではありませぬ。大海人皇子は皇子二人を人質に取られている父親の苦悩や、讃良妃の冷酷な性格、近江朝廷への通謀の危険などを率直に打ち明け、皇子たちの安全祈願の祈祷や打開策の相談を致しました。何はともあれ、人の親として苦衷を、同じ吉野で修行している役行者に率直に吐露し、心の救済を求められたのです」

旅人一家四人は、初めて耳にする人間大海人皇子と、役行者の密やかな接触に驚き、一言一句聞き漏らすまいと、身を乗り出していた。

「役行者はまだ三十を少し出たばかりの若さでしたが、風貌や態度物腰は、十歳ほど年上の大海人皇子よりも老成の雰囲気がありました。寂然として聴いていた役行者は、ゆっくりと口を開きました。『皇子様、若輩《じゃくはい》にして未だ修行中の私に、御心の中をよくぞ開陳《かいちん》されました。御子たちのお命は私にお任せくださり、ご安堵なされまし』と申され、つかつかと皇子に近寄り、密かに何事かお耳に入れました。大海人皇子は大きく目を見開かれ、驚愕《きょうがく》されました。『そうであったのか！』と口に出されますと、役行者が、口に指をあて『ご内密に』と皇子に首を振りました」

（何を囁かれたのだろうか？）

と、家持兄弟は訝《いぶか》った。

旅人は瞬時に覚った。

（憶良殿が吾に山辺衆と告白した時と似ている！）

旅人の心を読んだ憶良が、（お察しの通りです）と、目で旅人に応えた。

憶良は話を続けた。

「役行者は直ちに腕の立つ修験者と国栖《くず》の山人を多数撰んで、二班に分け、近江京に派遣しました。近江京の官人や町人には、平素から吉野の行者に家内安全や病気平服の祈祷を頼んでいる信者が多数います。また飛鳥の京師《みやこ》の頃から、国栖の山人から山菜などを買う者もいました。行者が数人連れだって托鉢をするのも、国栖人が山菜や野菜を売り歩くのも、ごく日常の風景でした。違和感はありませぬ。――吉野行者や国栖人が候《うかみ》同様の集団になる――とは、誰も気が付いていませぬ」

「えっ！　吉野行者や国栖人が候だって！」

と家持が絶句した。坂上郎女も、書持も、目を見開いていた。

憶良はゆっくりと頷いた。

「万一、天智帝や近江朝廷の重臣方が、二人の皇子を手にかけるような話を始めた時には、実行される前に救出する手段を、天智十年の十一月にはすでに手配していたのです。つまり、何時であれ即応できるように、修験者や国栖人たちが、さりげなく街を徘徊《はいかい》し、あるいは路上で山菜を売り、近江京の風景に溶け込んでいたのです」

「そうであったか。高市皇子や大津皇子が、あの狭い近江京からなぜ無事に救出されたのか疑問に思っていた。誰に訊ねても知らないので、不思議に思っていた」

「二人の人質救出の具体的な描写は、後刻、お話しましょう」

と、憶良は旅人に告げた。

すかさず坂上郎女が、

「憶良様は興味を引き延ばされるのが、本当にお上手ですわ」

と、笑った。

(三) 保身の擁立

「乙巳《いっし》の変以来、二十数年にわたり、冷徹な独裁政治を続けてきた中大兄皇子、天智天皇が、突然、山科で崩御され、師走の近江京は騒然としていました。白村江の惨敗により、それまでの倭京であった飛鳥には居づらく、近江に遷都した天智帝の寵臣たちのなかで、とりわけ左大臣の蘇我赤兄は動顛《どうてん》していました。これまで――虎の威を借る狐――だったからです。天智帝暗殺の犯人探しよりも、不安定な世情を鎮静させる必要がありました」

「なるほど」

中納言で大宰帥の高官・旅人が大きく頷いた。

「重苦しい雰囲気の近江京に、比良おろしの北風が大雪を運んできました。年が明けても恒例の年賀の儀式どころではありませぬ。五人の重臣、すなわち左大臣蘇我赤兄《あかえ》、右大臣中臣金《なかとみのかね》、御史大夫《ぎょしたいふ》つまり大納言の蘇我果安《はたやす》、巨勢人《こせのひと》、紀大人《きのうし》は密議をこらしました。それを再現してみましょう」

憶良は声色を変えた。

蘇我赤兄『もし吉野の大海人皇子が還俗《げんぞく》されれば、前東宮大皇弟《さきのとうぐうひつぎのみこ》として、皇位継承の最有力候補となる。その瞬間、太政大臣の大友皇子はもとより、吾ら五重臣は即刻追放される。

吾らが生き残る途は唯一つしかない。一刻も早く大友皇子を天皇に即位させることだ』
巨勢人『しかし大友皇子のご生母は伊賀采女宅子娘《いがうねめやかこのいらつめ》様だ。卑母ゆえに群臣会議で承認を得られるかどうか、難しかろう』
蘇我果安『年齢もまだ二十四歳だ。皇太子の立太子ならばともかく、皇位となると大夫から異論が出よう』
中臣金『確かにご血統では大海人皇子に劣る。年も若い。しかし、赤兄殿の申される如く、大友皇子を擁立せねば、吾ら五名は失職ぞ。無位無官となるがよいのか。好むと好まざるとにかかわらず、大友皇子を天皇に推戴《すいたい》するほかに、吾らの生きる道はないのだ』
紀大人『と申すと、大海人皇子は？』
中臣金『討つ』
「この瞬間、赤兄をのぞく三人の御史大夫の心身は凍りました」
旅人一家もまた凍り付いていた。
「五重臣は揃って大友皇子に密議の結論を言上しました。大友皇子は顔色を蒼白にされ、反論されました」
憶良は再び演技を続けた。
大友皇子『そなたたちは何を考えているのだ！　大海人皇子様はわが叔父上であり、わが妃十市《とおち》皇女のお父上だ。余は大海人皇子様を討つことはできぬ。そうまでして皇位に就こうとは思わぬ』

「大友皇子が否定することは百も承知の蘇我赤兄は老獪《ろうかい》でした。冷ややかに言上しました」

蘇我赤兄『お父上天智帝は、政事《まつりごと》の実権を得るために、岳父の倉山田石川麻呂様を手にかけられました。確かに皇子はつらい立場にありますが、――皇子を盛り立てます――と先帝に誓約致しました吾ら五名は、大海人皇子と対決するほかに途はございませぬ。先帝は皇子に皇位を継承させるために太政大臣に任命されました。皇子はこの一年、実質皇太子としての役目を無事果たされました。世間では皇子を――天性明悟《めいご》、博学多通、文武の材幹《ざいかん》あり――と称賛されています。また過ぎし日のことでございますが、天智四年（六六五）唐の将軍劉徳高が来日の際には皇子を観相され、『この国の分に非ず』と絶賛されました』

「右大臣の中臣金が、さらに詰め寄りました」

中臣金『申し上げにくいことでございますが、確かにご生母宅子娘様は采女でしたから、皇位継承の序列は後位でございます。しかし、わが国の皇位が、いつまでもご生母の出自や年齢で制限されるべきではありませぬ。自他ともに認める実力ある皇子が継承すべきです。皇子が政事を自ら行いたいのであれば、心を鬼にしなければなりませぬ。さもなければ、左大臣が言上しましたように、皇子と吾らは自滅でございます。ご決断を』

「まあ、何と中臣金は礼儀知らずの強引な男でありましょうか」

と、坂上郎女が中臣金の無作法を咎《とが》めた。

「十六歳の時から百済の亡命学者や武将に学んできた大友皇子は、岳父殺害がどのような大罪か十分承知しています。他方五名の重臣たちとは、天智帝が崩御の十日前、――皇位は直系の大友皇子に譲る――との『天皇の詔』を天地神明に誓約していました。人柄の良い大友皇子は、その相克《そうこく》に悩みましたが、やむなく首を縦にしました。心中深く――十市皇女よ許してくれ――と詫びられました」

「大友皇子は理性のある方だけに、辛い立場で決断されたのですね。妃の十市皇女はさらに辛かったでしょう」

坂上郎女は十市皇女の心情を憐れんでいた。

「――大海人皇子を討つ――といっても、大友皇子には兵士はいませぬ。彼らが献策したのは、――天智帝の山稜を造営するとの名目で農民を集め、その際、自衛のためと称して武器を携帯させる――という案でした」

「山稜築造と偽り、農民兵を集め、吉野へ向ける――というのか。何と卑怯な」

家持が少年らしい正義感で応じた。

「もちろんこの提案も、さる筋から吉野の大海人皇子には筒抜けでした。大海人皇子も着々と対応策を準備していました。五月に、皇子の内命で美濃での徴募工作に帰郷していた舎人の朴井雄君《えのいのおきみ》より、——近江朝廷から、美濃、尾張の国守に、農民動員の命が出た——との報告がありました。また近江京から飛鳥への道路の警備兵が増員されていることも判明しました。大海人皇子は『ついに動き始めたか。しからば農民兵が集められる前に、この吉野を脱出し、吾らが逆に次の先手を打とう』と仰せられました」

（どのような先手なのか？）

と、兄弟は次の言葉を待った。

「大海人皇子は吉野を去る旨を役行者に告げ、二人で密談されました。退去に先立ち六月二十二日、舎人たちに次々と指示を出されました」

（四）舎人たちの活躍

「まず舎人《とねり》の村国男依《むらくにのおより》、和珥部君手《わにべのきみて》、身毛君広《むげのきみひろ》の三名を呼びました。『そなたたちの故郷美濃《みの》へ急行せよ。まず安八磨郡《あはちまのこおり》の湯沐令《ゆのうながし》、多品治《おおのほんじ》に、蹶起《けつき》と兵力徴募並びに不破《ふわ》の山道の確保を命じよ。その後、そなたたちは各々の実家に行き、一族はもとより近隣の諸豪族を動員せよ。落ち合う場所は鈴鹿関だ』と、命じました。湯沐邑《ゆのむら》は大海人皇子が神に祈る前に沐浴斎戒《もくよくさいかい》する場所であり、皇子の私領でした。

されたのです」

西美濃の広大な地域であり、農民兵の徴募は容易でしたので、皇子はこの地を挙兵の最初の根拠地に

憶良の講論は少年にも分かり易かった。

「多品治《おおのほんじ》は美濃国の国司たちにも手配をして、あっという間に三千名の兵士を集め、軍事上の要衝である不破山道を固めました」

「打つ手が速い。すでに十分根回しが行き届いていたのだろう」

武将の判断であった。

「その通りです。村国男依らは品治に蹶起《けっき》の伝達を済ますと、すぐにそれぞれの故郷に向かいました。男依らは美濃で数万の兵を集めました。後日、皇子は多品治と村国男依を将軍に抜擢しました。二人の武勲は後ほど詳しく語りましょう」

(憶良様は、またまた知りたいことを先延ばしされる。居眠りなどする暇はないわ)

武将大伴本家の女である。初めて耳にする大海人皇子の軍事の指図に注目していた。

「次に三名の舎人に指示を出しました。まず大分恵尺《おおきたのえさか》には『そなたを近江大津宮にいる高市皇子と大津皇子の脱出作戦の責任者とする。速やかに役行者の許へ参り、蹶起を伝え、脱出作戦を打ち合わせよ』と命じました。恵尺は驚きました。二人の皇子を一人で救出することは至難の業です。皇子は恵尺の困惑した顔を見て微笑みました。『心配するな。そちが近江京に顔を出せばすぐに怪しまれる。そちは役行者の手配に従い郊外で待てばよい。すべて役行者が手配済みだ。行者たちが二班に分かれ

別々に皇子を救出し、異なる間道を通って伊勢で合流する手配になっている。そなたの役目は、二人の救出に問題が発生した時、高市でも大津でも、いずれか生き残る可能性はどちらか判断し、余に代わって行者に指示を出せ。万が一両名共に落命の際は……』と、大海人皇子は一旦口を止め、厳しい顔で『近江京の街人に身をやつし、大友皇子の命を狙え。弓に優れた猟人数名を送り込む』と付言しました」

一家四人は惠尺の身になって粛然とした思いで聴いていた。

「先生、二人の皇子の周辺は、近江朝廷の兵で警戒されていたでしょうに、皇子たちの舎人を含め、よく脱出できましたね。もう少し詳しくお話しいただけませぬか」

と、家持が求めた。

(さすがは武将の嫡男だ。よい点に気づく)

「行者たちは半年前から連れだって、托鉢や祈祷のため、あちこちの邸《やしき》や商家に出入りしていました。入る時五人、出る時五人の白衣姿では怪しまれることはありませぬ。替え玉の一人は、夜陰に紛れ、舎人たちと塀を越え、逃走したのです。この時、行者たちの白衣を裏返せば黒衣の候装束《うかみしょうぞく》になっていました」

「なるほど！」

と、旅人が膝を叩いた。

「郊外に待機していた惠尺と落ち合った一行は、全員黒装束となり、暗闇に溶け込んで、間道を一目散に走ったのです。万一に備え、高市皇子と大津皇子は別々の抜け道を取ったのです。吉野行者も国栖人も、平素から獣道《けものみち》のような山道を跋渉《ばっしょう》していますから、人目につくことはありませんでした」

「それで高市皇子は六月二十五日の朝、積殖《つむえ》の山口で大海人皇子と合流され、大津皇子は翌二十六日朝、鈴鹿関でお父上と再会されたのですね。よく分かりました」

家持が深々と礼をした。

「憶良殿、ひとつ質問がある」

「何でございましょうか、帥殿」

「伊勢に向かう大海人皇子に合流するには、二人の皇子たちは伊賀国を抜けねばならぬ。伊賀は大友皇子のご生母宅子娘《やかこのいらつめ》の父が郡司をしていた地だ。大友皇子は幼名が伊賀皇子だ。伊賀の候たちは大友皇子の手下ではなかったのか。——よくぞ無事に伊賀を抜けたものだ——と、かねがね疑問に思っているが……」

(候を使っている武将の目線だな)

「実は伊賀皇子から大友皇子に名を替えられたのは、伊賀国に内紛があり、宅子娘の実家は没落していたのです。大友皇子を支持する候の勢力は弱く、その他の伊賀候を含め、すべて役行者が前もって手を廻していたのです。それゆえ楽々と通過できたのです」

「よく分かった。長年の疑問が氷解した」

坂上郎女は男社会の裏の行動を垣間見た気がして、慄然《りつぜん》としていた。

「次に逢志摩《おうのしま》には『飛鳥の倭京《やまと》留守司、高坂王《たかさかのおおきみ》の許へ行き、官馬と駅鈴の使用を要請せよ』と指示されました。高坂王は志摩の申出を拒否し、——大海人皇子蹶起《けっき》——を近江朝廷へ急報しました。志摩は吉野へ帰り、高坂王の拒否を報告しました。大海人皇子は直ちに伊勢方面へ出発されました。一行は二十八歳の讃良妃や十一歳の草壁《くさかべ》皇子、忍壁《おさかべ》皇子、舎人《とねり》二十余名、女孺《めのわらわ》約十名でした。一方、高坂王の報告を受けた近江朝廷は、すぐに高市皇子と大津皇子の逮捕へ向かいましたが、二人の館は蛻《もぬけ》の殻《から》でした。間一髪、脱出は成功したのです。赤兄たちは大友皇子に——天皇直属の騎馬隊である驍騎《ときうまいくさ》数十騎で急追すれば、大海人皇子一行を容易《たやす》く討てます——と献策しました。しかし、大友皇子は拒否されました。——叔父と甥の私闘であるから、官の軍馬は使わない——との潔癖さよりも——十市皇女の父上を手にかけたくない——という躊躇《とまど》いがあったのです。若い大友皇子には心を鬼にする決断は無理だったのでしょう。仮に騎馬隊が追尾しても、大海人皇子の一行にはすでに猟人二十数名が加わっていましたので、返り討ちにあっていたでしょう。大友皇子は驍騎を使用しない代案として、興兵使《こうへいし》を倭京《やまと》、東国、吉備《きび》国および筑紫大宰へ派遣しました」

「戦とは酷いものだ。実戦を知らぬ二十五歳の皇子には、父上の中大兄皇子が岳父倉山田石川麻呂を謀殺したような残酷な指図はできなかったろう。大友皇子は——叔父大海人皇子とは堂々と雌雄を決したい——と決めていたのであろう」

「同感でございます」

「黄書大伴《きふみのおおとも》には……」

「はい。わが大伴一族への連絡でした」

と、書持が元気よく応えた。

「その通りです。黄書大伴は二十四日、大伴馬来田《まぐた》殿、吹負《ふけい》殿の兄弟へ大海人皇子の蹶起《けっき》と指示を伝達しました。大伴一族は、かねてより百済復興支援には消極的だった大海人皇子の意見を支持していました。したがって白村江の戦には参加していません。また近江遷都にも反対でしたから、遷都を機に官職を辞任し、飛鳥の領地百済（北葛城郡百済）に隠居していました。——政情を先読みして、大海人皇子の挙兵の連絡を待っていた——と言う方が正確でしょう。馬来田殿は直ちに大海人皇子の身辺警護のため私兵を率い、黄書大伴と皇子の後を追いました。一方吹負殿は、皇子の指示通り飛鳥に留まり、飛鳥地方の中小諸豪族、例えば三輪高市麻呂《みわのたけちまろ》、鴨蝦夷《かものえみし》などを勧誘しました」

（いよいよ戦闘開始だ！）

と家持、書持兄弟はわくわくしていた。

「東国へ向かった大友皇子軍の興兵使三名のうち二名は、不破関を固めていた大海人皇子軍に捕らえられました。一日の差でした。——不破山道は抑えられているかもしれぬ——と用心して、少し遅れていた一名だけが逮捕を免れ、大津へ引き返しました。吉備国へ向かった興兵使は、国宰（国守）が大海人皇子に好意的と知り、隙を見てその場で斬殺しました。吉備では徴兵に失敗しました。筑紫では大宰の栗隈王《くりくまのおおきみ》が、『筑紫の兵は外敵から国を守るために置かれている。叔父と甥の内戦には官兵を動かすわけにはいかぬ』と断りました。倭京興兵使の穂積百足《ほずみのももたり》は飛鳥では兵を集めることはできませんでした。飛鳥地方の中小諸豪族は、もともと中大兄皇子の百済救援や近江遷都に反対でしたから吹負殿の勧誘に乗りました。百足は倭京に残り、高坂王を支援することになりました。つまり大友皇子軍の四人の興兵は全員失敗したのです」

「近江軍はすべてが後手になっていたのだな」

と旅人が簡潔に論評した。

「そうです。では両軍様々な挙兵の途中経緯は省略して、戦闘開始直前の陣容を見ましょう」

と、憶良は半紙を卓上に拡げた。

（五）陣容

「高市皇子、大津皇子を救出し、予定通り東国の豪族たちや、飛鳥の大伴氏を主とする豪族たちの参加を得た大海人皇子は、本陣を野上《のがみ》（関ケ原）、前線基地を和蹔《わざみ》に置きました。総指揮官には弱冠十九歳の高市皇子を任命しましたが、全軍に異論はありませんでした」

「何故ですか？　お若いのに？」

坂上郎女が首を傾《かし》げた。

「と申しますのは、山口から野上に至る間に、白村江で戦った将兵が、筑紫君薩夜麻こと高市皇子を慕って、続々と参集しました。例えば湯沐令多品治《ゆのうながしおおのほんじ》の多氏族《おおのうじぞく》や、陣容にあります坂本財《さかもとのたから》、田中足麻呂《たなかのたりまろ》などは白村江で戦った戦士です。実戦を知っている彼らの体験談から、高市皇子が少年ながら激戦の中で立派な武将であったことや、捕虜時代の凜《りん》とした酋長ぶりが、あっという間に広がっていたからです。高市皇子は八年の捕囚の間に、唐軍の戦い方を勉強していました。高市皇子や品治、財、足麻呂らの将兵は――現地指揮官のいなかった白村江での武将たちのような自己判断でのばらばらな戦いでは大戦に勝てぬ――と、肌身で知っていたのです。この一覧表をご覧になれば、大海人皇子軍はかつての百済支援軍の陣容と異なることがよく分かります」

「なるほど、大海人皇子軍の陣立ては見事だ」

「それがしは特に村国男依《むらくにのおより》将軍率いる舎人《とねり》軍団の活躍に注目しています――高市皇子が率先指揮されていたので、舎人軍団には覇気が漲《みなぎ》っていた――と、推測しています。参考までに大海人皇子軍と大友皇子軍の重臣に○●、双方で活躍した十二将に、それぞれ△▲を付けておきました。□は勲功恩賞の受賞者です」

両軍の陣容

大海人皇子軍　本営　野上《のが》行宮（大海人皇子）　前線基地　和蹔《わざみ》（高市皇子）

総指揮官　高市皇子

本営警備軍――将軍　○□大伴馬来田《まぐた》

伊勢・伊賀制圧軍―統括将軍　○△紀阿閉麻呂《きのあへまろ》

将軍　△多品治《おおのほんじ》　△田中足麻呂《たなかのたりまろ》

将軍　△置始菟《おきそめのうさぎ》

倭京制圧軍――統括将軍　○△大伴吹負《ふけい》――□大伴御行《みゆき》、□大伴安麻呂《やすまろ》

△坂本財《さかもとのたから》、鴨蝦夷《かものえみし》、△三輪高市麻呂《みわのたけちまろ》

大津宮攻略軍――将軍　△荒田尾赤麻呂《あらたおのあかまろ》　△忌部子人《いんべのこびと》　紀大音《きのおおと》

三尾城攻撃軍――北越将軍　○△村国男依《むらくにのおより》　□書根麻呂《ふみのねまろ》　□和珥部君手《わにべのきみて》（舎人軍団）

△羽田矢国《はたのやくに》（大友軍より投降、湖北攻撃に起用）

△出雲狛《いづものこま》

大友皇子軍

本営　近江大津京（大友皇子・●蘇我赤兄《あかえ》　●中臣金《なかとみのかね》）

基地　倭京（高坂王《たかさかのおおきみ》）

総指揮官　大友皇子（村国男依軍に敗走。山前《やまさき》で自殺）

湖東での迎撃――将軍　山部王（投降前、蘇我果安に斬殺さる）

●蘇我果安《はたやす》（山部王殺害後に自殺）　●巨勢人《こせのひと》

将軍　▲境部薬《さかいべのくすり》（湖東横河《よこかわ》で村国男依に敗死）

将軍　▲秦友足《はたのともたり》（湖東鳥籠山《とこのやま》で村国男依に敗死）

▲社戸大口《こそべのおおくち》（湖東安河《やすかわ》で村国男依の捕虜）

▲土師千嶋《はじのちしま》（湖東安河で村国男依の捕虜）

大津京防衛軍――将軍　▲智尊《ちそん》（大津瀬田川で村国男依に敗死）

将軍　▲犬養五十君《いぬかいのいきみ》（大津粟津《あわづ》で村国男依に斬殺さる）

将軍　▲谷塩手《たにのしおて》（大津粟津で村国男依に斬殺さる）

伊賀攻撃軍――副将　▲田辺小隅《たなべのおすみ》

倭京守備軍――留守司　高坂王　興兵使　▲穂積百足《ほづみのももたり》
倭京応援軍――将軍　▲大野果安《おおのはたやす》（乃楽山で吹負《ふけい》軍を破る）
将軍　▲壱伎韓国《いきのからくに》（当麻《たぎま》で大伴吹負軍に敗走）
別将　▲廬井鯨《いおいのくじら》（箸陵《はしはか》で置始菟《おきそめのうさぎ》・三輪高市麻呂《みわのたけちまろ》に敗走）

「先生、前々回『木幡の空』で父が申しましたように、大友軍に重臣の紀大人《きのうし》が見当たりません。逆に大海人軍の統括将軍に紀阿閉麻呂《あへまろ》の名があり、倭京制圧軍にも紀大音がいます。紀氏族は大海人皇子軍についたのですね」

「良いところに気付かれました。その通りです。実は以前から紀大人は天智帝に不信感を持っていました。大海人皇子の吉野隠棲を機に、天智帝の内密な旅行日程を内通していたのです。大海人皇子挙兵の決断は、槍の舞から始まり、天智帝の山科暗殺となったのです。紀大人は、天智帝崩御後は密かに一族を纏め、――大海人皇子蹶起の時には、大人自身は近江を離れ身を隠し、一族の武将紀阿閉麻呂を将軍として、直ちに数万の兵をもって参加させる――との密約ができていたのです。それゆえ大海人皇子が天武帝になられた時や、その後の帝《みかど》がたも紀大人の子孫一族を厚遇しています」

「そうであったか。わが大伴だけでなく、紀氏族や東国の諸豪族にも根回しは終わっていたのだな。六月二十二日から僅か数日で、二人の皇子の大脱走や、数万の将兵が参集したのは奇跡ではなかった。憶良殿が個々の戦闘の前に、これだけのお話をしてくださった目的がよく分かった。家持、わが大伴では倭京攻略の自慢話ばかりが語り継がれているが、――戦は事前の準備が大事だ。さらに全体を鳥の眼で俯瞰《ふかん》すべし――と、心に留めておくように」
「承知しました」

憶良は巻紙を取り出した。

「各地の戦闘を日記風にまとめておきました。激戦であり、辛勝でした。後でゆっくり勉強してください」（巻末付表）

「はい」

「戦略面を中心に大海人皇子軍の勝因を列挙しておきました」

と、別紙も家持に渡した。家持が卓上に広げた。


第一、大海人皇子の西美濃の湯沐令《ゆのうながし》を挙兵拠点として、美濃尾張の中小諸豪族を集めた。

第二、高市皇子が総指揮官となり、戦略・戦術の命令系統が統一された。

第三、白村江の実戦経験ある将兵が多数参集。士気が高まり、皇子が唐兵法を駆使できた。

第四、大伴氏族と紀氏族の参加により、倭京の制圧には大伴軍団、伊勢・伊賀には紀軍団、近江大津宮攻撃には高市皇子指揮の舎人集団を当てる三面作戦が展開できた。

第五、役行者《えんのぎょうじゃ》の協力により、高市皇子、大津皇子の救出、事前の情報収集、本軍・紀軍団・大伴軍団の相互連絡と応援ができた。

第六、敗走の吹負《ふけい》殿が、紀阿閉麻呂《きのあへまろ》が先発させた置始菟《おきそめのうさぎ》と合流でき、反撃に転じた。

「実に簡潔で明快だ。特に吹負伯父が助かったのは僥倖《ぎょうこう》だった」

と、旅人が述懐した。

「これで分かりますように、大海人皇子が神であったから勝利したのではありませぬ。ただ、激戦を制した僥倖は、――大海人皇子が伊勢神宮に敬神救国を祈願され、運気を呼び込まれた――といえるかもしれません」

「なるほど運気か……」

(憶良殿は……陰陽道《おんみょうどう》にも心得があるのか?)

と旅人は秘かに感じていた。

「さて高市皇子は自ら高麗剣《こまつるぎ》を振りかざし、唐流の鼓や角笛の音を響かせ、旗をかざして派手に進軍したのです。村国男依《むらくにのおより》を筆頭に舎人集団と、白村江での死地を潜り抜けてきた将兵たちが、唐軍の戦法のように鬨《とき》の声を挙げて大友皇子軍に襲い掛かりました。この様子は柿本人麻呂殿が、高市皇子の挽歌に詠まれていますので、その一部を朗詠で再現しましょう」

……不破《ふは》山越えて　高麗剣《こまつるぎ》　和蹔《わざみ》が原の　行宮《かりみや》に　天降《あも》りいまして　天《あめ》の下　治め
たまひ……吾妻《あづま》の国の　御軍士《みいくさ》を　召《め》したまひて……皇子《みこ》ながら　任《ま》けたまへば
大御身《おほみみ》に　太刀《たち》取り帯《は》かし　大御手《おほみて》に　弓取り持《も》たし　御軍士《みいくさ》を　率《あとも》ひたまひ　と

とのふる　鼓《つづみ》の音は　雷《いかづち》の　聲と聞くまで　吹き響《とよ》むる　小角《くだ》の音《おと》も　敵《あた》見たる
虎《とら》かほゆると　諸人《もろひと》の　おびゆるまでに　ささげたる　幡《はた》のなびきは……なびくが
ごとく　取り持《も》てる　弓弭《ゆはず》の騒《さわき》……い巻き渡ると……引き放つ　矢の繁《しげ》けく……
（柿本人麻呂　万葉集　巻二・一九九）

「大友皇子軍の敗因は、家持殿、書持殿自らお考えください。それがしは佞臣《ねいしん》に担《かつ》がれて犠牲になった大友皇子に憐憫《あわれみ》の情を抑えきれません。まことに惜しい逸材でした」
憶良は両軍の戦死者の霊に合掌し講義を終えた。旅人一家も合掌した。

第二十帖　母子の絶叫

あられふりいたも風吹き寒き夜や旗野に今夜《こよひ》わがひとり寝む
（作者不詳　万葉集　巻一〇・二三三八）

（一）敗兵赦免《しやめん》

師走に入った。馬を曳く権が、

「首領《おかしら》、今日昼過ぎ、十五～六羽の鶴が、見事な『く』の字の列を組んで、次田温湯《すぎたのゆ》の方へ飛翔《ひしよう》していきました。いよいよ本格的な冬将軍の到来でございますなあ」

と、報告した。

「そうか。玄界灘を吹き渡る風に乗って、鶴の群れが来るのは、この地ならではの風物詩よのう。鶴は夏の間は吾らの知らぬ北国の涼しい地で過ごしているのであろう。吾らには寒くとも、鶴にとって太宰府は餌も多く、子育てには快適なのであろう。最近は鴨もよく見るのう」

「はい、次田温湯のあたりは田野が殊のほか暖かいので、渡り鳥が多うございます。近々鴨猟をしようと、助と話したばかりでございます」

「お前たちは花鳥風月を愛でるよりは、食欲が先行するようだな。ははは。それもよかろう。若たちの半弓の練習になろう。誘ってみるがよい」

権と助は、これまでも人目につかぬ山野で、家持兄弟を鍛えていた。

「そう致します」

「今夜は冷え込むが、長話になろう。庭番をよろしく頼むぞ。帰館したら夜食に河豚《ふぐ》鍋と熱燗《あつかん》を楽しむがよかろう」

「心得ておりまする」


帥館の奥座敷には、旅人と憶良の席の脇に、真っ赤な炭火の入れられた火鉢が用意されていた。

「これはこれは、何よりの馳走でございます」

と、軽く頭を下げて、憶良は席に着いた。

「さて、多くの方は『壬申の乱』と申せば、すぐに有名な『吉野の盟約』をお口になさいます。それがしは、今回は乱の後、大海人皇子のご即位から、『吉野の盟約』までの約十年間の政事《まつりごと》と、天武帝や皇族の方々、特に額田王と十市皇女《とおちのひめみこ》の御心の内を推測して語ります」

「ほほう。それは面白そうだ」

陪聴する父親の旅人が真っ先に興味を示した。

「講論の内容は、第一に乱の後処理、一口で申せば『敗兵赦免』。第二に『近江京廃棄』。第三は『天皇親政』つまり天武帝と皇親による政事。第四は『悲運の十市皇女《とおちのひめみこ》』。最後に『母子の絶叫』と致します。

したがって、第二十一帖『吉野の盟約』はその後に致します。坂上郎女様や若たちは『壬申の乱』のあれこれについては、すでにご承知の内容もあろうかと思いますが、それがしの視点で分析した話と受け止めてくださいませ」

「分かりました」

と、三人が頭を下げた。

「さて、大海人皇子のとられた乱の後始末はお見事でした。不破宮（関ケ原）の本陣で、――近江軍制圧――との報告を受けられた大海人皇子は、総指揮官の高市《たけち》皇子に二つの指示を与えられました。最初は重臣群臣の厳罰です。第二はその他の将兵の赦免でした」

憶良は半紙を取り出し、声を出しながら筆を走らせた。いつものように一家四人の眼が墨痕《ぼっこん》を追った。

一　近江軍の重臣及び群臣将軍の厳罰

重臣四名の処罰

左大臣　蘇我赤兄《あかえ》　流罪《るざい》　その子孫も流罪

右大臣　中臣金《なかとみのかね》　斬首《ざんしゅ》　その子は流罪

御史大夫　巨勢人《こせのひと》　流罪　その子孫も流罪
　々　　蘇我果安《はたやす》　戦中自害　その子は流罪

群臣八名の処罰
将軍　境部薬《さかいべのくすり》　戦中湖東横河《よこかわ》で斬殺
　々　秦友足《はたのともたり》　戦中湖東鳥籠山《とこのやま》で斬殺
　々　社戸大口《こそべのおおくち》　戦中安河《やすかわ》で斬殺
　々　土師千嶋《はじのちしま》　戦中安河で斬殺
　々　僧智尊《ちそん》　戦中大津瀬田川で斬殺
　々　犬養五十君《いぬかいのいきみ》　戦中大津粟津《あわづ》で斬殺
　々　谷直塩手《たにのあたいしおて》　戦中大津粟津で斬殺
　々　廬井鯨《いおいのくじら》　戦後捕縛斬殺

二　右の重臣群臣以外の将兵　全員赦免。罪不問。

と、書いて筆を置いた。

「先帝の五重臣の一人、紀大人卿《きのうし》が近江軍に加わらず隠棲し、紀氏族は大挙して大海人皇子軍にはせ参じた話は前回致しました。この功績により、紀氏族は大伴氏族とともに、天武天皇を支える柱となりました」

家持、書持は、現在、父の部下である大貳の紀男人卿《きのおひと》の顔を思い浮かべていた。

書持が質問した。

「先生、大海人皇子が近江軍の将兵の罪を一切不問にしたのは何故ですか。死闘の相手なのに全員赦免とは納得がいきませぬが……」

「ごもっともです」

と、憶良は書持の疑問を誉めて、続けた。

「大海人皇子はこう考えられたのです。――近江朝が、吉野に隠棲している朕《ちん》を排除しようと、戦の準備を始めた責任は、すべて重臣にある。また実際の戦闘の責任は、戦場で指揮を執《と》った将軍たちにある。戦場では両軍は死力を尽くして戦うのが武人の務めであり、誇りであろう。相手の近江軍の将兵たちは、上官の命に忠実に、よく戦った。敗れたからとて戦いそのものには、何ら責められる罪はない。特に今回の乱は、皇位継承をめぐって、朕と大友皇子との私闘、それも恥かしい話だが、岳父と娘婿、叔父と甥の間の肉親の争いであった。したがって、敗兵に責も罪もない。大事なことは、乱が終わった後、両軍の将兵が、速やかに前職に立ち戻り、民のための政事《まつりごと》を斎整《せいせい》と再開することだ――と」

「御心《みこころ》の通りだ」

旅人が直ちに同感した。

「その背景には、大海人皇子軍に従ったのは、古来の武人系豪族がたや、地方の郡司などが多く、中央の官人が少なかったこともあります。一方、近江軍には渡来系の貴族や将軍、中堅官人が多く、彼らが復職しないと、政事の実務に支障を生じる懸念があったことも事実です。さらに、もし敗兵たちを前職から追放すると、たちどころに流民《るみん》となり、社会不安を招き、皇位継承とは異なる謀反なども起こりかねませぬ。敗兵に厳罰は——百害あって一利なし——の状況でした」

（憶良さまのご説明は実に単純明快だわ）

坂上郎女は感嘆して言葉もない。

「なお、甲賀路の戦いで敗走し、行方不明になった田辺小隅《たなべおすみ》という副将軍がいます。藤原鎌足はすでに薨去していましたが、次男の不比等は近江軍に加わらず、この小隅の一族で法学者の田辺史大隅《ふひとおおすみ》の館に名を変えて潜んで、戦いの成り行きを密《ひそ》やかに傍観していました。彼が世の中に出てきたのは天武帝崩御後です。このことは覚えておいてください」

（ほう、不比等卿は随分長い間大隅の館に潜んでいたのか。若くして老獪《ろうかい》だったのだな）

旅人は不比等の後半生を知っている。

憶良が次の話題に入った。

（二）近江京廃都

「若き総指揮官、高市皇子の口から『敗兵赦免』を告げさせ、近江軍の気持ちを落ち着かせると、大海人皇子は不破宮を出られ、伊勢桑名から鈴鹿、名張を経由して、飛鳥の里に帰還されました。飛鳥では亡くなられたご生母斉明帝がお住まいになられていた岡本宮を仮住まいにされました」

（そうか、大海人皇子は近江京には立ち寄られなかったのだな。多分、大友皇子が自決された大津に

は近づきたくなかったのであろう）

旅人は大海人皇子の心情を察した。

旅人の表情の微妙な変化を読み取った憶良は、横道に入らず、平然と講義をつづけた。

「ここで大海人皇子は両軍の群臣を前に、次の指示を出されました」

憶良は少し背を正し、顎を引いて大海人皇子の姿勢と口調を真似た。


大海人皇子『さて皆の者、次なる課題は朕《ちん》が政事《まつりごと》を行う新しい京師《みやこ》の地である。十年前、兄天智帝が造営された大津京は、淡海《おうみ》を見おろす絶景の地ではあるが、このたびの戦乱で宮殿はもとより官民の住居も焼けたり破損したりしている。――修理をすれば短時日で復旧できる――との考えもあろう。しかし、もともと近江の大津は傾斜面であり、平地は狭隘《きょうあい》である。わが国の京師とするには相応《ふさわ》しい地相ではないことは、皆の者も十分承知のはずであろう。ついては新しき京師は、吾らの父祖が――まほろば――と愛称されてきたこの飛鳥の地に戻す』

「途端に『うおう！』という響動《とよみ》が朝堂を震わせました。大海人皇子は片手を上げて響動を静められ、次のお言葉を続けられました」

一家四人は、天武帝を演ずる憶良の口調に圧倒されていた。

大海人皇子『場所はこの岡本宮の南にある沼沢《しょうたく》の原野だ。両軍の将も兵も、一カ月の激戦の恩讐《おんしゅう》を捨て、全員が剣や弓矢に変えて鎌《かま》や鋤《すき》や鍬《くわ》を持ち、官人農民一体となり、開拓するのだ。未来の子や孫のために、新しい京師《みやこ》を造るのじゃ。不運にも戦乱で落命した諸霊を浄め、原を拓《ひら》く。それ故に、新宮殿の名は、——飛鳥浄御原宮《あすかきよみはらのみや》——とする。どうじゃ』

「再び、いや前よりも大きい響動が起こりました。その新宮殿の建設状況を、大伴御行殿は歌に詠まれたのです」

旅人一家に喜色が溢れた。

「講論の冒頭に、——大君は神ではありませぬ——と申しました。大海人皇子軍が大乱を勝利したのは、白村江の戦いでご苦労された筑紫君薩夜麻《つくしのきみさちやま》こと高市《たけち》皇子のご指揮、馳せ参じた当時の生き残りの無名の兵士たち、舎人軍団や大伴、紀など古来の豪族の団結した活躍があったからです。大海人皇子の神技ではありませぬ。しかし、近江軍の多くの将兵の罪を問わず、赦免して心身を落ち着かせ、国を二分した大乱を何事もなかったように見事に収束なされた上、さらに新しい京師の建設にまで着手されたのは、まさに大海人皇子の神技でした。その意味合いを十分理解されて御行殿の歌を、お二人で声高らかに斉唱してくだされ」

家持、書持が喜色満面、元気に立ち上がり、少年らしい声で詠唱した。

大君は神にしませば赤駒のはらばふ田居《たゐ》を京師《みやこ》となしつ
（大伴御行　万葉集　巻第一九・四二六〇）

「いやあ、憶良殿。理路整然としたご説明ありがたい。家持、書持、それに妹よ、御行伯父上の歌は、――近江軍の敗兵を赦され、国家再建へ復職を優先された天武帝のご仁徳と素早い新京師の造営の実行を、神技の如し、と比喩された――と、受け止めようぞ。大君を決して神に詠んではいけないぞ」

旅人は憶良に深々と頭を下げた。

(三) 天皇親政

「年が変わり、天武二年（六七三）一月七日、大海人皇子は新宮殿の落成と京師の造営を寿《ことほ》ぎ、群臣を招かれ大宴会を催されました。武人官人たちの間のわだかまりは消えていました。翌二月二十七日、皇子は檜の香も清々しい飛鳥浄御原宮で即位の式典を挙げられ、『天武天皇』と名乗られました。同時に、正妃の鸕野讃良《うののさらら》皇女を皇后となさいました。わが国の歴史で初めての『天皇』の称号であることは前に申し上げました」

一家四人は春先の『則天武后』の講論を想起していた。

「天武天皇は群臣たちにこう告げられました」

憶良が天武帝に早変わりした。

天武帝『先の帝《みかど》は左右大臣および御史大夫《ぎょしたいふ》（大納言）を置かれたが、朕《ちん》は御史大夫・紀大人を除く四名を重く罰した。大人《うし》は隠棲したので、現在重臣は皆無、空席となっている。諸卿の中には重臣の席に興味を持つ者もいよう。――大宮人として朝議に参加し、思う存分自己の能力を発揮したい――との意欲、願望を持つのは当然である。しかし、朕はいささか考えることあって、左右大臣及び大納言は任命しないと決めた。政事は諸省庁の卿（長官）の下で、これまで通り斎整と執行せよ。省庁の卿が朕の判断を必要とする場合には、朕は長子高市皇子および皇親と諮《はか》って決断を下す』

「と、表明されました」

「――天皇親政――の布告だな。ご長子高市皇子を重用されると明言された」

旅人が端的に応えた。

「その通りでございます。帝は少年時代よりひっそりと、目立たぬように、兄の中大兄皇子には従順に過ごされてきました。政事話には一切口を出さず、傍観してこられました。乙巳の変前後の、血なまぐさい事件の数々に、皇位継承権のある皇子として、肉親の兄に恐怖感を抱いていました。生母斉明女帝のご指図もあり、言動には細心の注意を払い、ひ弱い存在と演技され、それがいつしか演技ではなく性格になっていました。それと並行して、人物を冷静客観的に観察できる能力を身に付けられました。兄の天智帝が晩年ご病気になられた頃から、重臣の蘇我赤兄や中臣金の発言力や臣下への影響力が強くなっていくのを苦々しくご覧になっていました。先帝が山科でご崩御された後、大友皇子や皇族のご意見は無視された情報を、吉野の里で承知していました。――吾がもし皇位を継承したら、彼らの重臣政治を正常化せねばならぬ――と、考えられていたのです。すぐに五重臣に代えうる見識豊かな人材がいなかったこともありますが、他方、まだ二十歳そこその高市皇子の統率力、知見、人望に驚いたことも、事実です。高市皇子の大唐での体験。帰国早々の壬申の乱で示した舎人軍団や大伴軍団、紀軍団を統率した実績。功績を少しもお口にされない謙虚さ。鸕野讃良皇后や年下の草壁皇子、大津皇子に示す控えめな態度などをご覧になり、――人間は歳ではない。高市の識見や人望を政事に生かし、報いたい――と思われたのでしょう。天皇親政は、皇親政事をも意味します。天武天皇の御心の中には、女帝推古天皇と厩戸皇子・聖徳太子のような皇親政事の復活を夢見られていたのではないかと、それがし愚考しております」

「憶良殿、愚考ではないぞ。それで帝は、皇后のご意見や、多治比家など王族の中から有能な人材を次第に登用されたのだな」

「その通りでございます。天武親政は順調に進められ、世の中は穏やかになりました。その間の政事については、日本書紀に詳細に書かれていますので、省略します。しかし――好事魔多し――とか申します。天武天皇の御心の中に、晴れやかにならぬ問題が二つ生じておりました」

そこで間をとるため、憶良は急須から茶碗にゆっくりと白湯を注いだ。

「憶良様、それは何でございましょうか」

やや短気な坂上郎女が督促した。

(四) 悲運の十市皇女《とおちのひめみこ》

憶良は坂上郎女の言葉を聞き流し、ゆっくりと飲み干した。

(こういう時には必ず大事な話がある)

一家はすでに何度か経験している。

「神代の昔から、この国を二分した大戦争と言えば、神日本磐余彦《かむやまといわれひこ》すなわち神武天皇率いる大和族と、大国主命の出雲族の大戦争と、壬申の乱です。僅か一カ月の戦闘で乱は収束し、天武帝は新宮殿で即位され、天皇親政を高らかに宣言されました。しかし、帝は心から慶《よろこ》ぶ気にはなれませんでした」

「何故でございますか。敗兵の赦免、飛鳥浄御原宮の造営、ご親政……すべて順調ではございませぬか」

坂上郎女は首を傾《かし》げた。

「それは十市皇女《とおちのひめみこ》のお姿でした」

憶良が皇女の名を口にした瞬間、坂上郎女が「アッ!」と、袖で口を抑えた。

「十市皇女は帝が大海人皇子であった若い頃、正妃額田王との間に誕生し、お二人の愛情を一身に受けて、健やかに美しくお育ちになられました。少女の頃、五歳年下の異母弟高市皇子をとても可愛がり、思春期になると将来結婚しようと誓い合っていました。しかし高市皇子が少年の身でありながら、百済復興の救援軍の皇族代表として、飾り物の統率者にされ、白村江の激戦で行方不明になっていました。それゆえ皇女は高市皇子を諦めて、伯父の中大兄皇子に請われるまま大友皇子に嫁がれました」

有名な美男美女の悲恋であったので、家持、書持も経緯は聞き知っていた。

「大友皇子は中大兄皇子と、采女だった伊賀宅子娘《やかこのいらつめ》との皇子です。ご生母の出自ゆえ皇位継承の候補ではないと周囲も本人も思い込んでいました。成長するにつれ、大変利発聡明であり、武技も優れた堂々たる貴公子となり、人望もありました。父の天智帝は、すでに皇位継承者として弟君の大海人皇子を大皇弟《ひつぎのみこ》に——人により皇太弟とも申しますが——任命していました。天智帝は大友皇子を偏愛するようになり、大皇弟の大海人皇子に相談することなく、太政大臣に登用し、将来天皇に即位させることも視野に入れられた話は、前に致しました」

「よく覚えております」

書持が胸を張って元気に応えた。憶良は微笑みを返した。

「十市皇女は大友皇子を愛され、二人の間には可愛い葛野王《かどのおう》が誕生され、仲睦まじい新婚夫婦生活を送られていました。しかし、父大海人皇子と、愛する夫大友皇子の戦いが起きたので、幼い葛野王をお連れになって、ご生母額田王と大和へ避難されていました。父と夫、どちらが勝っても負けても、皇女にとってはご心配であり、毎日が針の筵《むしろ》に坐っているようでした。最後に——近江軍は敗れ、大友皇子は大津山前《やまさき》で自害された。ご首級《しるし》は不破の本陣に運ばれ、大海人皇子が検視をなされた——と、報告された瞬間、皇女は失神され、その場に倒れました」

坂上郎女が袖で顔を覆った。

憶良はしんみりと語り続ける。

「額田王は——殿方たちは、岳父と娘婿、それも血縁の叔父と甥であるのに、何と惨《むご》いことをなされる。戦の途中で降伏を勧めるとか、逃げ道を空けるとか、ほとんどお付きもない状況まで追い詰めずに、何か手の打ちようはなかったのであろうか。酷《ひど》すぎる——と、慨嘆され、号泣されたそうです」

旅人は憶良が解説する額田王の心境に深く心を打たれていた。

（勝つか負けるか一瞬先も分からぬ大激戦の最中に、その様な気配りが吾にできるであろうか？　上に立つ男は辛い。時には鬼にならねばならぬ……）

額田王や十市皇女の立場に深い憐憫《あわれみ》の情を持ちながら、武人の自分に問いかけていた。

「以来、十市皇女は家を出ることなく、ただひたすらに大友皇子のご成仏をお祈りする日々を送られていました。その様なお姿を耳にして、幼馴染の阿閉《あへ》皇女が十市皇女をお慰めに訪れました。阿閉皇女の父君は天智帝であり、ご生母は姪娘《めいのいらつめ》——中大兄皇子に殺害された倉山田石川麻呂の女《むすめ》——です。母方の祖父が、父に謀殺された複雑な心理状況の下に少女時代を過ごされていますが、人柄温厚な皇女になられていました。後に草壁皇子に嫁がれ、後年元明天皇になられたご立派な方です。阿閉皇女は天武帝ともご相談され、十市皇女を伊勢参拝に誘われました」

坂上郎女は次々と不幸な運命を背負われた皇女の話に心を奪われていた。

「実はその時伊勢神宮の斎宮《さいぐう》は、天智帝のご息女で大海人皇子の妃であった大田皇女の遺児、大伯《おおく》皇女でした。大田皇女は鸕野讃良《うののさらら》皇后の姉君でした。大伯皇女は弟の大津皇子と離され、伊勢の斎宮として孤独な日々を送られていました。優しいお気持ちの阿閉皇女は、悲運の三人で語れば、十市皇女のお気持ちも少しは晴れるかと思ったのです。天武四年（六七五）春二月、皇女二人はそれぞれの侍女を伴い伊勢へ向かいました」

三人の夫と離別や死別を経験している坂上郎女は、三人の皇女の心の傷が少し分かる気がしていた。

「一行は大和から伊勢への初瀬街道を歩き、波多《はた》（三重県津市一志町）へ着きました。この地の神社に参詣され、十市皇女はこのような歌を詠まれています」

憶良は若い女性の言葉で朗詠した。

あられ降りいたも風吹き寒き夜や旗野に今夜《こよひ》わがひとり寝む

「十市皇女は大友皇子を忘れかね、侍女の吹芡刀自《ふぶきのとじ》に、『辛い。寂しい。死にたい』と、よく口にしていました。このような皇女を心配して、刀自が、雲出川の河畔にある苔の生えていない巌を見て一首詠みました。里人が聖地と崇拝している巌でした」

憶良が年配の侍女の口調にかえた。

川上《かみ》のゆつ岩群《いはむら》に苔むさず常《つね》にもがもな常処女《とこおとめ》にて

（吹芡刀自　万葉集　巻一・二二）

「刀自の歌を少し解説しましょう。――この川のほとりにある聖なる巌《いわ》には苔が生えていない。そのように皇女様もいつまでもいつまでも処女のようにお若くあってほしい。お命を大事にしてくださいーーとの願望でした」

「なるほど。皇女の寒々としたご心境の背景を深読みすれば、刀自の歌がしみじみと胸に響くわ」

愛妻郎女を失って孤閨の旅人は深く同感していた。

「伊勢の斎宮になられて間もない大伯皇女は、お二人の参拝を喜ばれ、三人は心を許しあって、それぞれの悩みを語り、慰めあいました」

(五) 母子の絶叫

「伊勢に旅するにあたって、父天武帝から壬申の乱収束のお礼を、神に報告するように申し付けられていました。父の命ですから否めませぬ。これは十市皇女にとっては心の負担でした。形式的ではありますが、父の代参を致しました。伊勢からお帰りになると、この戦勝報告を次第に後悔され、亡夫大友皇子への懺悔《ざんげ》の気持ちが大きくなりました。ますますお部屋に閉じ籠りました。母額田王からの書状で皇女の病状を知った父天武帝は慰問にまいりました。しかし十市皇女は部屋の扉を開けませぬ。母額田王のとりなしでやっとご面会されました。しかし下を向いて無言の抵抗を続けられました」

「お可哀想に……」

坂上が呻《うめ》くように呟《つぶや》いた。

「帝は皇女に『天皇ではなく父親の私に申したいことを述べなさい』と申されました。すると皇女は、堰《せき》を切ったように申し立てられました」

憶良は皇女の声音に変えた。

十市皇女『お父上はなぜ夫、大友皇子のご即位をお認めにならなかったのでしょうか。大友皇子が人格優れ、有能なお方である事実は、誰もが承知されていることなのに……。お父上は娘婿を自害させてまで皇位に就きたかったのですか。それでは天智帝がご病気の時、ご進言されたように倭姫皇后様を、なぜご即位させなかったのですか。あの時父上は――大友皇子を皇太子に――と進言されました。倭姫皇后様への譲位と大友皇子の立太子案は、お父上の心にもない誤魔化しだったのですか……』

「十市皇女は天武帝の御心《みこころ》の痛いところを突いていた。帝は一言も返す言葉がありませんでした。皇女は帝に『どうぞお帰りください』と冷たく告げました」

「十市皇女様の申される通りでございますわ。天武帝は兄上天智帝にご立派なことを申し上げましたが、ご本心は権勢の座に就きたかったのでございますわね」

と、坂上郎女が女性の立場から十市皇女に賛意を示した。

憶良は頷きを返し、

「天武帝は額田王からも責められました」

と、今度は額田王の声音になった。

額田王『私はあなた様の正妃として嫁ぎ、お互いに愛し愛されていました。十市は私たちの最初の御子です。しかし中大兄皇子様は、まるで生木を裂くように、私をあなた様から取り上げました。それだけではありません。中大兄皇子様の御子を身籠っている姉の鏡王女を、こともあろうに家臣の鎌足に下賜されました。人倫に反した行為でございます。国の民には示しのつかない愚行でした。その時、あなた様は兄上には何の反論も、抵抗もなされずに、黙って私を差し出され、その交換に大田皇女様と鸕野讃良皇女様、さらに大江皇女様、新田部皇女様を妃としてお受け取りになりました。まるで心の籠っていない品物のような扱いでございました。中大兄皇子様が――人間の外見をしていますが、心の中は恐ろしい野獣である――ことは、弟のあなた様が最もよくご存じです。拒絶すればあなた様のお命が危なかったことは目に見えていました。私はあなた様を愛しているがゆえに、その心を凍らせて、中大兄皇子様に抱かれました。あなた様が蒲生の薬猟で、私に手を振ってくださったときには、本当にうれしゅうございました』

一家は蒲生野で二人が詠まれた愛の名歌を思い出していた。

額田王『十市が少女の時から、高市皇子様を五歳ちがいの弟のように可愛がられていたことは、あなた様も御承知のはずです。冷酷な中大兄皇子様は、僅か十歳ほどの高市皇子様を、皇族代表の総指揮官として任命され、白村江に出兵させせました。百済復興の救援には、古来の豪族たちが賛同していなかったので、斉明帝をお連れして九州に向かわれている間に、あなた様が反乱を起こさないようにとの配慮と脅しの人質でした。このときもあなた様は従順に高市皇子様を黙って差し出されました。このときご生母尼子娘《あまこのいらつめ》様のご心境はいかばかりだったでしょうか。捕囚になられた皇子様は、ご無事でご帰国されましたが、高市皇子様の中大兄皇子・天智帝に対する憤怒《ふんぬ》はいかばかりだったでしょうか。その間に、中大兄皇子様は十市を大友皇子様の妃にと求められました』

四人は白村江の講話を思い出していた。話の進展が、少年たちにもよく分かる。

額田王『高市皇子様のご生死が分からなかったので、致し方なく十市を差し出しました。幸いにも大友皇子様は大変ご立派な貴公子であり、十市との間には葛野王《かどのおう》も生まれて、二人は幸せな生活を送っていました。白村江の敗戦後、十年が過ぎ、突然高市皇子様がご帰還になり、十市はご無事を心から慶びました。しかし既婚で御子を持つ身ゆえに、少女の頃の初恋の思い出は、過去のものとして心に封印しておりました。残酷な運命です。あなた様は兄上、中大兄皇子様に従順な弟でありすぎました。それは保身のためだったのか、あるいは将来権勢を奪取する忍従であったのか、女の私には分かりませぬ。しかし、私と十市親子が心に深い傷を負っていることは、お分かりください。お出でをお願いしましたが、もう十市には慰めの言葉をかけないでください』

「言葉は柔らかでしたが、前の大海人皇子正妃として、さらに第一子の産みの母としての絶叫でもありました」

坂上郎女は耐えきれずに号泣していた。旅人も家持兄弟も、あふれる涙を抑えきれなかった。

憶良はさらに額田王の言葉を続けた。

額田王『私は中大兄皇子・天智帝の漁色や、姉鏡女王や倭姫皇后様に対する態度や、こたびの乱のあなた様の権勢欲などを見て、殿方たちは随分身勝手すぎると思うこの頃でございます。あなた様は鸕野讃良《うののさらら》皇女様をお妃にされて以来、少しお人が変わられてきたようにお見受けします。今後大友皇子様のような犠牲者を出さないようにしてくださいませ。私と十市のことはお構いなさいますな。どうぞお引き取りください』

「額田王には前の夫であり、十市皇女には実の父である天武帝は、なすすべもなく、肩を窄《すぼ》めて、すごすごとお帰りになりました。それから三年ほど帝は政事《まつりごと》に没頭されました」

一家はしんみりと聴いていた。

「事態が変わったのは天武七年（六七八）の春です」

そういって、いったん講話を停め、憶良は白湯で咽喉《のど》を潤《うるお》した。

「天武帝は天地の神々に感謝する大祓《おおはらえ》の儀式を、全国的に行うことにしました。飛鳥では倉梯《くらはし》河の川上に、帝《みかど》が神事を行われる斎宮《いつきのみや》をお建てになりました。夏四月一日、神事の日を占うと七日が良いと出ました。国家安泰を天地の神々に祈る行事ですから、皇族は全員出席せねばなりません。十市皇女に連絡しますと――参加します。前日侍女と宮殿に泊まります――との返事が来て、帝は大変喜ばれました」

家持、書持もホッとした表情をしていた。

「当日早暁、寅《とら》の刻（午前四時）先払いの者たちが出発しました。それに続き百官が次々と宮殿を出ました。いよいよ帝が輿《こし》に乗られましたが、十市皇女が見えませぬ。『十市を呼びに参れ』と舎人《とねり》を使いに出しました。しばらくして舎人が蒼白な顔をして、引きつった声で『十市皇女様が……』擦《かす》れた声を発しました。『何があったのだ！』と詰問すると、舎人はわなわなと震えて、『お亡くなりになっています……』と申しました。侍女の吹芡刀自《ふぶきのとじ》とともに自害されていました。神事は取りやめになりました」

一家は驚いていた。

「十市皇女は大友皇子の正妃として、命を懸けてお父上の帝に、無力の女人としてできる最大の抵抗姿勢を示されたのですね。お父上が斎宮で壬申の乱の戦勝を神々に感謝されると先読みされていたのでしょうか」

と、坂上郎女が感想を述べた。

「その通りです。天の神々も十市皇女の心情を憐れと思われたのか、初七日の十三日、飛鳥浄御原宮の西殿の柱に大落雷がありました」

話の急展開に少年二人は硬直していた。

「帝は翌十四日、十市皇女を赤穂《あかぼ》（奈良市高岡）に埋葬され、『十市、赦してくれ！』と号泣されたそうです。帝はそれ以後お元気がなくなりました」

「そうか。帝は勝利で皇位を得られたが、反面、失われたものも大きかったのだな」

憶良が旅人に頷きを返した。


「十市皇女の薨去を悲しんだのは、皇女の初恋の相手、高市皇子でした。高市皇子はこのときすでに天智帝の皇女、御名部《みなべ》皇女を正妃とされていましたが、悲運の十市皇女を悼《いた》み、挽歌を三首詠まれました。もちろん御名部皇女はお二人の初恋をご存じですから、高市皇子の心情吐露をご理解されていました。では挽歌の内二首をご披露しましょう」

挽歌と聞いて、一家は姿勢を正した。

憶良は木簡を二枚取り出して、歌を書いた。

神山《かむ》の山邊《やまべ》まそゆふ短《みじか》ゆふかくのみ故《から》に長くと思ひき
（高市皇子　万葉集　巻二・一五七）

「少し解説しましょう。――神山すなわち三輪山の山邊でできる真麻木綿《まそゆふ》の幣帛《へいはく》、その短い幣帛のように、私たちのご縁は短かった。いつまでも長く続くと思っていたのに。初恋だけの短い交際で終わってしまった――と嘆かれました。次の歌は異国の伝説を知らないと理解されないでしょう。まず詠唱して、挽歌の奥深さをお話しします」

やまぶきの立ちよそひたる山清水《しみづ》汲《く》みに行かめど道の知らなく

（高市皇子　万葉集　巻二・一五八）

「これは高市皇子が筑紫君薩夜麻《つくしのきみさちやま》として唐で捕囚の生活を送られていた時に、胡人から聞いた異国の伝説が歌いこまれています。それが分からないと、挽歌と分かりませぬ」

「ほう、それは興味深い。どのような伝説か知りたいものだ」

「遥か西の彼方から長安に来ていた胡人によりますと、――彼らの故里《ふるさと》のさらに西方に、生命の復活する泉があり、その泉のほとりに黄色の花が咲いている――と言うのです。それがしは黄菊と聞いていますが、皇子は山吹の花を連想したのでしょう。この伝説が分かると、歌の真意が誰にでも分かります。――黄色の山吹の花が咲いている生命復活の泉の水を汲みに行きたいけれど、その泉がどこにあるのか、自分は泉への道を知らないのが残念だ――と、追悼されました」

若き頃、丹生女王《にうのおおきみ》と相思相愛であったが、身分の差のためにそれぞれ別の配偶者と結ばれた旅人は、高市皇子の心情が痛いほど分かった。

「今夜は長講になりましたが、十市皇女のご冥福をお祈りして一休みし、最後の『吉野の盟約』にしましょう」

憶良と一家四人、庭では権が合掌していた。

大きな星が二つ流れたが、誰も知らなかった。

第二十一帖　夢の曲《わだ》

淑《よ》き人のよしとよく見てよしと言《い》ひし芳野よく見よよき人よく見つ
（天武天皇　万葉集　巻一・二七）

（一）皇統の交錯

「憶良殿は――天武帝は二つの悩みを抱えられていた――と申された。十市皇女《とおちのひめみこ》の件はよく分かったが、もう一つは何か。『吉野の盟約』の前に伺っておきたいが……」

「実はそのお悩みが、『吉野の盟約』すなわち後継者案件そのものなのです」

「そうか。それは済まぬ」

家持と書持が、父親の早とちりをくすりと笑った。

「では、話を十市皇女ご自害の頃に戻します。第十三帖『漁色』でお見せしました天智帝と、今回の大海人皇子の婚姻の系図をご覧ください」

そう前置きして、憶良は懐中から半紙二枚を取り出し、卓上に広げた。

(天智天皇の婚姻は本書12頁または栞を参照ください)

「なるほどこれは分かり易い。それにしても、天智帝は凄まじい……」

——荒淫であられたな——とまで口にするのは、旅人は控えた。

「これまでの講義でご兄弟の婚姻関係の複雑さを説明しましたが、太字にしました皇子たちを覚えておいてください」

と、兄弟に注意を促した。

(じつに行き届いた指導だな)

と、旅人は感心した。

「十市皇女をお見舞いされた時、天武帝はかつての正妃、額田王から『あなた様は鸕野讃良《うののさらら》皇女様をお妃にされて以来、少しお人が変わられてきたようにお見受けします。今後大友皇子様のような犠牲者を出さないようにしてくださいませ』との直言《ちょくげん》が、心の奥に澱《よど》んでいました。——天智帝は卑母の御子、大友皇子を皇位継承者に選ばれた。それゆえ乱になった。さて吾は誰に譲位すればよいのか。その決め方次第で肉親の争いが起こりかねないことを、額田王は忠告してくれた——と、前妻に感謝しました。鸕野讃良皇后は、立后されるや、『早く草壁を立太子させましょう』と、天武帝に迫《せま》っていました。ところで天智天皇の系図で何か感想はありませんか、書持殿」

「はい。天智帝には皇女《ひめみこ》さまが多く、皇子さまは、川島皇子、志貴（施基）皇子、大友皇子のご三方だけだったのですね」

「その通りです。では天武帝の方は？　家持殿」

「皇子が多いですね。草壁皇子、大津皇子、長皇子、弓削皇子、舎人皇子、新田部皇子、穂積皇子、高市皇子、忍壁皇子、磯城皇子……すごい！　十名です」

（なるほど、このために憶良様はお二人の天皇の系図を比較させたのか）

坂上郎女は、死別した初婚の夫、穂積皇子の名前を久しぶりに懐かしく見ていた。天武帝の皇子の多さは知ってはいたが、こうして眺めると異様に感じた。

「天智帝のお悩みは、皇后やお妃に皇位継承の皇子がお生まれにならなかったことです。ご生母が采女の川島皇子、志貴皇子と大友皇子は、これまでのしきたりでは皇位の継承候補ではありませんでした。しかし、大友皇子が成長されるにつれて、その才幹や人物を評価され、皇位継承者に相当する太政大臣に任命されたことは、お話しました。——天智帝が崩御された直後、五重臣で無理に皇位（弘文天皇）に就けた——との噂もあります」

兄弟は納得していた。

「一方、天武帝には、十名の皇子がいます。しかし少し血統を遡《さかのぼ》ると、後継者になりうる皇子は限定されます。ご覧ください」

憶良は、別の白紙を取り出して、筆を執った。

天武天皇（大海人皇子）の婚姻

太字は「吉野の盟約」参加の皇子

岳父	身分		御子名
天智帝	皇后（妹）	鸕野讃良皇女《うののさららひめみこ》	**草壁皇子**《くさかべのみこ》（妃は阿閉皇女）
天智帝	妃（姉）	大田皇女《おおた》（病死）	大伯皇女《おおく》 **大津皇子**《おおつ》（妃は山辺皇女）
天智帝	妃	大江皇女《おおえ》	長皇子《なが》 弓削皇子《ゆげ》
天智帝	妃	新田部皇女《にいたべ》	舎人皇子《とねり》
中臣鎌足	夫人	氷上娘《ひかみのいらつめ》	但馬皇女《たじま》
中臣鎌足	夫人	五百重娘《いおえのいらつめ》	新田部皇子《にいたべ》
蘇我赤兄	夫人	太蕤娘《おおぬのいらつめ》	穂積皇子《ほづみのみこ》 紀皇女《き》 田形皇女《たかた》
鏡王	正妃	額田王《ぬかたのおおきみ》（天智強奪）	十市皇女《とおちのひめみこ》（大友皇子妃）
宗像君徳善《むなかたのきみとくぜん》	采女	尼子娘《あまこのいらつめ》	**高市皇子**《たけち》（妃は御名部皇女）
宍人臣大麻呂《ししひとのおみおおまろ》	采女	檝媛娘《かじひめのいらつめ》	**忍壁皇子**《おさかべ》 磯城皇子《しき》 泊瀬部皇女《はつせべ》 託基皇女《たき》

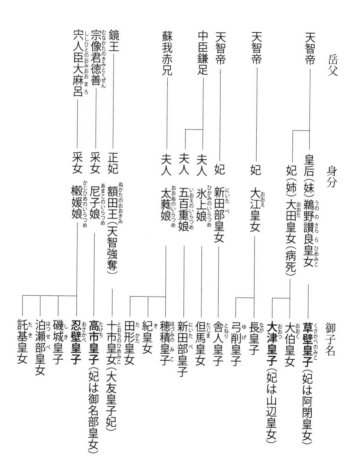

忍海造小竜――采女　色夫古娘――妃　大江皇女――長皇子、弓削皇子
中臣鎌足　　　　　　　　夫人　五百重娘《いおえのいらつめ》――新田部皇子
蘇我赤兄　　　　　　　　夫人　太蕤娘《おおぬのいらつめ》――穂積皇子
阿倍倉梯麻呂――嬪　橘娘――妃　新田部皇女――舎人皇子
宗像君徳善　　　　　　　采女　尼子娘――高市皇子
宍人臣大麻呂　　　　　　采女　檝媛娘《かじひめのいらつめ》――忍壁皇子、磯城皇子

「驚いたな、残るは草壁皇子と大津皇子お二人だけではないか」

「血統から申せば、その通りです。しかし草壁皇子はお体が丈夫でなく、頭脳も平凡でした。異母弟の大津皇子は、ご生母大田皇女を幼くして亡くされていますが、体躯堂々として、才幹豊かな好青年に育っていました。誰の眼にも優劣は明らかでした。天智帝の血を引く気性の強い鵜野讃良皇后にとって、姉の子の大津皇子が、草壁皇子の皇位継承の最大の障壁でした。大田皇女が気取らず優しいお人柄だっただけに隠れた人気がありました」

　坂上郎女は、皇位継承問題の奥深さに興味津々であった。

「帝のもう一つの悩みは、壬申の乱の最大の功績者で長子の高市《たけち》皇子の処遇でした。大伴や紀、佐伯や阿倍など古来の豪族や、村国男依《むらくにのおより》などの舎人《とねり》軍団、白村江で生き残りの宗像水軍の猛者などは、ご生母は采女でも、ご祖父は格式高い宗像《むなかた》大社を背景とする宗像君徳善であることを知っていましたか

ら、皇位継承者として相応《ふさわ》しく思っていました」

「すると、帝のお心の内は、草壁皇子、大津皇子、高市皇子の三者に絞られていたのか」

「左様でございます。しかし、鵜野讃良皇后は、吉野隠棲から始まって、気弱な大海人皇子を叱咤激励して、壬申の乱を陰で支えられてきた実績があります。たとえ病弱であろうと、平凡であろうと、ご自分の血を分けた草壁皇子を皇位に就けたいと、策謀を図りました。その第一段階が、先帝と天武帝の主な皇子たち六名に、聖地吉野で神々と天皇に――兄弟、従兄弟は仲良くする――と、誓約させることでした。狙いはその誓約の順序で、皇位継承の順をはっきり公知させたいと、皇后は考えたのです。誓約の順は、天皇と皇后の嫡男草壁皇子、故妃大田皇女の遺児大津皇子、壬申の乱の功績者高市皇子、それに川島皇子、忍壁皇子、志貴皇子の六名と決まりました。先帝の皇子である川島皇子と志貴皇子を加えたのは、近江朝の遺臣たちへの政策的な配慮でした」

「憶良様『吉野の盟約』の人物選定と誓約順の背景が、実によく分かりました」

と、坂上郎女が頭を下げた。

(二) 宮滝と夢の曲《わだ》

「若たちは吉野に行かれたことはありますか」

と、憶良は二人に問いかけた。

「ございます。四綱《よつな》に引率されて、一族の若者たち五十名ほどが訓練のため宮滝まで往復しました。

吉野宮辺りはよく存じております」

「さすがは武門の誉れ高い大伴氏族でございます。話が進め易うございます」

憶良は旅人の若者訓練に感心した。威儀を正した。

「十市皇女が亡くなられてほぼ一年後の天武八年（六七九）五月五日、吉野宮の庭先に、祭壇が設営されました。祭壇の眼前には地元国栖人《くず》が聖山と仰ぐ象山《きさやま》が聳えています。象山から流れ出る喜佐谷《きさたに》は『象《きさ》の小河』と呼ばれている清流です。この小河が吉野川に注ぐところが、深い淵になっていて、『夢の曲《わだ》』と呼ばれています。『曲』は、川が曲がって流れている場所というのはご存じでしょう」

兄弟が深く頷いた。

「それがしには、龍でも潜んでいそうな霊気を感じる淵でございます」

（憶良殿は潜龍の淵か……、吾は喜佐谷の小川に格別の清浄さを感じる）

その心を憶良は読んだ。


「帥殿にはこの小川を詠まれた良い歌がございますな。吉野の象山の雰囲気をこの場に示すには最適の歌でございますゆえ、どうぞ」

「そうか。あれはこの講話の天武八年よりずっと後年の神亀《じんき》元年（七一四）三月だった。中納言として聖武天皇に従駕《じゅうが》して吉野の離宮に参った時だ。それまで和歌など詠んだことのない武骨者の余に、帝が『歌を詠んでみよ』と申されたので、作ってみた。しかし、――宮廷歌人でもない高官の余が、今さら皇室賛美でもあるまい――と帝にはお見せしなかった。何も考えずに、すーっとできた歌で、余の処女作だ。では話の途中だが……」

鬱陶《うつとう》しい話が続いていたので、旅人には気分転換になった。

み吉野の　芳野の宮は　山からし　貴《たふと》くあらし　川からし　清《さや》けくあらし
天地と　長く久しく　萬代に　變らずあらむ　いでましの宮
（大伴旅人　万葉集　巻三・三一五）

昔見し象《きさ》の小河《をがは》を今見ればいよよ清《さや》けくなりにけるかも
（大伴旅人　万葉集　巻三・三一六）

「さて、本論に戻りましょう。祭壇の場所は河岸近く、その真下は激流が岩を噛むように流れ、『宮滝』と呼ばれています。周囲は山に囲まれ、まるで山の神と、水の神の住まわれる聖地のど真ん中にいる気がします」

「その通りだ。『宮滝』は水が落下するような大きな滝ではないが、春夏秋冬変わらぬあの激流は、人の心を洗い清める気がする。その清流が注ぐ『夢の曲』は一転して神秘な静寂の淵だ」

家持、書持は『宮滝』と『夢の曲《わだ》』の辺りを脳裡に、まざまざと思い出していた。

「五月五日夕、『宮滝』を見おろす離宮の庭に組み立てられた祭壇の前に、天武帝は独りたたずんで、八年前の苦しい逃避行を懐古され、長歌を詠まれました」

み吉野の　耳我《みみが》の嶺に　時なくぞ　雪はふりける　間《ま》なくぞ　雨はふりける
その雪の　時なきがごと　その雨の　間《ま》なきがごと　隈《くま》もおちず　思いつつぞ來る
その山道を

（天武天皇　万葉集　巻一・二五）

「大海人皇子は当時四十二歳、鸕野讃良妃は二十八歳、草壁皇子は十歳でした。――明日香から吉野への芋峠の難所では雪や雨が間断なく降り、隈（曲がりくねった山道）は果てしなく続いて辛かった。苛酷な逃亡だった。――それゆえ吉野に立つと感無量でした」

「実感が溢れた名歌だ」

と、旅人が述懐した。

「明日の分からぬ日々で、当時の鸕野讃良妃はさぞかしご不安でしたでしょう。草壁皇子はご病弱でしたから」

坂上郎女は、少年家持、書持を連れ太宰府に来た亡き義姉《あね》の心境に思いを重ねていた。

（三）吉野の盟約

「翌六日早朝、群臣たちは、それぞれの地位に応じて吉野宮の庭や、周囲の道路に立ち並びました。この祭壇で何が行われるのか、誰も知りません。――皇室の秘儀らしい――と、推測して、息を凝《こ》らして宮殿の方を凝視していました。宮殿から天武帝がお出ましになり、数歩後に皇后がしずしずと従っていました。――次にどなたが……壬申の乱の功績者で、第一子の高市皇子か……皇后の御子、正統の草壁皇子か……あるいはご存命なら皇后だったはずの大田皇女のお産みになった秀才大津皇子か……――と、群臣は注目しました」

憶良は間をとった。

一家は、まるで吉野宮の庭に立つ群臣の心理になっていた。候《うかみ》の技であった。

「最初に現れたのは……草壁皇子でした。次に大津皇子が戸口に立ち、群臣たちに一礼すると、群臣が声にならない響動《とよみ》を上げました。敏感な皇后は背中でその響動を感じ取り、眉を顰《ひそ》めました。高市皇子が現れると、群臣にホッとした雰囲気が流れました」

（憶良さまはまるで現場に立たれていたように描写され、分かり易い）

坂上郎女は次に何が起こるかと、心待ちしていた。

「川島皇子が現れると、群臣たちが『ほう』と驚きの表情を示しました。先帝天智帝の皇子だったからです。忍壁皇子の後から志貴皇子が現れると、一同は、天武帝が、甥になる先帝の遺児二人を平等に扱うという意思表示と、理解しました。近江軍に加わっていた大夫の中には、涙ぐんでいる者もいました。すべての群臣は、これからの秘儀の前に、今後の皇統の候補と順位は、草壁皇子、大津皇子、高市皇子と、はっきり認識しました」

一家四人も同感であった。

「帝は象山《きさ》に向かわれて、榊《さかき》の枝を奉納されました。皇后、皇子たちも続いて奉納されると、八人が厳かに二礼二拍一礼されました。帝は、横一列に並んでいる皇子たちに、こう申されました」

憶良が天武帝の口調になった。

天武帝『朕《ちん》はこの聖地で天地の神々に、千年の後まで、皇位継承の争いをしないと誓約したい。そなたたちの考えはどうだ』

六皇子『ご異存ございません』

「と、全員が一斉に答えました。すぐに草壁皇子が一歩前へ出て、こう誓いました」

憶良が草壁皇子のような少年の声を出した。

草壁皇子『天地の神々よ、天皇よ。はっきりとお聞きください。吾ら兄弟長幼合わせ十数名は、それぞれ母を異にしていますが、同母であるなしに関係せず、天皇のお言葉に従い、決して争いは致しません。もしこの誓いに背いたならば、命は絶え、子孫は滅ぶでしょう。決して過ちは犯しません』

「次に大津皇子、高市皇子と、五名の皇子が同様に誓約されました。天武天皇は大変喜ばれ、こう申されました」

天武帝『そなたたちは母を異にするが、皆同じ母から生まれたように、平等に愛《いと》おしい』

「この予想もしない――平等に愛おしい――という帝の言葉に、驚愕したのが鸕野讃良皇后でした。――筋書きにないお言葉を、何故帝は群臣の前で仰《おお》せられたのか？――と、その場で詰問するわけにはいきません。すると、帝が突然、衣の襟を開かれました。『皆こちらへ参れ』、と申され、六人の皇子を抱きしめられ、神々に誓約されました」

天武帝『天地の神々よ、皇子たちは千年の後まで皇位継承の争いは致しませぬ。もし私が皇子たちを平等に愛さない場合には、私の命を召し給え』

「と、申されました。皇后は動転していました。――折角群臣の前で、大津や高市よりも順位で愛児草壁を群臣たちに印象付けたのに、これでは筋書きが駄目になった。采女の子たちまで、皇位継承の候補者に認知されたようなことになった。対策を練り直さねば――と、憤《ふん》怒《ぬ》を自ら鎮《しず》めていました。

七日、天皇はお喜びを歌にされ、ご一家は飛鳥にお帰りになりました」

憶良が天武帝の口調で朗詠した。

淑《よ》き人のよしとよく見てよしと言《い》ひし芳野よく見よよき人よく見つ

「そうであったか。これまで——『吉野の盟約』は美談だ。天武帝は吉野を詠み込まれた佳い歌を作られた——と、思っていたが、盟約の後半は筋書きではなかったのか。驚いたな。皇后にとっては、予想外の、むしろ逆の展開になったのだな」

「左様でございます。この抱擁が、帝の意図されていたものか、溢れ出た感情に酔った瞬発的な行動だったのか、それがしには分かりませぬ」

「なるほど」

「以後、皇子たちがご成長されると、草壁皇子、大津皇子、高市皇子のご三方は、各一段階ずつ位階に差が付けられて、誰もが表面上、継承順が分かるようになりました。明らかに皇后の采配です。天武帝は、その後六年間、律令国家の完成に向けて全力を尽くされました。しかし、水面下では、天皇も皇后も悩まれていました。草壁皇子の無能さ、無気力さは、年々深刻になっていたからです。さて、本日は長い講話になりましたので、これで終わりにしましょう。次回『磐余池《いわれいけ》悲歌』もこの『吉野の盟約』の続編です。今夜は十市皇女《とおちのひめみこ》を悼《いた》み、酒を頂かずにこのまま帰ります」

「そうか。今宵は内容が密であり、吾らとも関係が深いので、いささかくたびれた。次の講論までに、一家でもう一度話題にし、復習させておこう」

「それはよろしゅうございます」

家持兄弟は大きく背伸びすると、玄関へ憶良を見送りに向かった。

権の腹の虫が大きく鳴いた。

第二十二帖　磐余池悲歌《いわれいけ》

ももづたふ磐余《いはれ》の池に鳴く鴨《かも》を今日のみ見てや雲隠《がく》れなむ
（大津皇子　万葉集　巻三・四一六）

（一）天武帝崩御

「今日もまた混み入った長い話になりますから、途中で休みを取りましょう。帥殿やそれがしが青年時代の事件ですから、いささか感情が高ぶるかと思いますが、お許しを。今回の講論の関係者と今後の重要な皇孫です」

憶良は、家持と書持にそう言って安心させ、半紙を広げた。前回使った天武帝の婚姻関係図の一部に、さりげなく珂瑠皇子《かるのみこ》（後の文武帝）と長屋王が加えられていた。

天武天皇（大海人皇子）の婚姻関係図　（太字は本帖関係者）

岳父	後宮の身分		御子	皇孫
天智帝（中大兄皇子）	皇后	（妹）鵜《うの》野《の》讃《さら》良《ら》皇女（㊶持統帝）	草壁皇子	珂瑠皇子（㊷文武帝）
	妃	（姉）大田皇女（病死）	大《おお》伯《く》皇女	
			大津皇子	
鏡王	正妃	額田王（天智強奪）	十市皇女（大友皇子妃）	
宗像君徳善	采女	尼子娘	高市皇子	長屋王

「第二十一帖『夢の曲』では天武八年（六七九）、天武天皇が吉野川の聖地、宮滝で、草壁皇子など六人の皇子に――後継者争いをしない――と、誓約させた儀式を説明しました」

兄弟はしっかりと頷いた。――祖先が関与した壬申《じんしん》の乱の直後の政事は十分理解している――との顔付きである。

「二年後の天武十年（六八一）、天武帝と皇后は、二十歳になったばかりの草壁皇子を皇太子として立太子させました。しかし、草壁皇子は病弱であり、国政には十分な参画ができませんでした。天武天皇は、草壁皇子とは一年違いで、健康で聡明な大津皇子を内心では高く評価していました。しかし、持統皇后の気性を熟知している天武帝は、そのことは皇后には一言も申していません。帝は、早逝した大田皇女の遺児、大伯皇女と大津皇子には深い憐憫《あわれみ》の情を抱いていました。したがって、大津皇子の成人を待って、天武十二年（六八三）、二十一歳の大津皇子を国政に参加させました。将来にわたって草壁皇太子を補佐させる――との意図でした」

憶良は木簡を取り出し四行書いた。四人は目で追った。

（こういう纏め方が上手いな。書持にも分かり易い。それに吾が成人の頃の話だ。昔を想い出すわ）

旅人は興奮していた。

天武十年　草壁皇子立太子　草壁二十歳　大津十九歳
天武十二年　大津皇子国政参加　大津二十一歳
天武十三年　八色《やくさ》の姓《かばね》実施　大津二十二歳
天武十四年　爵位六十階実施　大津皇子浄大弐位に叙位　大津二十三歳

「大津皇子は天武帝の期待に応え、国政に積極的に取り組みました。具体的には、天武十三年（六八四）に実施された『八色の姓』や、翌年の『爵位六十階』の制定などです。これらの実績を天武帝は大いに喜ばれ、大津皇子に『浄大弐位』の地位を与えました」

「家持、『八色の姓』は知っていよう」

と旅人が子に確認した。

「はい。真人《まひと》、朝臣《あそみ》、宿禰《すくね》、忌寸《いみき》、道師《どうし》、臣《おみ》、連《むらじ》、稲置《いなき》の八姓です」

「そうだ。この時わが大伴は『宿禰』の姓を賜った。余が二十歳であったわ。『朝臣』かとも思ったが、公卿ではなく武人ゆえ『宿禰』となったようだ。文官が武官より優位だったな」

「では父上は大津皇子より二歳下、憶良先生は二歳上ですか？」

（家持殿は頭の回転が速い！）

「その通りです。同年代の事ですから、一つ一つよく覚えております」

「先生、『浄大弐位』とはどのような位ですか？」

と、書持が早速質問した。

「今では貴族に与えられる二品《ほん》――臣では正二位――に相当する高い地位です。群臣たちは――大津皇子にこの高い叙位は当然だ――と受け止めていました。しかし、病弱で才能も今一つ冴えない草壁皇太子とその母、持統皇后は内心複雑な感慨でした」

（妾が持統皇后であれば、どう思うであろうか？　素直に姉の子の成長を喜べるだろうか？）

坂上郎女は、いつしか憶良の影響で、相手の身になって思考を自問するようになっていた。

「さて、天武天皇は大海人皇子の時から、性格複雑で冷酷な兄、中大兄皇子（天智天皇）に仕え、激動の時代を過ごされてこられました。精神を摺り減らした、鬱屈《うつくつ》した日々を送られてきました。その蓄積したお疲れのせいか、あるいは十市皇女様のご自決を悔まれていたのか、天武十五年（六八六）（朱鳥元年）五月、病に倒れました。――宮中にある草薙剣《くさなぎのつるぎ》の祟りだ――とのまことしやかな噂が宮中に拡がったので、剣を熱田神宮に返しましたが、本復されませぬ。七月に公務を引退されました。天武天皇はこの系統図でお分かりのように多くの皇子・皇女をお持ちでした。政事ではご長子の高市皇子、それに進歩著しい若手の大津皇子がいるから安泰と、帝は安心でした。しかし、実際には帝が病に倒れる前から、持統皇后が何かと政事を取り仕切るようになっていました。それと並行して、高市皇子は目立たぬように身を引いていました。——鸕野讃良皇女・持統皇后には、父君の中大兄皇子・天智天皇と同じ、冷酷さや猜疑心、権力欲がある。距離を置かねば危険だ——と、見抜いていたからです」

「そうか、持統皇后の独裁は天武帝のご病気の頃から始まっていたのか」

と、旅人が独りごとを呟《つぶや》いた。

「天武天皇は、薬石効無く、九月九日、崩御《ほうぎょ》されました」

「重陽《ちょうよう》の日だったな」

「そうです。いつもなら朝廷で観菊の宴が催されますが、この年は中止されました」

旅人と憶良は、無冠の若き日を偲《しの》んでいた。

(二) 姉弟邂逅《していかいこう》

「天皇家の内規では、——天皇が譲位や崩御で交代すると、伊勢神宮の神に仕える斎宮《さいぐう》も代わること——になっています。斎宮は、その時の天皇の為に神に仕えるからです。当時の斎宮は、大津皇子の姉、大伯《おおく》皇女でした。大伯皇女と大津皇子のご生母、大田皇女は持統皇后（鸕野讃良皇女）の実姉です。大田皇女が早逝されたので、大海人皇子は天武天皇として即位されると、天武三年（六七四）、僅か十三歳の大伯皇女を斎宮として伊勢神宮に送り込んでいました。当時大津皇子は十一歳でした。生母を亡くした幼い二人は、涙に暮れて別れを惜しみました。斎宮になれば、弟といえども会うことはできません。ただ一人の弟と別れを告げ、大伯皇女は泣く泣く伊勢に赴きました。これまで二人はそれぞれ孤独の少年、少女時代を過ごしてきました」

「まあ、それでは今の家持と書持が別れて孤児で過ごすことと……お可哀相に……」

と、坂上郎女は甥の身に置き換えて涙ぐんでいた。

「伊勢の大伯皇女は、父天武帝の崩御を悲しみました。しかし、内心では、――これで斎宮が交代する。京師《みやこ》に帰り、最愛の弟、大津皇子と暮らせる日が近い――と、その日を心待ちしていました」

憶良は、暫し目を閉じて、一呼吸置いた。

（話さねばならぬが、いささか辛《つら》いな）

「九月十一日、持統皇后は亡き帝の喪に服すために殯宮《もがりのみや》の建築に着手されました。日本の古くからの貴族や豪族に人望のあった天武帝です。飛鳥の京師《みやこ》だけでなく全国に悲しみが溢れていました」

（大伴は壬申の乱を支えただけに、とりわけ哀悼《あいとう》したな）

旅人は悲嘆に暮れる父安麻呂たち一族の姿を想起していた。

「九月の央頃《なかば》だったでしょう。夕闇に紛れて、粗末な農民の衣に身を隠した大津皇子が、伊勢神社の斎宮・大伯皇女を訪ねて参りました。朝から馬を走らせたのでしょう。馬も皇子も汗にまみれていました。斎宮に仕える巫女《みこ》たちは驚きました。斎宮に男子が会うことは禁忌です。しかし斎宮はこう申されました」

憶良は一息置いた。

四人の注意力が憶良の口許に集中していた。

巫女に命じる若い大伯皇女の声音がした。


斎宮『構わない。弟に会います。父の帝《みかど》が崩御されたのですから、私は実質的にはもはや斎宮ではありませぬ。弟がこの様な身なりで密かに訪ねてきたのは、よくよくの深い事情と覚悟があるのでしょう。外の井戸で汗を流し、私の白衣しかないが、着替えを与え、部屋にお通ししなさい』

家持と書持は、話の展開に心を奪われていた。

「大伯皇女は少年の日別れた弟君が、十年近くの間に、逞しい若者になっている姿に吃驚《びっくり》しましたが、その憔悴《しょうすい》した顔に、心を痛めました。この時の姉弟の会話を再現してみましょう」

そういって憶良は次のように二人の対話を、声音を変えて再現した。


斎宮『大津、いったい何事があったのですか、この夜更けに禁忌を破り参ったのにはよくよくの事情があるのでしょう？』

大津『姉上、突然男子禁制の斎宮を密かに訪れ、申し訳ございません。私はどうしてよいか思案に暮れ、誰にも相談できず、悩みに悩んだあげく、伊勢へ参りました。実は今、私の身辺は異常なのです』

斎宮『異常？　どのように？　落ち着いて、ゆっくり具体的に話してくださいな』

大津『天皇がご病気になられて以来、持統皇后が政事《まつりごと》を仕切られて参りました。私は帝に命ぜられたとおりに、皇后を援《たす》けて参りました。しかし、崩御されて後、ここ一週間、朝廷の内が不穏でございます。殯《もがり》とはいえ、皇后から何の相談も指図も受けていません。むしろ意図的に避けられている気がします』

斎宮『皇后は帝の崩御に動顛《どうてん》されているからではありませんか？』

大津『いえ、それならば私とてすぐ分かります。恐ろしいのは、最近私の耳に、――持統皇后は私を亡き者にしようと画策されている――との情報が入ったのです』

斎宮『えっ、何と申されましたか？　皇后がそなたを抹殺すると！　まさか！　そなたに何か心あたりはあるのですか？　もう少し事情を詳しく話してください。この白湯《さゆ》を飲んで……』

大津『はい……私は皇太子ではないので、これまで自由闊達《かったつ》に暮らして参りました。口うるさく私生活を注意してくださる母上も居ませんので、私の館には父を亡くされている川島皇子をはじめ、いろいろな人物が参りました。草壁皇太子がご病弱であり、内気であるために、同年代の皇族、貴族、豪族とは親しくないことが、持統皇后と亡き帝の心配事でした。私は姉上がいないので孤独でしたから、仲間たちを分け隔てなく受け入れて、よく宴会をしました。そうした付き合いで、自分の欠点を見直し、知識教養を得るように努めてきました』

斎宮『それはよい心がけでした。問題はないではありませんか』

大津『それが、帝が重篤になった頃から、複雑になってきたのです。来訪者の中には、酒に酔った勢いで、――母君、大田皇女がご存命であったならば、鸕野讃良皇女（持統皇后）の姉上であり、かつ大海人皇子の寵愛もあったので、当然皇后であられた。しかし、壬申の乱の後、持統皇后が皇子方に吉野で草壁皇子を皇太子として推戴するご誓約を求められた話は十分知っている。しかし草壁皇太子はご病弱だ。天武帝が崩御された今は国家を統治するにはご無理だ。血統の点でも能力の点でも優れている大津皇子が、次の皇位継承者に立候補し、重臣会議で決めてもらえばよいのではないか――と、発言する者も出て参りました。私は慌てて――不謹慎なことは申すな――と、そのような者を抑えていますが、人の口は抑えきれません。私の意思とは関係なく、群臣たちがそれらの噂話をしていて困惑しています。皇后が、私の眼を避けるようにしているのです』

斎宮『ところで大津、最近小耳にした話ですが、そなたは草壁皇太子が懸想《けそう》をしている女性と、密会をされた――とか」

大津『姉上のお耳にも入りましたか』

斎宮『それも陰陽師《おんみょうじ》の占《うらな》いで公にされたとか。年頃ですから、あちこちの姫と恋を楽しむのはいっこうに構いませぬが、草壁皇子は皇太子ですから、お顔を潰さぬように、お相手選びはもう少し慎重になさった方がよかったのではありませぬか。私が側にいれば、母親代わりに早めに厳しく忠告できましたのに……今となっては、残念ですが……」
「憶良さま、大伯皇女がご心配された草壁皇太子と大津皇子との恋の三角関係を、もう少し詳しく説明してくださいませ」
と、坂上郎女が懇望した。
「分かりました。少し脇道になりますが、たしかに大事なことなので……。実はその女性は石川郎女《いしかわのいらつめ》と申す才媛でした。字《あざ》は大名児《おおなこ》と申します。草壁皇太子は一目ぼれして、恋歌を贈られました」

大名児《おおなこ》彼方《をちかた》野邊に刈る草の束《つか》の間《あひだ》も吾《われ》忘れめや

（草壁皇子　万葉集　巻二・一一〇）

「――大名児よ、そなたは遠くに刈る草ではないが、その草を刈る間も吾は思い詰めているぞ――と詠まれました。しかし石川郎女から返歌はございませんでした。一方、大津皇子は……」

あしひきの山のしづくに妹待つと吾《われ》立ちぬれぬ山のしづくに

（大津皇子　万葉集　巻二・一〇七）

「石川郎女はすぐに和《こた》えられました」

吾《あ》を待つと君がぬれけむあしひきの山のしづくにならましものを

（石川郎女　万葉集　巻二・一〇八）

「大津皇子さまの歌は草壁皇太子さまの歌よりも分かり易く、女ごころをくすぐりますわ。石川郎女が心を開いて受け入れたのですね」

「はい。大津皇子は秘かに石川郎女と逢引しました。ところが二人の密会は、すぐに公にされました」

「どうしてですか？」

と、書持が不審がった。

「大津皇子には皇后の密命で、陰陽師津守通《つもりのとおる》の手下の候《うかみ》が、配置されていたのです。通は——占いで二人の密会は分かった——と、広言しましたが、実は大津皇子を尾行した候の報告によるものです」

少年二人の頭に「陰陽師津守通」の名が刷り込まれた。候の役割の一部が分かった。

「密会を暴露されても大津皇子は豪胆でした。平然と歌にされました」

大船の津守の占《うら》に告《の》らむとは正《まさ》しに知りてわが二人宿《ね》し

（大津皇子　万葉集　巻二・一〇九）

「――大君の手下の津守の占に出ることは予想していたが、まさにその通り、吾ら二人は寝ましたよ――と、平然としていました。この態度が、皇后の神経を逆撫でしていたのです。愛児・草壁皇子が袖にされた女性を、大津皇子がやすやすと獲得し、勝利宣言したからです。しかし、姉の大伯皇女にとっては弟と草壁皇子との恋争いは、昔、額田王をめぐる中大兄皇子と大海人皇子の軋轢《あつれき》を想い出して、心配の種でした」

「子供の恋の争いに、皇后ともあろうお方が一喜一憂され、密偵を手配され、嫉妬されたとは、みっともないことでございますわ」

勝気な坂上郎女はズバリと述べた。

「では本論に戻りましょう。大津皇子は、息を整え、姉の意見を受け入れていました。眼をまっすぐ見詰め続けました」

憶良は再び大津皇子に変身した。坂上郎女は、姉大伯皇女の立場になって、話を受け止めていた。

大津『姉上、持統皇后は私たちの血の通った叔母上ですが、皇后のお人柄には、陰で反発している貴族・豪族は多く、私はまことに困惑しています。私の館に来る皇子や王子や貴公子たちの中には、皇后の意を受けて私の真意を探りに来ている者もいると思います。家臣、下男下女にも候がいるでしょう。出入りの者の氏名や発言も調べているでしょう』

斎宮『……』

大津『姉上、私には天皇に立候補する意思も、謀反を起こす気持ちはいささかもありませぬ。叔母上は育ての親と思って感謝しています。草壁皇子を補佐する立場で十分です。しかし、現実は、私を担ぎたい者と、私に疑念を抱いていると推測される皇后の間に立って、針の筵《むしろ》に坐り、毒酒を呷《あお》るような日々でございます』

斎宮『そなたと別れて伊勢へ来ても、一日たりとそなたを想わない日はありませんでした。人伝に、──大津皇子はすくすくと成長されている。知識を深め、詩作では及ぶ者はない。剣の技では見事な達人だ──と聞き、うれしく思っていました。しかし、ほぼ同年の草壁皇子のご評判を聞くと、叔母上の嫉妬を心配していました』

大津『姉上、仮に私がおだてに乗って立候補しても、父も母もなき私に、本当に従う者は多くはないでしょう。また、壬申の乱のように、血族が相争い、国民を巻き込んだ内戦になることは必至です。私は父天武帝と、伯父天智帝や大友皇子との醜い権力闘争を再びしようとは微塵《みじん》も思っていません。ましてや弑逆《しいぎゃく》など論外です。しかし、私の気持ちとは裏腹に、あらぬ噂が流れ、他方私を排除する雰囲気が、ひしひしと感じられます。天智帝が中大兄皇子時代に有間皇子になされたような行為が、私の身に起こることは十分予想されます。父の崩御を悲しみつつも、それ故に伊勢斎宮から解放され、京師《みやこ》へ帰られる姉上を、これまで楽しみにお待ちしていましたが、それが叶わぬこともあり得ると考え、今生《こんじょう》のお別れに参りました』

「大津皇子は苦衷《くちゅう》を語ると、はらはらと涙をこぼされました」

斎宮と皇子に変身したかのように、ゆっくりと、淡々と、姉弟の対談を語る憶良に、旅人一家は言葉もなく、しみじみと聴き入っていた。

「大津皇子は巨漢でした。その逞《たくま》しい肩を震わせ、忍び泣き、遂に我慢できずに、姉大伯皇女の膝に身を投げました。皇女は優しく弟君の頭を抱え込みました。大津皇子はほのかな姉の体臭に、四歳の時死別した母の匂いを想い出していました」

書持がウッと声を出して泣き声を抑えた。家持も、育ての母、郎女を想い出していた。

「斎宮の皇女は、優しくこう語られました」

斎宮『大津よ、泣きたいだけ泣くがよい。泣きながらでよい。私の心境をよく聞くがよい。私たちの母方の祖父は中大兄皇子・天智天皇です。子供心にも、天智天皇の眼には、蛇の冷たさを感じ、怖れていました。叔母の持統皇后の眼にも、同様の本能的な恐怖を感じます。私たちの亡き母上、大田皇女は、多分祖母越智娘《おちのいらつめ》の血を濃く受けていたのでしょう』

大津『……』

斎宮『――祖父、中大兄皇子は私たちの父大海人皇子が愛していた正妻、額田王を強引に奪い、身重だった妃で、額田王には姉になる鏡王女を、寵臣の鎌足に押し付けた――と聞いています。失意の大海人皇子には、ご自分の幼い娘、私たちには母になる大田皇女と妹の鸕野讃良皇女を妃として与えられました。まるで物の交換のように……非道な方でした。父大海人皇子は、美人で穏やかな性格の母を愛されたようです。叔母の鸕野讃良皇女が母に嫉妬の炎を燃やされたお気持ちは、女人の私には十分分かります。私が斎宮として そなたから離され伊勢へ送られたのは、父の判断か、叔母の指図か存じません。私は運命として諦めてきました。そなたが祖父の天智帝や父の天武帝のどちらからも可愛がられたことを聞き安心していました。しかしそなたはいつも凡庸で病気がちな草壁皇子と比較される運命に晒《さら》されました。幼時ならばともかく、青年になると、将来の皇位を考える、権勢欲の強い叔母の嫉妬心は、母亡き後はそなたに向かったのです。あの蛇の眼は尋常ではありません。私たちは——祖父であり、伯父でもある中大兄皇子・天智帝の、……言葉にはしたくない殺人鬼の……呪われた血から逃れられない宿命にある——と、あきらめるほかはありません。これまで私は斎宮として父帝のご健康と国家安泰を神に祈り、静寂の森の中で衣食に心配ない人生を過ごせたことを幸せにさえ思っています。分かってくれますか』

大津『はい』

斎宮『そなたは二十四歳の今日まで、病気らしい病気もせず、多くの民が経験できない学問や武術や、美酒美食、詩歌の宴など、思う存分楽しんできたでしょう。それを幸せと思い直して、どのような試練が今後来ようと、静かに人生に対峙《たいじ》されてはどうですか。針の筵《むしろ》に坐っているのは、そなたよりも皇太子という重荷を背負っている草壁皇子ではありませんか。皇位に就かれても、草壁皇子はそなた以上に不幸でしょう。気持ちの持ちようを変えてみてはどうですか』

（憶良殿は、大伯皇女と大津皇子の心境をすべて読んでいるな。そうか、郎女《いらつめ》逝去の際には吾に変身して挽歌を詠まれた。今はお二方に変身して当時を再現しているのか……）

旅人は感嘆していた。畏敬の念を深めていた。

憶良は白湯で咽喉を潤すと、講談を続けた。

「大伯皇女の膝にうつ伏していた大津皇子は、柔らかく懇々と諭《さと》す姉君の言葉を、あたかも母親の教えのように聴いていました。大伯皇女は目を閉じて、何か透視をしているように見えました」

（三）斎宮の決断

斎宮『私は、そなたと相思相愛の妃山辺皇女が不憫《ふびん》でなりませぬ』

「妃の名を聞くと大津皇子は起き上がり、姿勢を正しました。いつもの逞《たくま》しく落ち着いた風貌の、武人の貴公子の顔に戻っていました」

家持たち兄弟も涙を止めていた。

「大津皇子は姉上にこう言いました」

大津『妃は今実家の常陸娘《ひたちのいらつめ》の館に里帰りしています。義母《はは》は持統皇后のお気に入りですから、私の身に何が起きても、妃の身は何の心配もないと思いますが……』

斎宮『大津、心を落ち着けて聴いてください。常陸娘様は、蘇我赤兄《あかえ》の女《むすめ》で、中大兄皇子の夫人でした。赤兄は中大兄皇子の寵臣で、孝徳帝を憤死に追い込み、さらに遺児有間皇子を謀殺に追い込んだ方です。その論功行賞で左大臣という高い地位に就きました。山辺皇女は、父の中大兄皇子と、母方の祖父、赤兄の二人の犯した大きな罪というか、業《ごう》を背負っています。私たちの母方の祖父、中大兄皇子、天智帝は、国家的大事業を成し遂げられた半面、人間的な面では子々孫々に大きな業を残されました。帰京されたら山辺皇女とお二人で俗界を離れ、仏門に入られるのも、ひとつの途《みち》かもしれません。そして今後そなたたち二人に、いかなる運命が襲い掛かろうとも、皇親として従容《しょうよう》と受け止め、決して取り乱してはなりませぬぞ。母親代わりの姉として申しておきます』

大津『ありがとうございました。姉上、よく分かりました。ご安心ください』

「大伯皇女は、二十年間、斎宮として神に仕えて参りましたので、あるいは大津皇子やお妃の山辺皇女の運命が見えていたのかもしれません。また、大津皇子の乱れた心を落ち着かせる霊力を持たれていたと思います」

憶良の説明に、旅人と坂上郎女は頷いた。

「大伯皇女は大津皇子に優しく申されました」

斎宮『さあ、姉の説教はこれで終わりましたよ。そなたは飛鳥から馬を馳《は》せ、さぞかし空腹であろう。神前に供えた酒や米・野菜がある。巫女に雑炊でも作らせよう。今生の思い出になるやもしれぬ。明るい気持ちになって、今夜は幼い日の楽しかった記憶を語り合いましょう。亡き母上もあの世で喜ばれるであろうから』

「姉弟二人は夜半まで語り尽くされました。翌朝、まだ夜露のある時刻に、大津皇子は伊勢を去りました。その時、大伯皇女は、別れの情が切々と人に伝わる、名歌を詠まれました」

憶良は湯呑に残っていた白湯を飲み、呼吸を整えると、目を閉じて、低い声音で二首を詠唱した。

わが背子を大和へ遣《や》るとさ夜ふけて暁《あかとき》露にわが立ちぬれし

（大伯皇女　万葉集　巻二・一〇五）

二人行けど行き過ぎがたき秋山をいかにか君がひとり越ゆらむ

（大伯皇女　万葉集　巻二・一〇六）

「第二首の方は——弟と二人で行ってもうら寂しいあの秋山を、どのような気持ちで大津皇子は独りで越えていかれたのであろうか——という弟君の心情を汲む悲哀の調べです。ではここで一休みしましょう」

憶良は立ち上がって背筋を伸ばすと、旅人と坂上郎女に一礼して厠《かわや》へ行った。

(四) 臨終の詩《うた》

坂上郎女が白湯を入れ替えた。

憶良は軽く一礼して、

「それでは続けましょう。大津皇子が飛鳥の京師《みやこ》へ帰るとほどなく、亡き天武天皇のための殯宮《もがりのみや》が、浄御原宮の南庭に完成しました。持統皇后はただちに殯の儀礼を仕切りました。皇后は四十三歳の女盛りであり、おとなしい皇太子草壁皇子に代わり、主導権を発揮され、てきぱきと処理されていました。皇親や貴族・豪族さらに主だった官人たちが喪に服しました。それから一週間ほど経った十月二日の早朝のことです」

憶良は間を取った。兄弟は——このような時には大事な話が続く——と、慣れていた。

「大津皇子の館に、突然、武装した百名あまりの兵が来ました。『持統皇后の勅命を受けて参った。大津皇子、謀反の罪で逮捕する。開門せよ』と、引率の隊長が叫びました。舎人や下男下女たちは予想もしなかった事態に動顛《どうてん》しましたが、大津皇子は泰然としていました。——遅かれ早かれ、いずれはこういう事態になる——と察し、伊勢で姉の大伯皇女に会い、心は落ち着いていました。『開門せよ。手向かうな。縛《ばく》につくのは吾独りでよい』と申されました。しかし武装兵たちは『皇后の命である』と、舎人三十名ほどを逮捕しました」

　家持兄弟は眉を顰《ひそ》めて、悲し気な顔をしていた。

「実は大津皇子は姉君の助言に従って、殯の途中で、持統皇后へ――妃山辺皇女と仏門に入り、父天武帝と母大田皇女の供養をしたい――と、申し出るつもりでした。――しまった！　手遅れになった！――と、瞬間悔みました。――しかし、仏門に入ったところで、中大兄皇子が古人大兄皇子を殺害された例もある。持統皇后は中大兄皇子の皇女だ。逃げきれない。姉上の申された通り、泰然として死に臨もう――と、皇子は白衣に着替え、朝廷の次の命を待たれました」

　話す憶良も命を待つように、暫く間を置いた。

　僅かの間ではあったが、一家四人は気持ちを静めていた。

「午後、朝廷の指示が大津皇子の館に届けられました。――訳語田《おさだ》の館へ移動するように――との皇后の命令でした。大津皇子は兵士たちに取り巻かれ、自邸を出られました。途中に磐余池《いわれいけ》がございます。その堤を歩いている時、池で鴨の群れが鳴いていました。夕陽が雲を赤く染め、飛鳥の山々の稜線は金色《こんじき》に輝いていました」

　旅人一家は見慣れた飛鳥の情景を瞼に再現していた。

「翌、十月三日、大津皇子は死を賜りました。殆ど調査期間はありませんでした。覚悟されてはいましたが、まだ二十四歳の若さです。つい、ホロリと涙を流され、一首詠まれました」


ももづたふ磐余《いはれ》の池に鳴く鴨《かも》を今日のみ見てや雲隠《がく》れなむ

「『雲隠れ』とは、死んでいく表現です。大津皇子は少年の頃から詩歌《しいか》を愛されていました。『詩賦《しふ》の興は大津より始まる』と、高く評価された、教養ある詩人でもありました。皇子は姉の言葉を想い起こし、すぐ涙を止めました。臨終に当たり、端然として五言の漢詩を、辞世の句として残されました。詠んでみましょう」

臨終

金烏臨西舎　金烏　西舎に臨み
鼓声催短命　鼓声　短命を催し
泉路無賓主　泉路　賓守無し
此夕離家向　此の夕家を離《さか》りて向かう

（大津皇子　懐風藻）


「何度口遊《くちずさ》んでも悲哀溢れる臨終詩だ」

と、旅人が往時を偲びつつ呟《つぶや》いた。

憶良は同意して、

「この機会に、若たちに分かり易く詩を説明しましょう。これは五言絶句と言います。まず五言の四句から成っており、今、唐で盛んに詠まれています。金烏とは太陽の中にいると伝えられる三足鴉《さんぞくがらす》で、天帝や皇位をも意味します。賓主《ひんしゅ》は、誄《しのびごと》――追悼の言葉を述べる人です。したがって詩の意味は次のようになります」

死に臨《のぞ》んで

太陽は今西に沈まんとしており
遠くの鼓の音は、吾に短い命を早く終われと催促しているようだ
黄泉《よみ》の国への路には、吾に誄《るい》を述べてくれる人もいない
この夕べ、家を離れて、その黄泉の国へ向かうのだ

「大津皇子は自頸《じけい》、つまりご自分で首を括《くく》られ亡くなりました。皇室の方は血を流さないように、刀は使いません。享年二十四歳でした」

「お若いのに……お可哀想で……」

坂上郎女が感慨を口にし、溢れる涙を袖で拭いた。

「その知らせを聞いた妃の山辺皇女は動顛《どうてん》されました。素足のままお屋敷を飛び出され、髪を振り乱して訳語田《おさだ》へ駆けつけられ、殉死されました。その様子に、人々は涙を流しました。世の人々は、――大津皇子は謀反という罪を持統皇后から無理に押し付けられた――と、知っていたからです」

旅人一家は、愁然として聴いていていた。

「一方、伊勢神宮の斎宮である大伯皇女は、——禁忌を破った——との理由で、直ちにその職を解かれ、帰京することになりました。大津皇子の薨去は伊勢に伝わっていましたが、詳細は、十一月十六日、飛鳥に帰って知りました。その時皇女は、追悼歌を二首詠まれました」

神風《かむかぜ》の伊勢の國にもあらましをいかにか来《き》けむ君もあらなくに
（大伯皇女　万葉集　巻二・一六三）

見まく欲《ほ》りわがする君もあらなくにいかにか来けむ馬疲るるに
（大伯皇女　万葉集　巻二・一六四）

「——弟がいない京へ帰ってきても、何をしに帰ってきたのだろうか、伊勢の国にこのままとどまっていた方が良かったぐらいである。弟を見たいと思ったが、弟はいない。馬が疲れるだけだった。虚《むな》しい——と、悲嘆されました。大津皇子は葛城《かつらぎ》の二上山《ふたかみやま》に葬られました。皇女はこの姿美しい山を弟君と想い、偲ぶ歌を詠まれました」

うつそみの人なる吾《われ》や明日よりは二上山《ふたかみやま》を兄弟《いろせ》とわが見む
（大伯皇女　万葉集　巻二・一六五）

磯《いそ》の上《うへ》に生《お》ふるあしびを手折《たお》らめど見すべき君がありといはなくに
（大伯皇女　万葉集　巻二・一六六）

「――美しい馬酔木《あしび》の花を摘んでも、もうお見せする弟はいないのだ――と嘆かれました」

「ほんとうに大伯皇女がお可哀想で……」

坂上郎女は夫、大伴宿奈麻呂《すくなまろ》と死別しているだけに、皇女の落胆がよく分かった。

「愛児草壁皇子のためには、誣告《ぶこく》による殺人など意に介さない冷酷な持統女帝でした。群臣や若手貴族に人望の在った甥の大津皇子を抹殺し、持統皇后は安堵しました。しかし、しばらくして、大伯皇女が、大津皇子のご遺体を平地の墳墓ではなく、二上山の山頂に埋葬した真意を推察し、――吾大伯に敗れた――と、愕然《がくぜん》とされました」

一家は初めて聞く秘話である。

「憶良様、持統皇后は何故……愕然とされたのでございますか？」

「皆さまもご承知のように、姿の美しい二上山は、大和に住む人だけでなく、難波や河内の方からもよく見えます。――あの山にお可哀想な大津皇子が埋葬されている――と、人々は子々孫々に、この悲話を語り継いでいます。平地の墓地では、誰も訪れず、語り継がれることはございませぬ。壬申の乱も、吉野の盟約も、民には無縁ですが、二上山が地上からなくならない限り、永遠に語り継がれるでしょう。……敏感な皇后は、二上山を見るたびに、大津皇子を思い出し、敗北感を噛み締めました」

「よく分かりました。何もできなかった大伯皇女の密《ひそ》やかな復讐でしょうか」

「復讐を超えて、大津皇子の素晴らしい才能や人格を後世に伝えたかった――と、それがしは推察しております」

「実は天もまた、大津皇子謀殺の愚挙を赦《ゆる》しませんでした。これは第二十四帖『歌聖水死』で詳しく語るとして、最後に大津皇子謀反事件の余波をお話しましょう」

憶良は重い雰囲気を少し変えたいと、白湯の椀を手に取った。

（五）余波

「――大津皇子に謀反を唆《そそのか》した――という罪で、新羅《しらぎ》僧の行心《こうじん》が逮捕され、飛鳥から遠く離れた飛騨《ひだ》の寺へ追放されました。また皇子の家臣で舎人《とねり》隊長であった礪杵道作《ときのみちつくり》は伊豆に流されました。しかしこれは――大津皇子謀反をもっともらしく世間に見せる、持統皇后一派の細工――でしょう。その証拠に、当時逮捕された三十人ほどの舎人や貴族の子弟は、――皆、皇子に騙《だま》されていた――という皇后の判断で、無罪釈放になっています。持統皇后にとっては、大津皇子一人を抹殺すれば、目的が果たされたのです」

「持統皇后は酷《ひど》い方ですね」

と、坂上郎女が首を振りながら口にした。

「世間では――大津皇子の謀反は、親友の川島皇子の密告による――と、噂されていますが、それは事実ではありません。それがしは舎人として川島皇子に仕えていた時期がありますが、皇子はそのようなお人柄ではありません。密告であれば、相応の褒賞や昇進などがあるはずですが、それは全くありません。また日本書紀にもその記録はありません。皇后一派の創作劇を、あたかも川島皇子の密告のごとく摩り替えて、事実無根の噂を広め、大津皇子の親友だった立場を悪用し、同時に、先帝天智の御子とはいえ、川島皇子も皇統継承候補から完全に外したのでしょう」

「なるほど、川島皇子は密告の噂に利用されたか」

（持統皇后の手法は、まさに実父中大兄皇子と鎌が使っていた『六韜三略《りくとうさんりゃく》』の謀略だな）

と、旅人はおぞましさを感じていた。

「こうして皇后の目的通り、皇位継承候補として最も有力であった英傑、人望高かった大津皇子は抹殺され、愛児草壁皇太子の地位は安泰になったと思われました」

「天武帝のご長子高市皇子は？」

「やはり母親、尼子娘の血統を自覚され、吉野で天皇・皇后に忠誠を誓って以来、控えめに皇后に仕え、皇后や皇太子の政事を補佐していました。気位の高い持統皇后は、采女の産んだ高市皇子を皇位継承の候補とは見做していませんでした」

「なるほど持統皇后にとっては姉大田皇女の御子大津皇子の存在のみが、目の前の山のように見えていたのだろうな」

「その通りでございます。翌年（六八七）持統皇后は、即位の式を挙げずに、――持統天皇――と、称制《しょうせい》されました。群臣は憮然《ぶぜん》として、――皇統は他人に渡さない中大兄皇子のやり方だな――と、陰口を囁いていました」

「祖母になる皇極・斉明女帝は即位されたが、称制とは鵜野讃良皇女らしい強引さだったな。あの時は女帝の誕生に余は驚いた」

「それがしは、――権勢欲の強かった父君、中大兄皇子の濃い血であろう――と、受け止めておりました。帥殿もご存知の通り、草壁皇太子は殆ど外出をなさらず、同世代の公達《きんだち》との交流もありませんでした。その後の草壁皇太子と高市皇子の運命は、柿本人麻呂殿の人生と深くかかわりますので、第二十四帖『歌聖水死』で詳しく語りましょう」

と、長い講話を終えた。

家持と書持が、礼儀正しく一礼して退出した。

「さて憶良殿、非業《ひごう》の死を遂げられた孤児大津皇子の心情を慮《おもんばか》り、ご冥福を祈って、同世代を生き抜いた吾らで献杯しよう」

「当時のあの何とも鬱陶《うっとう》しかった事件は、長い間封印しておりましたが、若たちにお話してすっきりしました。今宵はゆっくり大津皇子を追悼しましょう」

外では権が拳《こぶし》で涙を拭っていた。

第二十三帖　落胤《おとしだね》

玉くしげ覆《おほ》ふを安みあけて行かば君が名はあれどわが名し惜しも
（鏡王女《かがみのおおきみのみむすめ》　万葉集　巻二・九三）

（一）史《ふひと》登場

「憶良様、太宰府の冷え込み対策としては、殿方には河豚《ふぐ》のひれ酒がよろしいのでしょうが、女子供にはやはり熱い葛湯《くずゆ》が一番でございます。国栖《くず》から取り寄せた本場ものでございます。ご講義の前にどうぞ温まってくださいませ」

と、坂上郎女が木の椀を、憶良と旅人に差し出した。

「それでは遠慮なく……」

吉野葛のほのかな香りと透明でどろっとした粘りのある湯が、咽喉に心地よく流れる。

「さて温まったところで講論に入りましょう。前回大津皇子の悲話を詳しく語りました。天武帝のご崩御と、皇位継承第二順位の英才、大津皇子の刑死は、群臣、官人のみでなく庶民にまで強烈な衝撃を与えました。――やはり天智帝の血が濃いせいか、持統女帝はなさりようがきつい――と囁かれました。ほとぼりが少し収まった朱鳥《あかみとり》三年（六八九）二月、女帝は、敏達《びたつ》帝の曽孫竹田王はじめ名門貴族九名を判事（裁判官）に任命されました。そのなかに、直広肆《じきこうし》（従五位下）藤原朝臣史《ふひと》の名がありました。後に不比等と改名されますが、当初は史の名前でした。藤原史はそれまで世に出ることを意識的に避けておりました」

「それは存じませんでした。なぜでございましょうか」

（予想通りのお声がかかったな）

「話は壬申《じんしん》の乱の前後に戻ります。史の父、中臣鎌足は、晩年は中大兄皇子に重用されておりませんでした。白村江出兵の失敗が原因です。大海人皇子と中大兄皇子の争いには距離を置いていました。湖岸の宴席で、大海人皇子が槍をもって舞を踊り、最後にその槍を中大兄皇子の前に突き刺した事件では、剣を抜こうとした中大兄皇子を制して、大海人皇子を守りました逸話は……」

「よく覚えております」

と、弟の書持が答えた。

「政事《まつりごと》の中枢にいた鎌足は、群臣の支持は大海人皇子に傾いていることを察していましたので、――大海人皇子と中大兄皇子のいずれにも距離を置くように――と、史に指示していました。乱が勃発したとき、史はいずれの側にも加担せず、すぐに身を隠しました。近江軍の副将軍として甲賀路の戦闘で活躍した田辺小隅《おすみ》は、ついに敗走し行方不明になりました。史が身を寄せたのは、小隅の一族、田辺史大隅《ふひとおおすみ》の館でした。田辺史《ふひと》の姓《かばね》が示すように、田辺一族は法律の専門家集団でした。天武帝治世の十四年間、史は田辺史大隅の館に身を潜め、学問に耽《ふけ》りました。史の名は田辺大隅の恩を多として本来の幼名を変えたのです」

「そうでございましたか。鎌足が中大兄皇子の重臣であったのに、近江軍に参加しなかった背景がよく分かりました」

と、坂上郎女が一礼した。

「しかし、憶良殿、持統女帝は、壬申の乱のときは、大海人皇子側の主役だ。判事と言えば刑部省の高官だ。しかも直広肆、今で申せば従五位下の貴族だ。どうして史が、突然、重用されたのだろうか？　前々から疑問に思っていた」

「核心を衝《つ》いたご質問です。先ほど申しましたように、史は、天武帝の前には一度も姿を見せていません。先帝の重臣の子弟が流罪《るざい》になったように、史も流罪になってもおかしくはありませんでした。しかし、持統天皇に代わられた時、彼は秘かに女帝に接触したのです。――私、藤原史は、実は鎌足の子ではありません。天智天皇の落胤でございます――と、名乗り出たのです。お二人は秘かに異母兄妹の盃を交わされました」

坂上郎女が、「アッ」と声を出した。

旅人の正妻、大伴郎女《いらつめ》が息を引き取る前、家持と書持に、――あなた方は多治比郎女《たじひのいらつめ》さまのお生みになられた御子ですよ――と、明かしていたので、「落胤」と聞いても、二人は動揺しなかった。

「先生、不比等卿が中大兄皇子の落胤であったお話を、もう少し詳しく教えてください」

と家持が懇望した。

「分かりました。それではまたまた歴史を遡《さかのぼ》りましょう」

(二) 鎌足の妻問い

「孝徳帝が軽皇子として、まだ皇位継承者の候補にもなっていない頃、若き鎌足が近づいた話は、第七帖『上宮王家抹殺』で致しました」

「はい」

「その時軽皇子が正妃小足媛《おたらしひめ》を鎌足の夜伽《よとぎ》に差し出したと申しました」

「覚えております」

「中大兄皇子の腹心、さらには天智帝の下で内大臣として実権を持ち、朝政を支えてきた鎌足も主《あるじ》に似て好色でした。いつしか帝の妃・鏡王女に妻問いをするようになりました」

「第十三帖『漁色』の講話で承知しております」

と、兄弟が同時に応えた。

「ははは、色事は誰でも一度聞けば頭に入るのう」

旅人が笑った。

「信じられないことですが、帝の興味が他の妃や采女、あるいは弟、大海人皇子の正妃額田王に移っていたのかもしれませぬ。鏡王女は、家臣の鎌足の夜這いを受け入れたのです。しかし人目のうるさい宮殿です。他人に知れては厄介なことになります。鏡王女はそのご心配の気持ちを歌にされました」

「憶良様、その歌は有名なので妾が朗詠しましょう」

坂上郎女が、鏡王女に成り代わって詠った。

玉くしげ覆《おほ》ふを安みあけて行かば君が名はあれどわが名し惜しも

「復習かたがたお二人に少し詳しく説明しましょう。玉くしげは、『覆う』とか『悪事を隠す』という前に飾る言葉です。――妻問いという隠し事をしても大丈夫と、夜が明けて行かれましても、あなたの名は出てもよろしいでしょうが、私の名が出ると困ります。早くお帰りになってください――という鏡王女のお気持ちです。この歌から推察すれば、もう何度も妻問いしていたのでしょう」

「フフフ」

と、書持が含み笑いをすると、兄の家持が弟の膝を叩いた。

憶良はそ知らぬふりをして続けた。

「鎌足はこう返歌しました」

「それは吾が詠おう」

と、旅人が和《こた》えた。

玉くしげ見む圓山《まとやま》のさなかづらさ寐《ね》ずは遂《つひ》にありかつましじ
（藤原鎌足　万葉集　巻二・九四）

「鎌足の返歌もいささか凝っています。こちらも詳しい説明が必要でしょう。『見む圓山』は三室山すなわち三輪山のことです。『さなかづら』は『さねかづら』とも言い、長く伸びて二つの茎が尖端でまた出会います。それで『逢う』という含みの意味を持ちます。『さな』は『さあ寝ようよ』という隠れた意味になります。若たちには少し早いのですが……、それで、『玉くしげ見む圓山の』という上の句は『さな』の前置きの単純な飾りです。——あなたは早く帰りなさいとおっしゃいますが、私は寝ないでは帰れません。寝ないでは辛抱できず、とても生きてはおれません——と、大袈裟に表現しています」

「鎌足は女ごころをくすぐる意味深長な、大胆な歌を、しゃあしゃあと、恥じらいもなく詠む色男でございますわね」

と、坂上郎女が感心した。

「その通りです。鎌足はなかなかの好男子でした。その話は後刻に回して、鏡王女と天智帝と鎌足の三者関係をもう少し話しましょう」

(三) 色模様

「鎌足と鏡王女が逢瀬を重ねるようになったのは、天智帝が額田王に横恋慕したことと無関係ではございません」

そういって憶良は半紙にさらさらと関係図を描いた。

「額田王を弟大海人皇子から略奪した中大兄皇子は、姉の鏡王女を鎌足へ下賜しました。その時鏡王女は懐妊していました。中大兄皇子は鎌足へ『もし女子ならば朕《ちん》の皇女として差し出せ。もし男子ならばそちの息子として育てよ』と申されました。女子ならば有力な皇族や王族、あるいは大貴族、豪族に嫁がせて、ご自分の力を拡大できます」

「男子ならば……」

と、坂上郎女が興味を示した。

「中大兄皇子はご自分の資産を分けねばなりませぬ。愚かな皇子であれば権威や財産を傾けます」

「まあ、何という身勝手な、功利的なお考えでございますわね。それで鎌足と鏡王女が不比等を育てたのですね」

「そうです」

「不比等卿は本当に帝の御子だったのでしょうか。それとも妻問いをしていた鎌足の子だったのでしょうか」

「それは鏡王女のみぞ知る永遠の謎です。しかしそれがしは、中大兄皇子の落胤と見ております」

すかさず旅人が、

「その根拠は？」

「鎌足には正妻がいました。車持国子君の女《むすめ》、与志古娘《よしこのいらつめ》です。正妻には長男がいました。しかし鎌足は長男を仏門に入れ、僧にしました。定恵《じょうえ》と申します。仏門に入れただけではありません。十歳の少年定恵を唐に留学させ、——日本には帰ってくるな——と厳命しました。もし長男を僧籍にせず俗世間に置けば、次男史に優先して処遇せざるをえませぬ。天智の御子でなければ、長男を僧籍にし、かつ唐に留学させ、帰国はするなと厳命する必要は何もありません」

「なるほど。鎌足は実の子定恵の命が、中大兄皇子に奪われることを怖れて、僧籍へ入れ、かつ心を鬼にして、渡唐させたのか。鎌足にも悩みがあったのだな」

「余談になりますが、この事情を知らない定恵は、後年二十一歳で帰国し、すぐ死にます。多分殺害されたのでしょう」

「鎌足の栄冠の陰に涙あり——だな」

「鎌足は実子の長男を犠牲にして、中大兄皇子

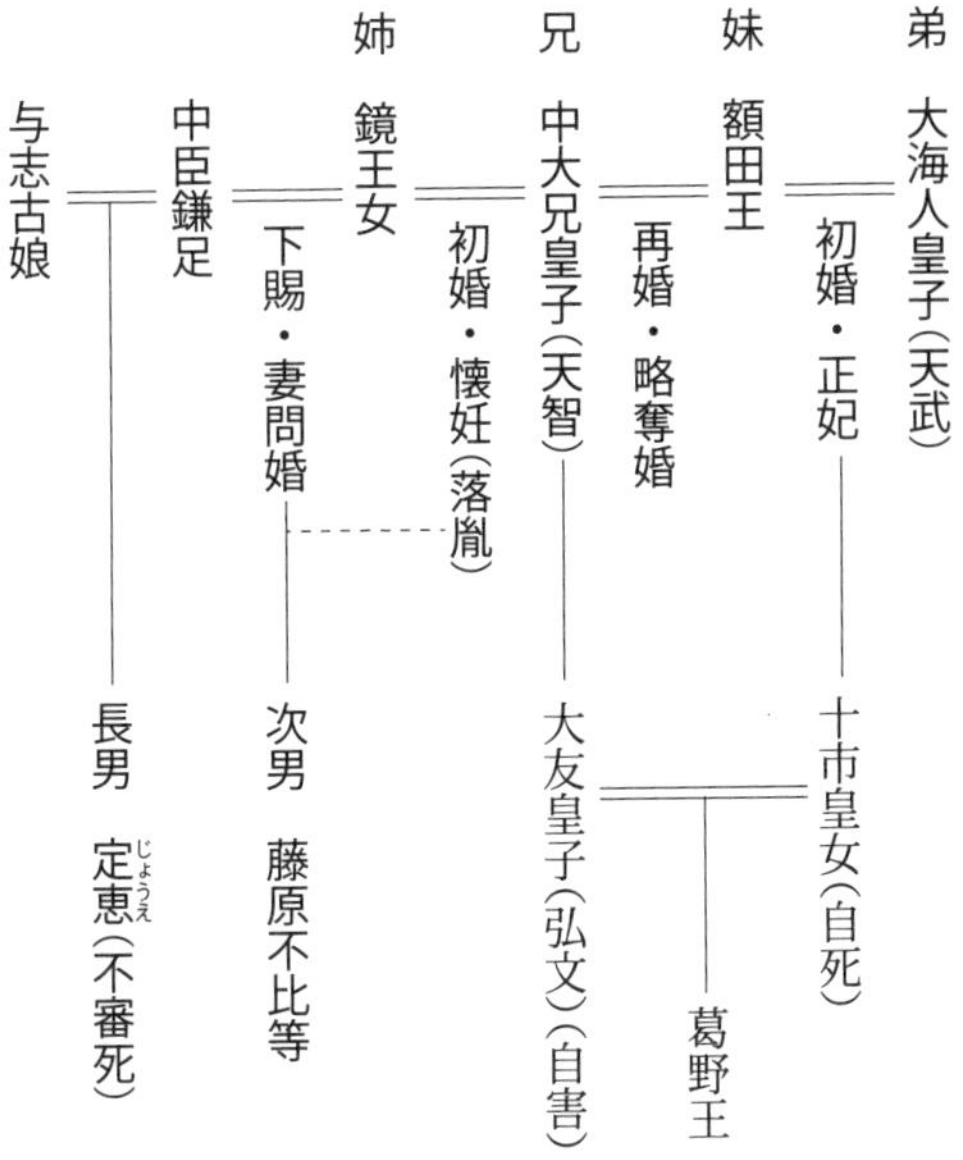

の子、史《ふひと》を育てねばならない宿命を背負ったのです。史、後の不比等が、天智帝の落胤であることは公然の秘密になっていました。それ故に、天武帝時代は、田辺館《やかた》に逼塞《ひっそく》していましたが、持統女帝になったので、先刻申し上げた内々のご対面になったのです」

旅人一家は事情がよく分かった。

「ご対面の際、史は持統女帝へ――これまで勉学してきた法律の知識をすべて捧げ、忠誠を尽くします――と誓約しました。中大兄皇子の血を引き、性格のきつい持統天皇に心から臣従する群臣は多くありません。大津皇子の謀殺に、古来の豪族は眉を顰《ひそ》めていました。そのようは時、血縁の不比等の出現を持統女帝は心から喜び、すぐに最下位ながら貴族に登用したのです」

「いろいろな疑問の多くが氷解しました。男社会の厳しさや女のしたたかさなど、いろいろ考えさせられます。ただもうひとつ、前々から不思議に思うことがございます」

「何でございましょうか」

「中臣鎌足の正体でございます。本当に中臣の一族でしょうか？」

（ついに核心に来たか）

憶良はゆっくり首を左右に振った。

（四）鎌足の正体

「鎌足は薨去直前までは中臣姓でした。皇族でも王族でも、大貴族、大豪族でもございませぬ。神に仕えるとはいえ、ありふれた中臣姓の男が、どうして僧旻《みん》や南淵請安《みなみぶちしょうあん》の学堂に入学できたのでしょうか。また、孝徳帝が軽皇子の頃、なぜ中臣の、貴族でもない男に、お妃の小足媛《おたらしひめ》を夜伽に差し出したのでしょうか。いかに鎌足が秀才とはいえ、皇族が民に妃を差し出すなど、信じられません。それも一夜だけではなさそうですから。また小足媛が嫌がったという話も聞いていませぬ。先ほど、鏡王女と鎌足の妻問いの相聞歌を、兄上と朗詠しましたが、普通ならば鎌足は打ち首になってもおかしくない重罪を犯していますす。まだまだ何か得体が知れぬようで……」

「さすがに坂上郎女様、よいところを衝《つ》いておられます。鎌足が内大臣になって、もう一つ有名な色ごとを歌に詠んだのをご存じでしょう」

「よく存じております。前にも教わりましたこの歌でございましょう」

吾《われ》はもや安見児得《え》たり皆人の得《え》かてにすとふ安見児得たり

(藤原鎌足　万葉集　巻二・九五)

「そうです。内大臣鎌足が、采女のなかでも絶世の美女、安見児《やすみこ》をご自分のものにされた時のご自慢です。——俺は安見児を手に入れたぞ。皆が手に入れたくとも難しいと評判の安見児をものにしたぞ——と、欣喜雀躍《きんきじやくやく》の様子が分かります。しかし、采女は、天皇か皇子しか手を付けてはならぬ、後宮の聖処女です。采女に懸想するだけでも、追放や断罪になった官人もいます。悲恋もございます。ましてや恋の成就や、媾合《まぐわい》を広言するなどありえませぬ。しかし鎌足のみは、実におおらかに広言しても、断罪されていませぬ」

「これも不思議な話よ、のう。鎌足ひとり例外が許されたのか」

「その通りでございます」

「何故じゃ」

旅人の追及に憶良は微笑みを返して、

「権に、物を運ばせますので、お許しを……」

と、立ち上がり、庭に向けて、パン、パパ、パンと、柏手を打った。

庭から、微かにパン、パン、パンと返答があった。


「失礼致します」

と、権が大きな風呂敷包を両手にぶら下げて入り、憶良に手渡した。

憶良は風呂敷を解き、丁寧に白布を捲《めく》っていった。大きな異様な二つの面が出てきた。顔は真っ赤に塗られ、頭には緑や黄で華やかな模様の帽子が描かれている。坂上郎女、家持、書持は、初めて見る面である。頭がすっぽり入るほどの大きな面であった。

「これはそれがしが大唐より持ち帰った伎楽面《ぎがくめん》でございます。帥殿は宮殿や長屋王の佐保の別邸での宴席の余興で、唐人たちの演ずる伎楽をご覧になっていると思います」

旅人が肯定した。

「こちらの鼻高く品のあるお面が『酔胡王《すいこおう》』、もう一つの鼻低く品のない顔を『酔胡従《すいこじゅう》』と申します。

文字通り胡人、唐の長安より遥か西の彼方、波斯《ペルシャ》の民（ソグド人）の、酒に酔った主従でございます」

と言って、憶良は酔胡従の面を旅人に渡した。

憶良は酔胡王の面を被り、旅人に被《かぶ》るよう促した。

伎楽面を被った二人を見て、坂上郎女たち三人が、手を叩いて笑い転げた。

酔胡王の面を付けた憶良が、発声した。声は、細く切り抜かれた口から洩れる。

「こらっ、鎌足、お前は吾が妻鏡王女だけでなく、采女の安見児までも手を付けたな。あの子はまだわが枕席《ちんせき》に呼んでいなかった。惜しいことをした。けしからぬが致し方ない。二人ともそちにくれてやろう」

坂上郎女と家持、書持の三人が更に大きな声で笑った。

旅人は瞬時に悟り、酔胡従を演じた。

「これは王様、ついついお酒を飲みすぎて、鏡王女様と安見児様の寝屋に夜這い致しました。お二人を頂戴してまことに幸せにございます」

三人は捧腹絶倒《ほうふくぜっとう》していた。

憶良と旅人は面をはずした。

「憶良殿、よく分かった。妹よ、家持、書持よ。よく聞くがよい。中大兄皇子と鎌足の表の主従関係は、仮面であったのだ」

「その通りでございます。二人が仮面を取った時には、帥殿と筑前守のそれがしのように、逆転した主従関係だったのです」

「兄上様、憶良様、妾にはまだよく分かりませぬが……」

憶良は坂上郎女に頷きながら、やおら木簡を一枚取り出した。

筆を執《と》り、表と裏に何か書き、卓上に置いた。


——日本国朝廷　主　斉明帝の御子中大兄皇子　従　中臣鎌足——


と書かれていた。

「書持どの、裏返してご覧なされ」

書持が裏返した瞬間、一家は驚きの声を出した。


——百済渡来人社会　主　武王の御子**翹岐王子**《ぎょうき》　従　高向王の御子**漢皇子**《あやのみこ》——


「そうか。憶良殿が、わざわざ第十四帖で、『百済滅亡』の話をなされたのは、表向きは隣国を知るため——との副題であったが、裏というか、真の意図はこの説明の伏線であったのか」

旅人は憶良の知識の広さと深さに驚嘆した。

「頭の悪い妾も、武王が有名な薯童《ソドン》であることは覚えています。薯売りの少年薯童が美しい踊り子の産んだ王子で、母子二人が苦労したことや、薯童が、新羅王家の公主（皇女）善花《ソンファ》姫と恋に落ち、別れたのち結ばれて、武王となり、御子が生まれたこと……何という御子でしたか？」

「叔母上様、海東曾子、後の義慈《ぎじ》王です」

と、家持が補足した。

(何と記憶力がよい御子か)

庭で聞き耳を立てている権が感嘆した。

「その通りです。武王には百済豪族出自の妃、沙宅《さたく》姫との間に翹岐《ぎょうき》王子が生まれていました。百済を義慈王が継いだので、翹岐王子は日本に亡命していました。王子はわが国に入国すると、名を隠し、戸籍を買収したのです」

「それが中臣《なかとみ》か」

憶良がゆっくり頷いた。

「翹岐王子の、わが国での記録は、ありませせぬ。抹消されたのかもしれませせぬ。しかし渡来人社会では極秘の認知事項でした。鎌足は翹岐王子ですから、小さな王族にすぎない高向王の御子中大兄皇子は、渡来人社会では下の立場になります。軽皇子が正妃を夜伽に差し出した事実も、また、天智帝の妃、鏡王女が鎌足の妻問いを受け入れ、天智帝が鎌足を断罪にしなかったことも、采女を堂々と手に入れ、広言したことも、すべて謎が解けます。その後亡命してきた義慈王の子、豊璋王子も、鎌足には一目置いておりました。もちろん僧旻も南淵請安も渡来系ですから、その学堂に入るのは容易でした」

「そうであったか。鎌足と中大兄皇子は、表と裏、昼と夜とで主従関係は逆だったのか」

「しかし白村江の惨敗で、百済復興が絶望的になると、二人の主従関係は微妙に変化したように見えます。晩年の鎌足には活気がございませぬ。中大兄皇子・天智帝には、鎌足こと翹岐王子やその子定恵は邪魔になります。そのことを察知していたからこそ、鎌足は実子定恵に――日本に帰るな――と厳命したのです。鎌足が案じたとおり、鎌足の死後帰国した定恵は不審の死を遂げています。中大兄皇子は、百済系の非主流派が、翹岐王子の子、定恵を担いでは厄介になると、芽を摘んだのです」

「なるほど。これまでなんとなく気になっていた謎がすべて解けたぞ」

「いろいろなことがありましたが、中大兄皇子と鎌足の二人は協力して、日本を律令国家にしたのです。中大兄皇子・天智帝の、鎌足・翹岐王子に対する感謝と尊敬の気持ちは、薨去直前に民臣では最高位の大織冠を授け、藤原の姓を与えたことで分かります。藤原の姓は鎌足の直系しか使用できませぬ。天智帝は民臣の頂点に藤原を置き、落胤の御子不比等卿を育てさせたのです」

「天智帝の卵を、鎌足が育てたか。実子定恵は巣の外に捨てられた。まるで郭公《かっこう》の托卵《たくらん》に似ているのう」

旅人は謎が解けた喜びの反面、渡来人の思考や生き様の凄まじさに、倭人としてなじまぬものを感じていた。

しばらく旅人と憶良の会話を静かに聴いていた坂上郎女が、やおら憶良の眼を見つめた。

(何事か?)

「憶良様、それで分かったことがございます」

「何でございましょうか」

「これまで――額田王を弟の大海人皇子から奪い取り、身籠っている鏡王女を家臣の鎌足に下賜された中大兄皇子は、何と身勝手な皇子――と思っていました。一方、中大兄皇子は天智天皇になられて、鏡王女のご消息を気にされる歌を詠まれています」
「この歌ですね」
憶良が天智天皇になって、朗唱した。

妹が家もつぎて見ましを大和なる大島の嶺《ね》に家も有らましを
（天智天皇　万葉集　巻二・九一）

「それに対して、捨てられたはずの鏡王女が――帝が私を想う以上に、私は帝のことを思っています――と、和《こた》えています」

秋山の樹《こ》の下がくりゆく水の吾《われ》こそ益さめ御念《おもほす》よりは
（鏡王女　万葉集　巻二・九二）

「私の頭の中では――捨てた男と、捨てられた女が、何故想い合っているのか？――と、疑問に思い、謎めいた相聞でした。しかし先刻のご講話で、翹岐《ぎょうき》王子の鎌足が、鏡王女に横恋慕して天智帝から強引に奪い取ったとすれば、天智帝は愛する鏡王女をやむなく手放したことになります。鏡王女も捨てられたのではなく、やむなく鎌足に嫁いだとすれば、その後も天智帝を想っていてもおかしくありませぬ。女ごころがよく表れています。謎が解けてうれしゅうございます」

「伎楽面で謎解きをした甲斐がありました」

「もう少し深読みしてもよろしゅうございますか。姉を鎌足に奪われた天智帝を、額田王は憐み、愛する夫大海人皇子から自分を奪った天智帝を、姉の代わりに深く愛したのでしょうか。たしか天智帝が崩御され、山科のお墓に埋葬された時には、額田王が最後まで残っていた——と、ご講義で聴いたように思いますが……」

(坂上郎女様も、何と記憶力や推理力がよいことか)

憶良は感心していた。

「鏡王女と額田王の姉妹は、二人とも、奪った男、奪われた男のいずれをも愛し続けたことになります。つまり、姉妹は、——恨むことを知らぬ究極の、尽くす女性——ということになりますわね」

旅人も憶良も、坂上郎女の論理に圧倒されていた。

(女性論になってきたか。ここらが男の引き際か……)

「お父上の鏡王がご立派な方だけに、ご姉妹も素直な方でした。ではこの辺で……」

大人たちの愛憎問題に退屈していた書持が、すかさず、

「先生、今夜は特にゆっくり遅くまで飲んで、酔ってください。その間にこのお面をお借りして、私が酔胡王に、兄上には酔胡従になってもらい、逆転のお芝居をしてみたいと思います」

「いいですよ、ゆっくりお楽しみください。お面をつけると、意外な発想が湧きますよ」

「大嬢《おおいらつめ》と二嬢《おといらつめ》を驚かせてやろうぜ」

兄弟二人は、大伴の御子から市井《しせい》のいたずらっ子になっていた。

(この久々のはしゃぎようを、お義姉《ねえ》さまに見せてあげたい)

坂上郎女の眼尻からホロリと涙が落ちた。

第二十四帖　歌聖水死　――その一　歌倡優《うたわざひと》――

淡海《あふみ》の海夕波千鳥汝《な》が鳴けば心もしのにいにしへ思ほゆ
（柿本人麻呂　万葉集　巻三・二六六）

（一）人麻呂の遺歌集

粉雪がちらちら舞っていた。

「首領、師走も十五日となりました。一年の経つのはまっこと早うございますなあ」

「年の初めに師殿から、若たちの講義を頼まれて、この丘にもずいぶん通ったのう」

「延べ三十六回になりましょうか。若たちの顔が、僅か一年で引き締まりました」

「育ての母御、郎女《いらつめ》様がお亡くなりになって、一時はご一家悲嘆の日々を送られたが、直ぐに坂上郎女様が家刀自《いえとじ》の役を引き受けられてよかった」

「大嬢様《おおいらつめ》、二嬢様《おといらつめ》が来られて、館《やかた》が一挙に賑やかになりました。下男下女にも笑いが多くなりました。家の雰囲気は変わるものだと驚いております」

「女子供の影響は大きいのう。ところで今夜は吾らとも関りが深い人麻呂殿の思い出話だ。大長講になる。若たちの心に残る講論をして、ご恩に報いたいと考えておる。京師《みやこ》の硃《あか》にも聞かせてやりたいものだが……」

「代わりにあっしが謹んで拝聴し、硃に伝えましょう」

「それもよかろう」


坂本の丘、旅人の館の奥座敷は、大掃除が済んだのか、清らかな気配が感じられた。

「さて、皇統史の秘話は、今夜が最終回となりました。内容は柿本人麻呂殿の栄光と追放横死の劇的な人生です。最期はご無念の自死、それも水死をされていますので、講論の前に御霊を鎮《しず》めるため、合掌を致しましょう」

五人はしばし黙祷した。

「では、最初にこれをご覧くだされ」

憶良が卓上に置いたのは半紙一枚の年表であった。

「人麻呂殿の人生を語りますゆえ、まずはご出生から、天武帝のご崩御までの前半生を、ざっと頭に入れてくだされ。ご関係の深かった草壁皇子と大津皇子の人生も併記しました」

「これは子供たちにも分かり易いな」

と、旅人が感心した。

（憶良様の指導は、このような補助教材を、適切な時に示される気配りがすぐれている）

才女坂上郎女は学ぶことが多かった。

柿本朝臣人麻呂関連年表（西暦は読者の便のためである）

年次	（西暦）	月	事項
斉明五年	（六五九）		**柿本人麻呂　出生**
天智元年	（六六二）		草壁皇子　出生
天武元年	（六七二）	六・七	壬申の乱
天武二年	（六七三）	二	天武帝即位、鸕野讃良皇女皇后。
天武四年	（六七五）	二	畿内、近隣諸国に歌男・歌女・伎人（俳優）募集
			人麻呂（十七歳）歌倡優《うたわざひと》として出仕
天武八年	（六七九）	五	吉野の盟約　**人麻呂（二十一歳）舎人として扈従《こじゅう》**
天武九年	（六八〇）		**人麻呂（二十二歳）「七夕の歌」**
天武十年	（六八一）	二	草壁皇子立太子
		十二	**人麻呂（二十三歳）小錦下（従五位下）授位**
天武十二年	（六八三）	二	大津皇子、国政に参画

天武十三年（六八四）　十　八色の姓制定。**人麻呂（二十六歳）朝臣姓賜る**
天武十四年（六八五）　九　天武帝、全国の歌男・歌女・笛吹に技術継承指示
天武十五年（六八六）　九　天武帝崩御
　　　　　　　　　　　十　大津皇子刑死

（大津皇子刑死までを加えられているのは、憶良様に何か意図がおありか……）

と、坂上郎女は先読みしていた。


「では次にこれを」

憶良は一家四人の前に、分厚い半紙の綴りを置いた。

表紙には憶良の筆で「万葉歌林之草稿　『か』」と書かれている。

（『か』？　はて何か？）

訝《いぶか》る旅人の心中を読み取った憶良は、

「帥殿、どうぞ」

と、促した。旅人が表紙を捲《めく》ると、次は白紙であった。

「表紙の裏をご覧ください」

裏面には二カ所貼り紙がついていた。

「貼り紙をお取りくだされ」

すると、中央に、「柿本朝臣人麻呂之歌集」、左下隅に「柿本朝臣人麻呂謹編著」と、書かれている。明らかに憶良とは別人の筆跡であった。

「オウッ、これが噂に聞く人麻呂殿の幻の歌集の原本か。何故そなたの手許にあるのじゃ。――朝廷が秘かに探していたが、見つからず、捜査を諦めた――と聞いているが」

旅人が興奮を抑えきれずに畳《たた》みかけた。

「はい。入手の経緯は講義の中で明らかにしますが、人麻呂殿が和銅元年（七〇八）石見国《いわみ》（島根県）で自死を命じられた時、自傷の歌を詠まれ、信用ある小者に命じて、秘かにそれがしの許に届けさせたものにございます。当時、右大臣となった藤原不比等卿は、人麻呂殿の存在自体を嫌って、書紀をはじめ公私の記録を抹消あるいは改竄《かいざん》されていました。それゆえ人麻呂殿は、ご自分の生きた証《あかし》とし、この歌集をそれがしに託されたのでございます」

「うーむ」

旅人が武将の顔に変化していた。

「しかしそなたが人麻呂殿と親しかったとは思わぬが……」

「後ほど人麻呂殿が失脚した事件をお話ししますので、その折に……」

「兄上、ゆっくりお聞きしましょう。宮廷歌人として抜群に有名なお方なのに、日本書紀にはお名前も、官位も、お仕事も書かれていませぬ。それゆえ、わらわは前々から不思議に思っていました」

「この歌集がそれがしの手許にありますことは極秘ゆえ、表紙も裏表にして偽装しております」

「なるほど事情了承した。お前たちも決して他言するではないぞ」

と、三人に念を押した。

（二）表記の差異

「折角の機会ですから、この歌集の特徴を述べましょう。収録されております歌の数はおおよそ三百六十首ございます。そのうち人麻呂殿のご自作は長歌十九首、短歌は六十九首、他は蒐集歌でございます」

「あらっ、『柿本人麻呂之歌集』と命名されているので、全首ご自作とばかり思いこんでいました。すると約二百七十首が他人の作品でございますか」

坂上郎女が驚いた顔をした。

「確かに笠金村《かさのかねむら》など現在の宮廷歌人たちは、自作の歌のみを歌集にしているようでございます。人麻呂殿のみが、作者不詳の他人の歌を多く集めております。残念なことに、誰がどのような時に詠んだのか、詞書《ことばがき》も左注《さちゅう》もありませぬから、蒐集の目的もこのままでは分かりにくいと思います。先刻帥殿が疑問に思われましたように、それがしは無位の下級官人、人麻呂殿は四位の高官でしたから、階層が違います。交際は皆無でした。ところが遣唐使の前後、二回だけ、二人で歌論を話し合ったことがございますので、人麻呂殿の意図は後ほど披露申し上げます」

「これまた先送りか。ははは」

と笑いながら、歌集を取り上げてパラパラと捲《めく》り、目を通していた旅人が、首を傾《かし》げて呟《つぶや》いた。

「歌の文字表記に見慣れぬものが多いな。読み易いものと何か差異があるようだな」

「さすがは帥殿。お気づきになられましたか。ではご説明しましょう」

憶良は木簡を一枚取り出し、さらさらと一首書いた。

淡海乃海夕浪千鳥汝鳴者情毛思努尓古所念

これを見て、旅人が朗唱した。

淡海《あふみ》の海《み》夕波千鳥汝《な》が鳴けば心もしのにいにしへ思ほゆ

「お見事です。人麻呂殿が持統天皇の命で、近江国に旅した際に、廃墟となった大津京をご覧になって、昔日《せきじつ》の栄華を偲ばれた、詩情豊かな名歌です。文字表記は吾らの使っている語法と同じく、発音通りの文字を充《あ》てているので、誰にでもよく分かります。人麻呂殿は、自作の歌は全首、この表記方法で統一されています。ご本人の名前はありませぬ」

「なるほど」

「一方、他人の作品は、文字表記が大きく異なります。例えば、この歌はどうでしょうか。この歌集の中では最も文字数が少なく、十文字で三十一文字の和歌になっています」

憶良は新しい木簡に筆を走らせた。

春楊葛山発雲立座妹念

四人の眼は――明らかに異様だ――と告げていた。

「これは初めて見る表現だ。漢詩を読み慣れている余にも、すらすらとは詠めぬわ」

文人旅人が凝視をして思案していた。

「人麻呂殿が若い頃、宮中で耳にされた歌です。独特の表記をされています。それがしが人麻呂殿に代わり、詠んでみましょう」

春柳《はるやなぎ》葛城《かづらき》山に立つ雲の立ちてもゐても妹をしぞ思ふ

（柿本人麻呂歌集　万葉集　巻一一・二四五三）

「ほほう。なるほどなるほど。見事な恋の歌だ。『てにをは』のような音の文字は省略されているのか。漢詩の訓読より難しいのう」

当時は日本語文法の助辞という定義はまだない。因みに現代では、人麻呂のような万葉仮名の歌を「非略体歌」といい、作者不詳の後者のような歌の表記を「略体歌」として区別している。

「このように簡略化された歌は、人麻呂殿の歌集にしかありませぬ。安心くだされ」

家持と書持は、（ああよかった）という表情をしていた。

「憶良様、人麻呂殿が自作歌と他人の歌を、表記で区別されているのは分かりました。しかし、何故朝廷は人麻呂殿の記録や資料を抹消されようとしているのでしょうか」

坂上郎女は重ねて訊ねた。

「それが今夜の主要課題です。急がずにお聞きください」

そう言って憶良はゆっくりと白湯を飲んだ。

(三) 和珥《わに》の柿本《かきのもと》の若子

「人麻呂殿の本貫（出身地）は大和国添上郡《そふのかみ》の櫟本《いちのもと》（現天理市櫟本町）です。柿本の名字は、ご先祖の屋敷の門の側に、大きな柿の木があったことに由来する――と伝えられています。柿本氏族は、倭国の古い豪族であります和珥《わに》氏族から分かれた同族です。和珥氏は小さな氏族ですが、昔は美しい姫九名を、七代の大王、すなわち天皇の妃に差し出した――と、伝わる名門貴族です。しかし和珥氏は外戚となっても、政事《まつりごと》には一切口を出さない、権勢を求めない家訓を貫いたことで有名です」

（蘇我や藤原とは大違いだな）

と、家持は感じていた。

その顔の表情を読み取った憶良は、微笑みを返して、

「それ故に、和珥氏は尊敬されていました」

弟の書持は、「和珥」の名字に関心を持った。

「ワニという呼び名は魚のフカに関係があるのですか」

「大当たりです。北の海（日本海）の人々は、鱶《ふか》のことをワニと言い、食材にもしています。書持どのは『大国主命と因幡《いなば》の白兎』伝説をご存じでしょう」

「よく知っています。亡き母上からよく聞きました」

「和珥氏は古代には出雲国の沖にある隠岐《おき》の島や出雲の西の石見《いわみ》国辺りの住民です。ワニすなわち鱶《ふか》などの漁をしていた海人《あま》族でした。因幡の白兎は、因幡国の小豪族が和珥族を騙《だま》そうとして露見し、痛い目にあったところを、出雲族の大国主命に助けられ、出雲族に組み込まれた歴史を物語っています。和珥族もまた出雲族に組み込まれたでしょう」

「なるほど」

「出雲族は神武東征前、大和まで支配していたことはすでにお話しました。和珥族もまた豊かな内陸に入り、大和に住み着いたのです。したがってその途中、近江国にも一族が住み着き、小野氏を名乗っています」

(石見国？　近江国？　小野氏？)

才女の頭に引っかかるものがあった。

「人麻呂殿は先ほどの歌のほかに、近江に情を込められた良い歌を多数詠まれていますが、和珥一族の親近感もおありでしたか」

「左様でございます。では、人麻呂殿のご出生に入りましょう」

憶良は再び卓上の年表を指差した。

「人麻呂殿は斉明五年（六五九）の生まれです。藤原不比等卿と同年であり、それがしより一歳年上です」

「では父上より六歳年長だ」

書持がすぐに反応した。

「その通りです。人麻呂殿は約二十年も前に亡くなられているので、もっとお年上の方だと思われましょうが、人麻呂殿についてのお話は、まさにお父上やそれがしの人生と重なっています」

（父上の人生と重なる！）

家持、書持の眼が、輝きを増した。

（そうであったか、いよいよ現代史になるのか）

坂上郎女は緊張した。


「柿本氏は小さな氏族でしたが、名門和珥氏の同族ですから、人麻呂殿は幼少時より『柿本の若子』つまり、若様と呼ばれていました。美女を輩出するということは、美男子も生まれます。人麻呂殿は頭脳明晰《めいせき》なうえに、美男子でした。十七歳で宮中に出仕しました」

途端に坂上郎女が、首を傾《かし》げて、

「憶良様、宮中への出仕は二十歳過ぎでないとできないのでは？」

「原則はその通りでございます。実は、天武四年（六七五）二月、帝《みかど》は、大和、河内、摂津、山背《やましろ》、播磨、淡路、丹波、但馬、近江、若狭、伊勢、美濃、尾張の十三カ国に、――歌の上手な男女、伎人《わざひと》（俳優）などを選んで奉れ――との勅を出されていたのです。人麻呂殿は、歌の上手な歌倡優《うたわざひと》（歌俳優）として推薦され、採用されたのです」

現代であれば、流行の歌や即興歌を、宮廷の宴席や後宮の貴婦人たちの前で唄い、演技するミュージカルのアイドルであろう。

「天武帝や鸕野讃良《うののさらら》皇后が求めたのは伝統的な祝詞《のりと》を読むような宮廷俳優ではありませんでした。民の間で流行している優れた歌や民謡を、独自の歌唱と演技で、皇族や後宮の女人たちを楽しませる力量。更には霊威を招くほどの創作歌を詠み、かつ演じる歌倡優《うたわざひと》（歌俳優）を求められたのです」

「では、最初は宮廷歌人ではなく、お抱えの歌倡優であったか。理知的な十七歳の美少年を、鸕野讃良皇后がお気に召された事情がよく分かった」

「したがって、人麻呂殿は庶民が詠み、大衆が酒席で興じるさまざまな歌の中で、すぐれた四季折々の叙景歌や、情感あふれる相聞、あるいは涙を誘う挽歌などを蒐集され、ご自分の作品を磨かれていたのです」

「そうか。それでほとんどが作者不詳であったか。人麻呂殿は、優れた歌が宮廷の宴席で歌われた後、消え去るのを惜しまれ、ご自分の歌集に、表記を変えられて残されたのか。蒐集のご努力と、本人の才能が、自作の長短歌、約九十首に実を結んだと言えるな」

「その通りでございます。ご努力と才能のほかに、強いて申せば、言霊《ことだま》の霊威もあろうかと思います」

（そうか言霊の霊威も……）

今や一家四人は、人麻呂歌集の特異性と、本人のたゆまぬ研鑽《けんさん》を理解していた。

(四) 舎人《とねり》登用

「美少年の歌倡優、人麻呂殿の深い才智にいち早く目を付けたのは皇后でした。皇后には歌倡優としての期待のほかに、もう一つの重要な意図がありました」

(もう一つの意図?)

一家四人は訝《いぶか》った。

憶良は白湯《さゆ》の茶碗を取った。ゆっくりと口を湿した。四人は待った。

「当時帝と皇后の間には十四歳になる草壁皇子がいました。前にも述べましたが、草壁皇子は病弱であり、内気な性格でした。皇后は――人麻呂は草壁より三歳年上だ。兄のような年頃になる。将来草壁の良き相談相手になれる若者だ――と、判断されたのです。事実人麻呂殿が二十歳で成人すると、草壁皇子の舎人《とねり》に兼任されました。人麻呂殿は歌倡優と内舎人《うどねり》の二役を見事にこなされ、後宮の采女《うねめ》や官女たちの熱い視線を一身に浴びるようになりました。草壁皇子は人麻呂殿を兄のように慕い、人麻呂も兄のように接しました」

流れるような憶良の語りに、聴講の四人は、人麻呂と草壁皇子の信頼関係を脳裡に描いていた。

「四年後の天武八年(六七九)五月。帝は皇后と六人の皇子を連れて、吉野へ行幸されました。宮滝で皇子六人の序列を決め、生涯相争わぬことを盟約されたことは、前に話しました」

「吉野の盟約です」

と、嬉しそうに書持が応《こた》えた。憶良が頷いた。

「この時、二十一歳の人麻呂殿は、十八歳の草壁皇子に扈従《こじゅう》して、この場に臨席していました。多感な青年舎人でした。前には青葉茂れる象山《きさやま》、眼下には滔々《とうとう》と清流岩を噛《は》む宮滝、聞こえるのは鳥の声のみ。この厳粛な聖地の雰囲気の中で、人麻呂殿は、病弱温和な皇太子を生涯支えようと、固い決心をされました。益々忠実に仕えておりました。その人麻呂殿が、衆人の注目を集めたのは、更に二年後、天武十年（六八二）の暮でございます」

（天武十年？　吾は十七歳の武芸一辺倒、遊び盛りの生意気な少年だったな）

旅人は過ぎし日を想った。

他の三人は、憶良の一言一句も聞き漏らすまいと神経を集中していた。

「この年の二月。帝は飛鳥浄御原令《あすかきよみはらりよう》を出されるとともに、二十歳になった草壁皇子を皇太子に立太子させました。二年前、吉野の盟約がなされていましたから、予定通りであり、群臣には異論はありませんでした。年末、十年前の壬申の乱の功臣や、それがしの旧主、粟田真人卿など中高年の十名ほどが、小錦下、今の従五位下の位を授かり、貴族に列せられました。世人が驚いたのは、その中に若き舎人、柿本人麻呂の名があったからです。名門和珥一族というだけでは、二十三歳の若さで貴族には登用されませぬ。十七歳で出仕して以来六年間の、歌倡優《うたわざひと》としての功績や、草壁皇子の舎人としての三年間の勤務実績と将来の期待が、帝や皇后に高く評価されたのです。もちろん名門の血統も加味されています」

「あの当時、人麻呂殿は吾らとは別格の存在だったのう」

今流に表現すれば、スーパースターと言えよう。

「それがしは川島皇子の舎人でした。勿論、無位でございます。川島皇子は、忍壁《おさかべ》皇子とともに、帝紀、上古諸事（日本書紀、古事記の原本）の作成を命じられていましたので、小生は、つい先日のごとく覚えております」

「そうか、それでそなたは皇統の秘史に詳しいのだな」

「恐れ入ります」

「でも憶良様、熱いお講義に水を差すようで、非礼とは存じますが、妾に疑問がございます」

「何でしょうか。ご遠慮なくどうぞ」

「少し予習をしようと、兄上にお願いして政庁の書庫から日本書紀の写本を借り出し、目を通しました。天武十年の授位には柿本臣猨《さる》という名が目につきました。『猨』という変わった名でございますから、記憶に残っていましたが、人麻呂殿のお名前はございませんでしたが……」

「よいところにお気づきになられました。実は『猨』、時によっては『左留』と書かれているのは、人麻呂殿の蔑称なのです。朝臣姓の貴族で、最高位は四位の高官の、宮廷歌人であった人麻呂殿が、晩年は石見国に追放され、横死された事件に関わり、後刻お分かりになりますので、本論を続けます」

一家四人は、著名な歌人、「柿本朝臣人麻呂」の実像が、かなり複雑な背景の中にあることを、次々と知らされていく。

「人麻呂殿が仕えた草壁皇子は、少年時代より仲の良かった異母弟の大津皇子の器量を高く評価されていました。大津皇子については第二十二帖『磐余池悲歌』で十分ご承知でしょう」

「はい」

「復習になりますが、二年後の天武十二年（六八三）二月、帝は大津皇子を朝政に参加させました。天武帝はご自分の体調に、微かな異変を感じていました。草壁に譲位しなければならぬ時期が早く来ると自覚されていました。草壁皇子が即位の暁には、壬申の乱で活躍し、中高年豪族に人気の高い長子高市皇子と、文武に優れ、若手貴族に人望のある大津皇子を、草壁皇子の双璧として、政事を支えさせるおつもりでした。しかし、大津皇子の登用は、持統皇后には内心不服でございました。草壁皇子の存在がますます薄くなるからです」

四人は（十分承知している）という表情をしていた。

「人麻呂殿は、大津皇子に対する持統皇后の、母親としての嫉妬心がよく分かり、深入りせぬよう、慎重に対処されていました」

「難しい立ち位置であったな」

と、旅人が同情した。

（五）「朝臣《あそん》」賜姓

「天武十三年（六八四）、人麻呂二十六歳の時、『八色《やくさ》の姓《かばね》』が制定され、柿本臣は『朝臣』の姓を賜りました。『朝臣』は、王族などに与えられた最高位の『真人《まひと》』に次ぐ高い身分の姓です」

「わが大伴は、その下の『宿禰《すくね》』だ」

家持が残念無念といった表情であった。

「余はちょうど成人した二十歳であったので、よく覚えている。物部氏は『朝臣』を賜姓されたが、当時、わが大伴は『連《むらじ》』姓のままであったので、佐伯氏とともに『宿禰』になったと、亡父から聞いた。わが氏は伴造《とものみやつこ》なれば、姓の公卿優先はやむをえないな」

（その分別の是非はここでは無視しよう）

と、憶良は続けた。

「これは舎人の人麻呂殿の功績ではなく、和珥氏の氏族の格の高さを示すものでございます。とはいえ、若くして貴族に列せられた人麻呂殿には『朝臣』の姓はまことに似合いであり、宮中のうるさい官人たちにもすんなり受け止められていました」

一家は再び講論に耳を傾ける。

「人麻呂殿の凄さは、先祖の七光りの恩恵に依存することなく、ご自分の歌の力で歌倡優《うたわざひと》から舎人《とねり》、宮廷歌人さらには貴族へと、道を切り拓《ひら》いていかれたことです。さらに、天武帝がわが国の文芸興隆と保存に熱心であった幸運にも恵まれました」

坂上郎女は、毎回、初めて耳にする事柄に、わくわくしていた。

「その実例が、天武十四年（六八五）九月の詔《みことのり》でございます。帝は、『およそすべての歌男、歌女、笛吹は自分の技術を子々孫々に伝え、歌や笛の益々の習熟に励め』と、和歌・民謡の興隆を、全国に指図されました。各地の歌男、歌女、伎人たちは、大いに盛り上がり、宮廷にも良い歌が伝わってきました。この頃宮廷お抱えの歌倡優《うたわざひと》（歌俳優）の統括者になっていた人麻呂殿は、これらの歌を書き留めて、子孫に残すのが、ご自分の責務の一つとお考えになりました」

「なるほど、帝の詔の趣旨からすれば、宮廷の歌倡優としては、当然のことだな。それがこの二百七十首の歌だな。もともと作者不詳の、民人の愛唱歌だったのだ。詞書《ことばがき》も左注《さちゅう》もつく筈がないわ」

「仰《おお》せの通りでございます」

家持が、

「先生、これまでのお話には人麻呂殿の作品には触れられておりませぬが……この年表にございます『七夕の歌』を知りとうございます」

（さすがはわが愛弟子）

「歌倡優《うたわざひと》として出仕していた人麻呂殿は、お仕事として流行の歌を、皇族や後宮の宴で演じてきました。時には求められるままに即興の歌や詩を吟じられたでしょう。しかし、——世間を知らぬ間に出仕された人麻呂殿には、作者不詳の民人《たみびと》の歌や民謡を超える和歌や詩は創れなかった——と、それがしは推量しております。そのような中で、たった一首、多分——若き日の記念作品として、後世に残してもよいか——と、判断されたのが、『七夕の歌』でしょう。その証左として、『この歌一首は、庚《こう》辰《しん》の年に作れり』と、左注がございます。つまり、天武九年になります。……ほれご覧あれ」

と、憶良は人麻呂歌集の当該箇所を指差し、朗唱した。

天漢安川原定而神競者磨待無

天の川安の川原に定まりて神競《かむつきほひ》は時待たなくに

（柿本人麻呂　万葉集　巻一〇・二〇三三）

「歌の意は、――昔から神様がたの安の川原の集いは開催日が決まっていないのに、牽牛と織女の逢う日はこの日と決められている。雨でも降ったら増水して来年まで逢えないだろう――と、平凡ですが初々しい作品です」

「ははは。家持、書持。そなたたちも年頃になったら、牽牛や織女の逢う瀬を待つ気持ちが分かろうぞ」

父旅人が豪快に笑った。

「さて、ここらで少し休みましょう」

「それでは憶良様、小腹にどうぞ」

と、坂上郎女が呼び鈴を振った。

襖《ふすま》が開いて、大嬢《おおいらつめ》と二嬢《おといらつめ》が、作法通り目の高さにお盆を掲げて入ってきた。幼女たちの緊張した生真面目さが、初々しくかわいい。大嬢の盆には四つ、二嬢には三つの干柿が乗っていた。

「憶良様、後半のご講義の前に、大和から取り寄せました干柿をどうぞ。人麻呂殿のお館の柿ではありませぬが、味は同じでございましょう。ほほほ」

「これはどうも、お気遣いにそれがし押され気味でございます」

「二人ともご挨拶し、ご相伴しなさい」

「大嬢《おおいらつめ》でございます。よろしゅうに」

「二嬢《おといらつめ》でございます。よろしゅうに」

（こうして上流の子女は幼いうちから礼儀作法や、人なれを身に付けるのだな）

憶良は感心した。ちなみに、大嬢は後に家持の正妻となる。

大和からわざわざ取り寄せたというだけあって、大ぶりの干柿は、上質の仕上がりだった。外側はほどほどに白い粉を吹き、中身はトロっとして甘味が凝縮していた。ゆっくりと味わい、白湯で残り味を流し込んだ。

幼女たちが退室した。

憶良は姿勢を正した。

第二十四帖　歌聖水死　――その二　女帝の寵――

ひさかたの天《あめ》見るごとく仰ぎ見し皇子《みこ》の御門《みかど》の荒《あ》れまく惜しも
（柿本人麻呂　万葉集　巻二・一六八）

（六）母子激論

「これまで順風満帆とみられていた人麻呂殿の周辺に、次々と激動の事態が起きました」

「激動の事態」との表現に、一家は緊張した。

「天武十五年は朱鳥《あかみとり》元年に改元されましたが、帝は年初から健康にすぐれず、九月九日、崩御されました。皇后は壬申の乱で苦労を共にした帝を偲《しの》び、せつせつと挽歌三首を詠まれました。長短二首を披露しましょう」

やすみしし　わが大君の　夕されば　見《め》し賜ふらし　明《あ》け来《く》れば　問《と》ひ賜ふらし
神岳《かむをか》の　山のもみちを　今日もかも　問ひ給はまし　明日《あす》もかも　見《め》し賜はまし
その山を　ふりさけ見つつ　夕されば　あやにかなしみ　明《あ》けくれば
うらさび暮し　あらたへの　衣《ころも》の袖《そで》は　乾《ふ》る時もなし

（持統天皇　万葉集　巻二・一五九）

「――国の八隅《やすみ》を治めていたわが天皇がご生存ならば、朝夕に神岳（三輪山）の紅葉の様子を問われるだろう。明日辺りは観葉に行けそうなのだが、その山を見ながら、夕になると悲しく、朝になると心寂しく泣くので、衣の袖は涙で乾く間がない――」

向《き》南《た》山にたなびく雲の青雲の星離《さか》りゆき月も離《さか》りて

（持統天皇　万葉集　巻二・一六一）

「――向南山（三輪山）に雲がたなびいて星も月も見えなくなってしまった。私の気持ちもぼ～っとしている――と、悲嘆されました」
愛する夫、宿奈麻呂《すくなまろ》と死別している坂上郎女は、この歌のとりとめのない精神状態がよく分かった。

憶良の語調が変わった。

「ところが、この挽歌の雰囲気とは裏腹に、殯《もがり》の最中の十月二日、大津皇子が謀反の罪で逮捕され、翌三日、自死を賜りました」

四人は否応なく「磐余池《いわれいけ》悲歌」を脳裡に再現して、頷いた。

「この事件について、草壁皇太子は母上の鵜野讃良皇后・称制持統天皇からは、事前に何も聞いていませんでした。幼い時から仲の良かった異母兄弟でした。石川郎女をめぐる恋の鞘当《さやあて》はありましたが、――やはり負けたな――と、笑って肩を叩き、祝福した間柄でした。友人の少ない草壁皇子にとっては、貴重な相談相手でした。――二人の父、天武帝の殯の最中に逮捕し、ろくに調べず、自死を命じたことや、妃山辺皇女が後追い自殺をされた――と知って、草壁皇子は烈火のごとく怒りました」

憶良は草壁皇太子と持統帝の口調になって、再現した。

草壁『母上は何と理不尽なことをなされたのですか。大津が謀反を起こすような皇子でないことは、私も皆もよく知っています。大津は頭脳明晰であり、詩才豊かで、剣技にも優れています。私は生まれてこの方病弱であり、大津の方が天皇に相応《ふさわ》しいと考え、大津にも『いつでも皇位を譲るよ』とさえ言っていました。大津はその都度――吉野の盟約通り、他の皇子たちと草壁皇太子を支えます――と明言していました。その言葉に嘘はないと信じています。領地もなく、舎人は僅か三十名ほどの大津に謀反ができると誰が信じますか。それとも母上は誰かに唆《そそのか》されたのですか。父帝が亡くなられて、すぐに殺すとは、何と非道なことをなさったのですか』

女帝『草壁、母に向かって何を申すか。そなたの地位をいささかでも脅かす者は、血縁であっても容赦はせぬ。政事《まつりごと》に甘い考えは禁物です』

草壁『父君ならば、調べもせず、言い分も聞かず、死を賜るような卑劣、残酷なことはなされませぬ。天皇の権威の乱用です。私は恥かしくて、今後群臣の前に出ることはできませせぬ』

「と、大層な剣幕で女帝を叱責《しっせき》され、自邸に閉じこもり、以後宮廷には出ませんでした。女帝が愛児・草壁皇子のためによかれと思ってしたことが、真面目で繊細な草壁の心を深く傷つけ、逆効果になりました。困り果てた女帝は、草壁皇太子の舎人である人麻呂殿に、草壁皇子の心の病の回復策を相談されました。人麻呂殿の誠心誠意の説得により、皇子は――皇太子として、父君の殯《もがり》の儀式だけは責任をもって出席する――と、約束され、実行されました」

「天武帝の殯は、確か二年かかったな」

と、旅人が懐古の情を口にした。

「はい。草壁皇子は、人麻呂殿の支えによって、持統元年の正月と、翌年の正月の二度の殯の儀式と、最後は十一月の葬送の儀典に、皇太子として百官を率いて出席され、無事大役を果たされました」

「まずはよかった」

「群臣の冷たい視線の前に立たれた草壁皇子は、さぞかし辛かったでございましょうね」

坂上郎女は皇子に同情していた。

「針の筵《むしろ》に座す――とはこのような状態でございましょう」

「ご夫君天武帝のご崩御を待っていたかのように、天武帝の御子であり、ご自分の姉上の御子に死を賜るとは、常人にはできませぬ。まさに父君・中大兄皇子のお仕打ちに酷似《こくじ》していますわ」

女性の立場、母親の立場から饒舌《じょうぜつ》であった。

「お言葉の通りでございます。天武帝ご存命中は、帝が抑えられていた女帝の偏執的な嫉妬心や、激《げき》昂《こう》する性癖が、誰かのちょっとした唆《そその》かしによって、枯葉に火が付いたように、一挙に燃え上がったのでしょう」

（妾も女。カッとせぬように気を付けねばなるまい）

「当時それがしは川島皇子の舎人でしたが、女帝や側近の方々の――川島皇子が親友の大津皇子に謀反の意ありと密告してきた――と、根も葉もない話を宣伝され、以後川島皇子は大変つらい立場になられました。川島皇子にとってはとんでもない濡れ衣でございました。女帝は、大津皇子と川島皇子を、皇位継承候補から一挙に抹消されたことになります」

「憶良殿、ちょっと待たれよ。皇位継承候補の問題であれば、この事件の少し前、確か七月に、民部省の建物が焼けた火事があったな」

「七月十日、激しい雷雨の夜でした。忍壁《おさかべ》皇子の邸宅に失火があり、民部省の倉庫に燃え移って、貴重な税の食糧が焼失しました。忍壁皇子の大きな失点になりました」

「すると、吉野の盟約の六皇子の内、三皇子の継承の可能性は、ご崩御前後に、一挙に消えたことになるな」

「先生、上宮王家抹殺事件や乙巳《いっし》の変、あるいは有間皇子謀殺事件のように、誰か黒幕の脚本家がいるのではありませんか」

（さすがは家持殿だ）

憶良は内心舌を巻いた。

「その通りでございます」

「まさか？」

「誰ぞ？」

旅人が武人の鋭い声で訊ねたが、憶良は平然と聞き流して、

「それは後ほど明らかにしますので、本論に戻り、皇太子と人麻呂殿の話を続けます」

（七）草壁皇子尊《くさかべみこのみこと》への挽歌

「先帝の葬送の儀式を無事終わったので、称制の女帝は皇太子に皇位を譲る話を致しました。ところが皇太子は『私は皇位に就く意思は全くありませぬ。天皇になる能力はありませぬ。健康にも自信がありませぬ。体調は悪い中、皇太子として、尊敬する父君の殯の儀式は三度、無事努めました。母上がどのように説得されようと、即位は致しませぬ。もしご退位されるのであれば、壬申の乱の功労者で人望のある高市皇子が、適任ではありませぬか』と、頑固に否認されました」

「ほう。草壁皇子は皇位に執着がなく、高市皇子を推奨されたのか」

「はい。これが女帝の神経を逆撫でしました。女帝は『何を申すか草壁。采女の子の高市を皇位に就

けるわけにはいかぬ。そなたが皇位に就くのです』と再度強く申しました。しかし草壁皇子は、ついに口にしてはならぬ言葉を出しました」

「何と……申したのじゃ」

「皇子は『母上は陰陽師《おんみようじ》の津守通《つもりのとおる》に命じて、大津に密偵を張り付けました。石川郎女との逢引だけでなく、大津が伊勢の斎宮に会いに行ったことも、候《うかみ》を手配していなければ、禁忌破りと分からないことです。大津の館に出入りする若者にも、あらぬことを手配されたでしょう。大津を謀殺された母上のあと、どうして私がのうのうと皇位に就けますか。母上は人としてなしてはならぬ罪を犯されたのです。それが分かりませぬか』と、ご生母を詰《なじ》りました」

一家は粛然として、憶良の一言一句を聴いていた。

「女帝は冷ややかに申しました。『草壁、青臭い正義論を申すではない。現実はどろどろしている。わが愛しき母、越智郎女《おちのいらつめ》様を断食で失った私は、父上の命ずるまま十三歳で二十七歳の大海人皇子様に嫁いだ。恋も愛も知らぬ。それからの苦渋の日々は、そなたを天皇にするために生きた。その母を人と思わぬなら、以後そなたはわが子ではない。勝手に生きるがよい。妾は孫の珂瑠《かる》を天皇にするまで在位する』と、告げられました」

ひんやりとした空気は師走の夜の所為《せい》だけではない。

「翌持統三年の年初から草壁皇太子は病の床に伏しました。女帝はもはや草壁皇子を政事《まつりごと》の相談相手とせずに、新しい人事を決めました。それが二月の藤原史《ふひと》の判事登用です。これは前回お話していますので省きましょう。病の草壁皇子は、薬師《くすし》の養生を断り、ついに四月十三日に薨去《こうきょ》されました。天武帝のご崩御の時には、挽歌を詠まれた女帝でしたが、草壁皇子への挽歌はございませぬ」

「母と子の対立はそこまでひどかったのか」

「はい。草壁皇太子は自決ではなく、自然死によって誰にも角が立たぬよう、――大津皇子に密かに母の罪をお詫びされたのではないか――と、それがし推測しています」

「女帝に代わり人麻呂殿と舎人二十三名が、日並皇子尊《ひなみしのみこのみこと》とも呼ばれていた草壁皇太子に、心の籠った殯宮《もがりのみや》挽歌を捧げました。殯宮挽歌とは、殯の儀式で死者を讃え、冥福を祈り、荘厳に朗唱される追悼の歌です。天皇は太陽神の御子であり、皇太子はそれに並ぶとして、草壁皇子は日並皇子尊と呼ばれていました」

「吾も大伴氏族の跡取りとして参列したが、人麻呂殿の歌だけでなく、舎人二十三名の挽歌があって、当時としては壮大な殯歌の朗唱であり、感動した」

「人麻呂殿が歌人として名声を馳せるきっかけとなった挽歌です。冒頭から天孫降臨の古事記物語から天皇を太陽神の子、日の皇子と讃えています。そのためその後の殯宮挽歌の模範例となりましたから、全文を書いてきました。後でお二人にお渡しします。この席では、前半の皇統神権説の部分は省き、後半の草壁皇子の穏やかなお人柄や人望を表現した部分と反歌二首および舎人の歌二首を披露しましょう。舎人の歌は人麻呂殿の代作か、お手が入っているでしょう。いずれも名歌です」

と、憶良は半紙を取り出し墨書した。

天地《あめつち》の……高照らす　日の皇子《みこ》は……天《あま》の原　岩戸を開き　神上《かむあが》り　上《あが》りいましぬ
わが大王《おほきみ》　皇子《みこ》の命《みこと》の　天《あめ》の下　知らしめしせば　春花《はるはな》の　貴《たふと》からむと　望月《もちづき》の
満《たた》はしけむと　天《あめ》の下　四方の人の　大船《おほふね》の　思ひ憑《たの》みて　天《あま》つ水　仰ぎて待つに
いかさまに　思ほしめせか　つれもなき……日《ひ》月《つき》の　まねくなりぬれ　そこ故に
皇子《みこ》の宮人　行方《ゆくへ》知らずも

（柿本人麻呂　万葉集　巻二・一六七）

「――草壁皇子がもし大王になっていれば、春の花のように貴いことだろう、満月のように満ち足りるだろう、人々は大船に乗るように頼りにして、天の聖水を仰ぎ待っていたのに、どうしたことか天に召された。それ故に皇子に仕えていた宮人は、どうしてよいか途方に暮れています――」

ひさかたの天《あめ》見るごとく仰ぎ見し皇子《みこ》の御門《みかど》の荒《あ》れまく惜しも

あかねさす日は照らせれどぬばたまの夜《よ》渡る月の隠《かく》らく惜しも

（柿本人麻呂　万葉集　巻二・一六九）

「草壁皇子が亡くなると、訪れる人なく館も庭も荒れてきました。『あかねさす日』はお元気な女帝、『夜隠れた月』は草壁皇子と読めます」

東《ひむがし》の瀧《たき》の御門《みかど》にさもらへど昨日《きのふ》も今日《けふ》も召すこともなし
（草壁皇子の舎人　万葉集　巻二・一八四）

朝日照る島の御門《みかど》におほほしく人音《ひとおと》もせねばまうらがなしも
（草壁皇子の舎人　万葉集　巻二・一八九）

「ちなみに草壁皇子の館は、以前は蘇我馬子の館で、当時から『滝』（水の落ち口）もある立派な庭園――『島』――で有名でした。乙巳の変で中大兄皇子が没収し、皇室財産にしていました。舎人たちは昔のことを知っていたかどうか、それがしには分かりませぬが、挽歌に『滝』や『島』が詠み込まれています。『おほほしく』とは、ぼ〜っとしている様子で、それほど誰も訪れなかったのです」
「そうか、馬子の館であったか。馬子が祟《たた》ったわけではあるまいが、……奇縁だのう」
「当時皇太子には六百人の舎人がいましたが、ほとんどが配置転換され、柿本人麻呂殿は持統皇后の側近、大舎人《おおどねり》となりました」

（八）近江派の重用

「草壁皇子の殯が終わると、翌持統四年（六九〇）正月、それまで称制《しょうせい》であった持統天皇は、正式に天皇に即位しました。半年後の七月一日、高市《たけち》皇子を太政大臣に、王族の系譜の名門貴族、多治比嶋《たじひのしま》を右大臣に任命しました。これには二つの意味があります。一つは、ご夫君天武帝が推進された天皇親政による皇親政治を、旧来のように大臣輔弼《ほひつ》政治に戻したことです。親政を支えるべき皇太子が亡くなられ、皇太子にしたい珂瑠《かる》皇子はまだ八歳ですから、大臣の復活はやむをえませぬ。大臣に皇子と公卿《くげ》を登用したのです。夫君の天武体制の否定でした」

「確かにその通りだ。して、第二は？」

「吉野の盟約で、高市皇子の皇位継承順位は第三位でしたが、壬申の乱の見事な指揮以来群臣の信望は断然高うございました。当然天皇に即位されてもよいご年配と力量がありましたが、持統天皇はご自分の孫の珂瑠皇子までは譲らないと決心していました。しかし、高市皇子信奉派を納得させるには、準皇太子ともみなされる太政大臣に任命することが不可避でした。皇子の太政大臣任命は、先例があるからです」

「大友皇子は左大臣右大臣の上に立つ太政大臣に任命されていました」

と、家持が応えた。

「その通りです。一説には大友皇子は、非公式に天皇に即位された——とも伝わっています。皇子の太政大臣任命は、——万一天皇に不測の事態が生じたら、新天皇に即位してもよい——という暗黙の了解でもあります。持統天皇にとっては、高市皇子の重用は、ご自分の権威の維持上やむをえなかったのです。したがって以後高市皇子は、『高市皇子尊《たけちのみこのみこと》』とも尊称されるようになりました」

（憶良様の説明は本当に分かり易いわ）

坂上郎女は大きく頷いた。

「こうして正式の天皇となった持統天皇は、表面は高市皇子と政事《まつりごと》を進めながら、心中秘かにご自分の勢力を増やす方策を練っていました。そのため、伝え聞く大唐の則天武后の人事方針を秘かに調べました」

「えっ、則天武后ですって！　どうして？」

と、坂上郎女が訝《いぶか》った。

「叔母上、後でご説明します。吾らは亡き母上と聴講し、則天武后を学んでいますから」

「そうしろ。憶良殿、進めてくだされ」

「天武帝という後ろ盾がない持統帝は、天智帝の遺児という負い目もあります。天皇とはいえ支える重臣はいませぬ。そこで持統天皇は、第一に、皇親や宮廷で男女に人気のある元歌倡優で草壁皇子の舎人、今は宮廷歌人で従五位下の貴族、名門和珥《わに》一族の貴公子、柿本人麻呂をご自分の大舎人としました」

「なるほど、舎人二十三名ともどもあの挽歌は、全国民を感嘆させた。出自も容貌もまさに貴公子だ。世評を得るには、人麻呂殿は絶好の人材だ」

「第二に、実力のある人材の発掘と登用です。その適例が藤原史《ふひと》の判事登用です。藤原史は、父、鎌足の遺言を守って、吉野軍にも近江軍にも加わらず、天下の形勢を横眼で見ながらひたすら法律を勉強していました。公職に就く時期を模索し、天武帝が病気になった頃から密かに持統皇后に接触して、中大兄皇子の異母兄妹であることを確認していました。藤原史の登用は他の判事登用に紛れ込ませた上、草壁皇子が重篤で、民心の注目がそちらに向いていたので、格別目立ちませんでした」

「持統天皇はしたたかだ」

「第三は、陰陽師津守通とその配下の候の利用です。大津皇子謀殺に利用した実例はお話しました」

一同は頷いた。

「第四が、壬申の乱に敗れ、不遇をかこっていた旧近江派の豪族の復活策と、支援の取り付けです。中大兄皇子の遺児である持統天皇は、地方に逼塞《ひっそく》している近江派の中小豪族との連携を深めることを模索したのです。近江派の豪族で復活したのは、中臣《なかとみ》氏族と巨勢《こせ》氏族です。藤原朝臣史とともに、中臣《なかとみの》朝臣臣麻呂《あそんおみまろ》と巨勢朝臣多益須《こせのあそんたやす》も判事に登用しました。蘇我の生き残りはこの頃石川と氏の名を変えて、官人になっています」

「そうか、五重臣の中臣も巨勢も復活したか。倉山田石川麻呂の石川は地名であったな」

「地方の旧近江派遺臣たちとの連絡に使われたのが、歌人人麻呂殿でした。持統帝は、即位後の四月、近江の山中にある志賀山寺（崇福寺《すうふくじ》）で草壁皇子一周忌の法会を企画されました。勿論極秘の法要です」

旅人一家はこれまで耳にしたことのない逸話に耳を奪われていた。

（九）近江荒都歌

「志賀山寺は天智天皇が天智七年（六六八）大津の山中に建立したお寺です。壬申の乱で大津京が廃墟となって以来、お寺の修復はなされず、ボロボロの建物となっていました。女帝は和珥一族の小野氏の多いこの地に、さりげなく人麻呂殿を派遣して、近江の遺臣たちと草壁皇子の法要を行わせ、持統天皇への助力を誓わせたのです。この古寺では、毎年十二月三日、天智天皇と壬申の乱の戦死者の法要が、敗残兵たちによって秘かに続けられていたのです。廃墟を抜けて草ぼうぼうの山道をたどり、廃屋のような本堂にたどり着いた人麻呂殿はさぞかし驚かれたでしょう。襤褸《ぼろ》にも似た法衣の僧と粗末な衣服の遺臣が読経する様は、飛鳥の寺とは違い、異様な雰囲気でした。官職を離れていた遺臣たちは、近江が商いの要地である利点から、商人になっている者が多く、持統天皇支持の隠れた組織ができ始めました」

一家はこの様を脳裡に描き、背筋に寒さを感じていた。

「この旅で詠まれたのが有名な『近江荒都歌』です。名歌ですから覚えましょう」

憶良は半紙にさらさらと筆を走らせた。

ささなみの志賀《しが》の辛崎《からさき》幸《さき》くあれど大宮人の船待ちかねつ

（柿本人麻呂　万葉集　巻一・三〇）

「人麻呂殿は夏草が生い茂っている廃墟を見て、感慨深かったと思います。――志賀の都があった辛崎は昔のままだけれど、そこで遊んだ大宮人たちを待つ船は現れない――」

淡海《あふみ》の海《み》夕波千鳥汝《な》が鳴けば心もしのにいにしへ思ほゆ

「法会《ほうえ》を終えての帰り道でしょうか、夕べの浜でちちと鳴く千鳥の声に、人麻呂殿は心が折れそうになるほどの寂しさを感じ、往時の繁栄を偲ばれました。それがしはこの歌を――現実の風景と心象風景を併せて素晴らしい名歌――と高く評価しております。この帰途、宇治川でもよい歌を詠まれました」

もののふの八十《やそ》宇《う》治河《ぢがは》の網代木《あじろぎ》にいさよふ波の行方《ゆくへ》しらずも

（柿本人麻呂　万葉集　巻三・二六四）

「宇治川は動乱の時、戦略上の拠点になってきた激流です。大舎人として、壬申の乱で勝利した吉野軍の将兵から、高市皇子の指揮ぶりや、大伴御行《みゆき》、村国男依《おより》、紀阿閉麻呂《あへまろ》などの将軍の活躍を聞き、また近江軍の遺臣たちから瀬田の唐橋や粟津の激戦を聞いて、人麻呂殿は、持統天皇が嫌われる高市皇子に次第に興味を持ち始めていました。勝軍敗軍を問わず、もののふ（武人）たちの人生に興味がありました。宇治川の流れる波はいろいろな方の人生の波でもあります。これからもどうなるか、行方は分からない——と、人麻呂殿は武人の人生の無常を詠んでいるように思います」

「もののふの吾らにはひとしお感慨深いものがある。ずしんと来るぞ、この歌は……家持、書持、人麻呂殿の気持ちになって一緒に朗詠しよう」

と旅人は立ち上がった。

（いい家族だ）

と、憶良は坂上郎女と笑みを交わした。

朗詠が終わると、再び講論を続けた。

「このように人麻呂殿は、持統天皇の命ずるままに、あちこち旅をしました。勿論歌を詠まれていますが、陰の主なお仕事は、持統天皇の支持勢力の増強でした。飛鳥に戻ると、持統天皇讃美の大胆な歌を詠まれました。最初のお講義でお話しました歌です」


大君は神にしませば天雲《あまぐも》の雷《いかづち》の上《うへ》にいほらせるかも

（柿本人麻呂　万葉集　巻三・二三五）

「雷丘《いかづちのおか》に行宮《かりみや》を作らせ遊ばされた天皇を雷神より強いと礼賛したので、持統天皇はご満悦でした。ますます人麻呂殿を重く用いました。人麻呂殿は着々と出世され、この後に従四位下、中宮大夫まで出世されました。寵臣となった人麻呂殿は、多くの女官と艶やかな逸話を残しますが、ついに持統天皇とも男女の深い関係になりました」

「本当ですか！」

と、坂上郎女が絶叫に近いほどの驚きの声を出した。

「人麻呂殿の男女関係は一夜で語れませぬから今夜はやめにして、政事の話に戻ります」

再び一家が緊張した。

（十）藤原遷都と女帝の行動

「新太政大臣に就任した高市皇子に、二カ月後の九月、朗報が入りました。長安に捕囚となっていた時、自分の身を奴隷として売って、その代価で筑紫君薩夜麻《つくしのきみさちやま》、すなわち高市皇子ら高官四名を日本に送り返した忠臣、大伴部博麻《おおともべのはかま》が、労役の任期を終えて無事帰国したのです。皇子と博麻は肩を抱き合い、喜び合いました。高市皇子は持統天皇に、同人を褒賞するようお願いしました。十月、持統帝は『お前は皇子らのために身を売って三十年も現地にとどまった。ご苦労であった』と、官位や布帛《ふはく》、稲など与えられ、更に三代課役免除の水田四町を与えられました」

「これはようございました。高市皇子様は胸のしこりが取れたようでございましょう」

「その通りです。生き生きとされていました。高市皇子は、かねがね都を飛鳥の山里から、広々とした場所に移したいと考えていました。高市皇子の脳裡にあったのは、筑紫君薩夜麻として捕囚の数年を過ごした壮麗な長安の都でした。——吾が政事をできるようになった暁には、唐の使者を迎えるにふさわしい都を作りたい――と。しかし、天武朝では皇后が――高市は卑母の出自である――と、見下していたので、その構想は誰にも語っていませんでした。大津皇子のように天衣無縫に、皇族や王族、あるいは若者たちと付き合い、談論風発することは、意識的に避けておりました。捕囚の生活が、控えめに生きる術《すべ》を身に付けさせたのでしょう。結果的に、吉野の盟約で、無傷に残っているのは高市皇子と志貴《しき》皇子（施基皇子）の二人になっていました」

憶良は真っ白い半紙を取り出した。

「太政大臣になって真っ先に取り上げたのが遷都の構想でした。高市皇子は捕囚の間に唐の学者から『周礼《しゅらい》』と『考工記』や風水を学んでいました。周礼は周代の官制説明書です。風水は吹く風と流れる水、すなわち地勢や地の気、方位などを考えて、都の位置や建物の位置などを決める術です」

話がいろいろな方向に行くことには、坂上郎女は慣れてきていた。

「飛鳥は狭い。飛鳥から出てどこに移るか？　高市皇子の脳裏には飛鳥の北にある大和三山が刻まれていました。ご覧ください。北の耳成《みみなし》山、東の香具《かぐ》山、西の畝傍《うねび》山に囲まれた平原があります」

と言って、白紙に三山の場所と名を書き入れた。更に三山の南、耳成とほぼ相対する場所の少し東寄りに、甘樫丘《あまかしのおか》を書き入れた。四点は縦長の菱形に見えた。

憶良は甘樫丘の東に筆を置いた。

（何をなされるのだろうか）

その筆を左斜め上、耳成山と畝傍山の間を走らせた。

「飛鳥川だ」

「その通りです。高市皇子は、飛鳥川を取り入れた構想でした。大極殿は三山の中心地点です。高市皇子は、この三山を取り入れた地が、風水によいと判断され、都城の設計図を書かれました。『周礼』と『考工記』を参考に、律令国家に相応《ふさわ》しい都城の形成が必要と考えたのです。――大伴部博麻《おおともべのはかま》が帰国したのは縁起が良い――と、直ちに博麻を連れて、新都構想の場所を視察されました」

「こうして持統五年十月、地鎮祭が行われ、東西二十町（二・一キロ）に八坊、南北三十町（三・二キロ）に十二条の碁盤目のように区画しました。長安を縮小したような都城でした。三年後の持統八年十二月、新都藤原京への遷都が行われました。――さすがは高市皇子だ、壬申の乱では総指揮官として活躍され、太政大臣になられるや、直ちに遷都を指揮され、僅か三年で長安のような都を造られた。これからの政事が楽しみだ――と、群臣や国民の人気は抜群でした。高市皇子の館への搬入物の木簡には『高市皇子尊《たけちのみこのみこと》』と書かれるようになりました。太政大臣として大構想を実現し、高市皇子は得意の絶頂にありました」

「藤原京造営の頃は、何となく持統天皇の翳《かげ》が薄く、高市皇子が天皇のような存在感を増していたのう。そうだ、中納言の大三輪高市麻呂《おおみわたけちまろ》殿が持統天皇を諫言《かんげん》した事件があったな」

「はい」

「兄上、そのお話伺いたく思います」

「では憶良殿、横道にそれるが、吾が話そう。あれは造営が始まって間もない持統六年春の二月だった。突然、――三月三日に伊勢に行くから、必要な衣服をととのえておけ――との女帝の詔《みことのり》が、百官に出された。陰陽博士《おんみょう》の進言だという。この詔に即日反応したのが、剛直な性格で知られていた大三輪中納言殿であった。――今朝廷は新都の建造で、巨額の費用を費やしております。伊勢神宮まで百官を引き連れての行幸は更に多額の費用を要します。更に、三月は農民にとって農作業が忙しい時です。沿道の農民は作業ができませぬ。お取りやめください――と、諫言《かんげん》されたが女帝は聴き入れなかった。出発の三日、大三輪中納言殿は再度諫言された。しかし女帝は無視され、六日ご出発された。大三輪中納言殿は辞表を提出され、以後女帝に仕えることはなかった」

「その通りでございます」

「藤原京建造の日夜苦労されていた高市皇子様への面当《つらあ》てでございましたか。それにしてもひどい陰陽博士がいたのですね」

「そうだ。女帝はこの陰陽博士に銀二十両を与えたというので、吾らは呆れた。よく覚えておるわ」

「先生、陰陽師であれば津守通《つもりのとおる》と関係ありますか？」

（さすがは武将の子。気づかれたか）

「はい。この陰陽博士の名は道基と申して通の部下になります。持統天皇は高市皇子派に対抗するために、陰陽師集団を利用していました。なお帥殿のご説明に若干補足しますと、中納言大三輪高市麻呂殿は壬申の乱の功臣です。持統女帝にはそれもお気に召さぬ理由でした。また新都造営で高市皇子の人望が高くなったので、行幸により伊勢方面の国守や郡司たちを金品や褒賞で手なずけておきたかったのです」

憶良が話を続けた。

「このときもう一つ大事な逸話があります。それまで持統天皇お気に入りの側近として、行幸には従《じゅう》駕《が》していた人麻呂殿が、この伊勢行幸にはずされました。人麻呂殿は憮然《ぶぜん》として留京三首を詠まれました。そのうち二首を紹介します」

鳴呼《あ》見《み》の浦に船乗《ふなの》りすらむをとめらが玉裳《も》の裾《すそ》に潮満つらむか

（柿本人麻呂　万葉集　巻一・四〇）

潮騒《しほさゐ》に伊良虞《いらご》の島邊《べ》こぐ船に妹乗るらむか荒き島廻《しまみ》を

（柿本人麻呂　万葉集　巻一・四二）

「人麻呂殿は人気の歌倡優出身の貴公子・宮廷歌人でしたから、後宮の采女や官女の熱い視線を浴び、人目を忍んでの色恋沙汰が多かったようです。思いをかけている女官との仲は、持統女帝の嫉妬を招いたのでしょう。留守居を命じられましたが、女官たちの水遊びを脳裡に描き、恋人の下半身の赤い裳が潮に濡れた艶《つややか》な状態や、潮騒の海での船乗りを心配する歌を詠まれました。この頃から女帝との間に隙間風が吹き始めたようです。人麻呂殿は珂瑠《かる》（軽）皇子の舎人《とねり》に配置転換になりました」

「そうか思い出した。女帝が春に伊勢行幸をされると、晩秋から初冬にかけて、珂瑠皇子に阿騎野《あきの》の遊猟をさせた。吾は警護で同行した。あの有名な歌はこのとき詠まれた」

「その通りです。帥殿どうぞ」

話題の場所は海から山に変わっていた。旅人が朗唱した。

東《ひむかし》の野《の》にかきろひの立つ見えてかへりみすれば月西渡《かたぶ》きぬ
（柿本人麻呂　万葉集　巻一・四八）

「若たちへ少し説明しましょう。大宇陀《おおうだ》の阿騎野は古くから朝廷の狩場でした。狩場というよりも軍事訓練所とでも言えましょうか。ご病弱だった草壁皇子も、この狩場の大自然はお好きでした。草壁皇子の遺児、珂瑠皇子は当時十歳、ちょうど書持殿と同年でした。飛鳥から忍坂《おしさか》、粟原、半坂峠を越えての山歩きで大宇陀にたどり着きます。人麻呂殿のこの歌は阿騎野の朝の壮大な景観を詠まれていますが、人によっては――東に昇る朝日は日並《ひなみし》の皇子、珂瑠皇子を、西に傾く月は、薨去された草壁皇子だ――と言う方もいます。新都建設に日夜腐心されていた高市皇子や、遊猟という無駄な出費を案じた真面目な官人たちには、人麻呂殿は佞臣《ねいしん》と見えていたでしょう」

（なるほど。そういう見方もあったのか）

と、坂上郎女は感心した。

「いろいろなことがありましたが、持統八年（六九四）藤原京は完成し、十二月に遷都が行われました。一大事業を無事成し遂げた高市皇子は、得意の絶頂にありました。しかし――好事魔多し――とか。遷都して僅か一年半後の、持統十年七月、高市皇子は突然薨去されました。まだ四十三歳の働き盛りでした」

「あの時は余も驚いたな。お元気だった皇子が何故？　と……」

「暗殺でしょうか？」

坂上郎女が首を傾げて憶良の顔を窺った。

「そうです。その前に、持統天皇は判事の藤原史、陰陽師津守通を呼び、三人で密談をしました。――高市の企画した遷都は大成功であった。このままでは次の皇位には高市が推されるであろう。孫の珂瑠を皇位に就けるにはどうすべきか――」

「そうであったか！　吾らは迂闊であったわ。……判事の職務は事態の正否を判断するのに、朝廷の候《うかみ》を使うであろう。通は表面、陰陽師だが実は持統女帝直属の候の頭であったか。判事の史と、陰陽師の通が、持統女帝の知恵袋になっていたのか」

「その密談の内容は後でご説明しますが、ここでは人麻呂殿が詠まれた高市皇子追悼の名歌を観賞しましょう」

と、憶良は卓上の「柿本人麻呂之歌集」該当箇所を広げた。

第二十四帖　歌聖水死　――その三　挽歌の波紋――

……大御身《おほみみ》に　太刀《たち》取り帯《は》かし　大御手《おほみて》に　弓取り持《も》たし　御軍士《みいくさ》を　率《あとも》ひたまひ
ととのふる　鼓《つづみ》の音は　雷《いかづち》の　聲と聞くまで　吹き響《とよ》むる　小角《くだ》の音《おと》も　敵《あた》見たる
虎《とら》かほゆると　諸人《もろひと》の　おびゆるまでに　ささげたる　幡《はた》のなびきは　……
（柿本人麻呂　万葉集　巻二・一九九）

（十一）高市皇子尊《たけちのみこのみこと》挽歌の波紋

「持統女帝は人麻呂殿に、太政大臣の殯《もがり》に歌う挽歌の作成を命じられました。人麻呂殿は、この時持統女帝がいささかも悲しんでいないことに、違和感を覚えました。人麻呂殿の歌人としての鋭い感性が、微妙な空気を読み取ったのです。――壬申の乱の時、大海人皇子（天武帝）と鸕野讃良《うののさらら》妃（持統女帝）は後方にいたとはいえ、高市皇子は戦友のはずである。総指揮官として第一線で剣を振るったのはまだ十九歳の高市皇子であった。持統女帝が今あるのは、命を賭けた皇子の奮戦の成果ではないか。女帝に代わり太政大臣として壮大な藤原京を造営されたというのに、女帝は何故慨嘆されないのであろうか。ご病気ではなかった皇子が急逝されたのは……巷間《こうかん》密かに囁かれている暗殺……なのか

――人麻呂殿は強く意識しました」

憶良の言葉の一つ一つが意味を持っていた。

「人麻呂殿は顔色を変えず『承知しました。すぐに作成します』とお応《こた》えになりました。

「数日後、女帝が手にした挽歌は、空前絶後の長歌であり、その内容は殯歌《もがりうた》の常識や慣例を遥かに超えていました」

「具体的には？」

坂上郎女が身を乗り出した。

「書き出しは恒例のように、父上天武帝の即位からご崩御を述べています。しかしすぐに壬申の乱での天皇や高市皇子尊ご自身の奮戦のありさまを極めて具体的に述べ、更に、乱の平定後の皇子尊《みこのみこと》の政事まで書かれています。末尾は恒例の通り、皇子尊のご薨去と官人たちの悲しみ、および作者人麻呂殿の感慨です」

「わが国では初めての壮大なる叙事詩であり、当時吾は感動したものだ。まるで文選《もんぜん》の漢詩のようであった」

「その通りでございます」

漢詩漢文に詳しい旅人の補足であった。
「ある学者が――わが国の歌としては異質なくらい雄大で、溶岩が流れるような力感を持っている――と、絶賛された部分と、反歌の一つを、それがしが書き出してみました。皆で大声を出して、この美文を詠唱しましょう」

……大御身《おほみみ》に　太刀《たち》取り帯《は》かし　大御手《おほみて》に　弓取り持《も》たし　御軍士《みいくさ》を　率《あとも》ひたまひ
ととのふる　鼓《つづみ》の音は　雷《いかづち》の　聲と聞くまで　吹き響《とよ》むる　小角《くだ》の音《おと》も　敵《あた》見たる
虎《とら》かほゆると　諸人《もろひと》の　おびゆるまでに　ささげたる　幡《はた》のなびきは　冬ごもり
春さり来《く》れば　野ごとに　著《つ》きてある火の　風のむた　なびくがごとく　取り持てる
弓弭《ゆはず》の騒《さわき》　み雪降る　冬の林に　飄風《つむじ》かも　い巻き渡ると　思ふまで　聞《きき》の恐《かしこ》く
引き放つ　矢の繁《しげ》けく　大雪の　亂《みだ》れて来たれ　まつろはず　立ち向ひしも　露霜の
消《け》なば消《け》ぬべく　行く鳥の　争《あらそ》う間《はし》に　渡会《わたらひ》の　斎宮《いつきのみや》ゆ　神《かむ》風に　い吹きまどはし
天雲を　日の目も見せず　とこやみに　覆《おほ》ひたまひて　定めてし　瑞《みず》穂《ほ》の國を……

はにやすの池の堤《つつみ》の隠沼《こもりぬ》の行方《ゆくへ》を知らに舎人《とねり》は惑《まど》ふ
（柿本人麻呂　万葉集　巻二・二〇一）

一家と憶良の合唱が終わった。

「この挽歌を持つ持統女帝の手は怒りに震えていました。――わが子草壁の時には、見事な修辞の殯歌と感動した。だから人麻呂を人一倍取り立てた。しかしこの高市皇子への殯歌は何だ！　余りにも見事すぎる。草壁の挽歌がみすぼらしく見える。人麻呂は何故このような長大勇壮な殯歌を作ったのか？　確かに草壁に比すれば、高市は素晴らしかった。だからと言って、これほどの賛辞は過大だ。わらわに対する当てこすりか！　――燃ゆる炎を抑え込み、女帝は冷ややかに申しました。『さすがは人麻呂ぞ、空前絶後の見事な殯歌じゃ。高市皇子はやすらかに黄泉の国へ行けるであろう』と」

その時の様子が目に見えるようであった。

「人麻呂殿は、女帝の顔と声に、不興を知りました。――すべて覚悟の上だ。いつまでも宮廷歌人として追従《ついしょう》の歌ばかり詠んではいられぬ。一生に一度ぐらいは虚飾に満ちた殯歌ではなく、わが心を吐露した作品を後世に残したいとの思いで作ったのだ。当時の戦士たちの語る史実に基づいた英雄の叙事詩なのだ――と、割り切っていました。高市皇子が、白村江の戦いと壬申の乱の二つの大激戦を実体験され、さらに藤原京造営という大事業を完成させているだけに、歌人としての人麻呂殿にとっては、空虚な修飾語は不要でした。更に、人麻呂殿は、持統女帝の心の内を読み取っていました」

「ほう。女帝の心の内――とは？」

旅人が説明を求めた。

「ご夫君崩御後の高市皇子派の追放と近江派の重視です。例えば皇位継承順位二位の大津皇子の謀殺、硬骨の重臣、大三輪高市麻呂中納言の諫言《かんげん》無視と辞任追い込み、藤原史の判事抜擢、中臣氏や巨勢氏など近江朝重臣子孫の登用、近江崇福寺での近江派戦死者供養、それに高市皇子の暗殺です。女帝の寵愛は、人麻呂殿から藤原史に移っていました。間もなく人麻呂殿は中宮大夫の職を解かれ、地方との連絡や歌の収集を命じられました。体のいい追放です」

「なるほど、それで旅の歌が多くなったのか」

「はい。持統女帝最後の仕上げは、太政大臣、実質皇太子の高市皇子の急逝に伴い、草壁皇子の遺児、珂瑠（軽）皇子の立太子でしたが、これが予想以上にこじれました」

一家は皇統の秘話に固唾を飲んで聞き入っていた。

（十二）珂瑠皇子立太子と即位

憶良は一枚の系図を広げた。

「ご覧ください。当時の天智帝と天武帝の皇位継承者一覧表です。これまでに亡くなられた方には×を付けています。吉野の盟約の六皇子は太字です」

	皇子のご生母	皇子	皇孫
天智帝系	（伊賀宅子娘）	×大友皇子（自害）	葛野《かどの》王
	（色夫古娘）	×**川島皇子（病死？）**	
	（越道君伊羅都売）	**志貴皇子**	

天武帝系（鵜野讃良・持統帝）——×**草壁皇子**（**病死**）——珂瑠《かる》（軽）皇子
（大田皇女）——×**大津皇子**（**刑死**）
（大江皇女）——長皇子
　　　　　　　└弓削皇子
（新田部皇女）——舎人皇子
（五百重娘）——新田部皇子
（太蕤娘）——穂積皇子
（尼子娘）——×**高市皇子**（**暗殺？**）——長屋王
（宍戸檝媛娘）——**忍壁皇子**（**失脚**）
　　　　　　　└磯城皇子

「これは分かり易いな。天武帝は多くの皇子を残されたが、問題も残されたな」

「その通りです。持統女帝は高市皇子の薨去後ただちに皇族、公卿、および五位以上の官人を招集され、群臣会議で後継の皇太子を議論させました。天智帝と対照的に、天武帝は妃や采女に多くの皇子を産ませていました。多くの皇子が成人でしたが、珂瑠皇子はまだ十四歳だったからです」

「なるほど手順を踏まれたのだな」

「はい。議論が甲論乙駁《ばく》の様子に、葛野王《かどのおう》が立ち上がりました。壬申の乱の犠牲者、大友皇子の遺児で、亡母は天武帝皇女・十市《とおち》皇女です。天智、天武の孫になります」

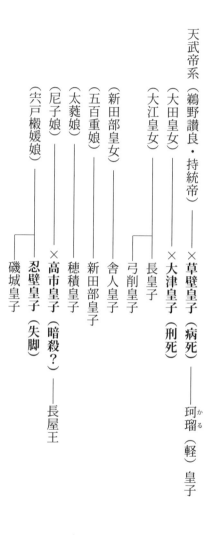

憶良は葛野王の声音に変えた。

葛野王『皆の者、論議は尽くされた。わが意見を述べよう。第一に、わが国では神代の昔から親子間の皇位継承が原則である。兄弟間の継承は争いの元になる。第二に、どの皇子が皇太子に最も相応《ふさわ》しいかといっても、誰も分からぬ。したがって、血筋や長幼を考慮すれば、皇嗣はおのずから定まる。これ以上の議論は無駄である』

「このとき弓《ゆ》削《げ》皇子が立ち上がり、葛野王に質問しようとしました」

葛野王『黙れ！　問答無用！』

「と一喝されました。弓削皇子のご生母は天智帝の皇女・大江皇女です。吉野の盟約の時には少年でしたが、今は二十三歳の青年で、同母兄・長皇子とともに皇位継承者としては高い地位にありました。弓削皇子は兄の長皇子を推すつもりでした。それが抑え込まれたのです。議場がシーンとなった時、藤原不比等が立ち上がり、葛野王を支持して、皇位継承が決まり、会議は解散になりました」

一家の脳裏には弓削皇子を一喝する若い葛野王と不比等の姿が描かれていた。

「葛野王は壬申の乱以後、肩身の狭い思いをしていました。この群臣会議での発言内容と、万一質問が出た場合の対応策は、すべて藤原史の筋書きでした。持統女帝は葛野王の対応を称賛され、高く評価されました。後日、正四位上、式部卿に抜擢されました」

「持統女帝、葛野王、藤原史（不比等）……まさに近江派の復活、天武派の抑え込みだな」

「その通りでございます。葛野王の発言の結果、翌十一年（六九七）二月、十五歳の珂瑠皇子が立太子されました。さらに半年後の八月、持統女帝は退位され、珂瑠皇太子が文武天皇として即位されました」

「高市皇子が薨去されるのを待っていたように、持統天皇は譲位されたことになりますわね。祖母様のご執念が、高市皇子のお命と引き換えに実現されたように見えます……」

「陰陽師津守通《つもりのとおる》の候《うかみ》が、毒を盛ったのでしょうが、証拠はございませぬ」

「当時密かに暗殺説が流れたが、口にすることは危険であったな」

と、旅人が呟《つぶや》いた。

「その通りでございます。ただ高市皇子の薨去により、宮廷が激変しました。判事の藤原史は不比等と改名され、その女《むすめ》、宮子を十五歳の新天皇の夫人《ぶにん》として入内させました。当時持統女帝が、愛孫珂瑠皇子の立太子に安堵され、詠まれた歌が有名です」


春過ぎて夏来《き》たるらし白たへの衣《ころも》ほしたり天《あめ》の香具山

（持統天皇　万葉集　巻一・二八）

珂瑠皇子の舎人でありました人麻呂殿は、この群臣会議に出ていましたが、持統女帝の寵は失っており、冷やかに政権の推移を観ておりました。『春』は天武帝、『夏』は持統女帝、『衣』は高市皇子の隠喩《いんゆ》と見破りました」

「なるほど。叙景歌に見せかけた隠喩か。高市皇子のお館は香具山の麓であったな。持統女帝の勝利宣言か。文武帝は、天武帝の嫡孫ではあるが、ご生母、阿閉《あへ》皇女は天智帝の皇女ゆえ、どう見ても天智の血統が濃いな。それにまた天智帝のご落胤、不比等の女、宮子の入内か。蘇我の皇統支配を上回る凄まじさだな」

「御意《ぎょい》にござります。分かり易く書いてみましょう」

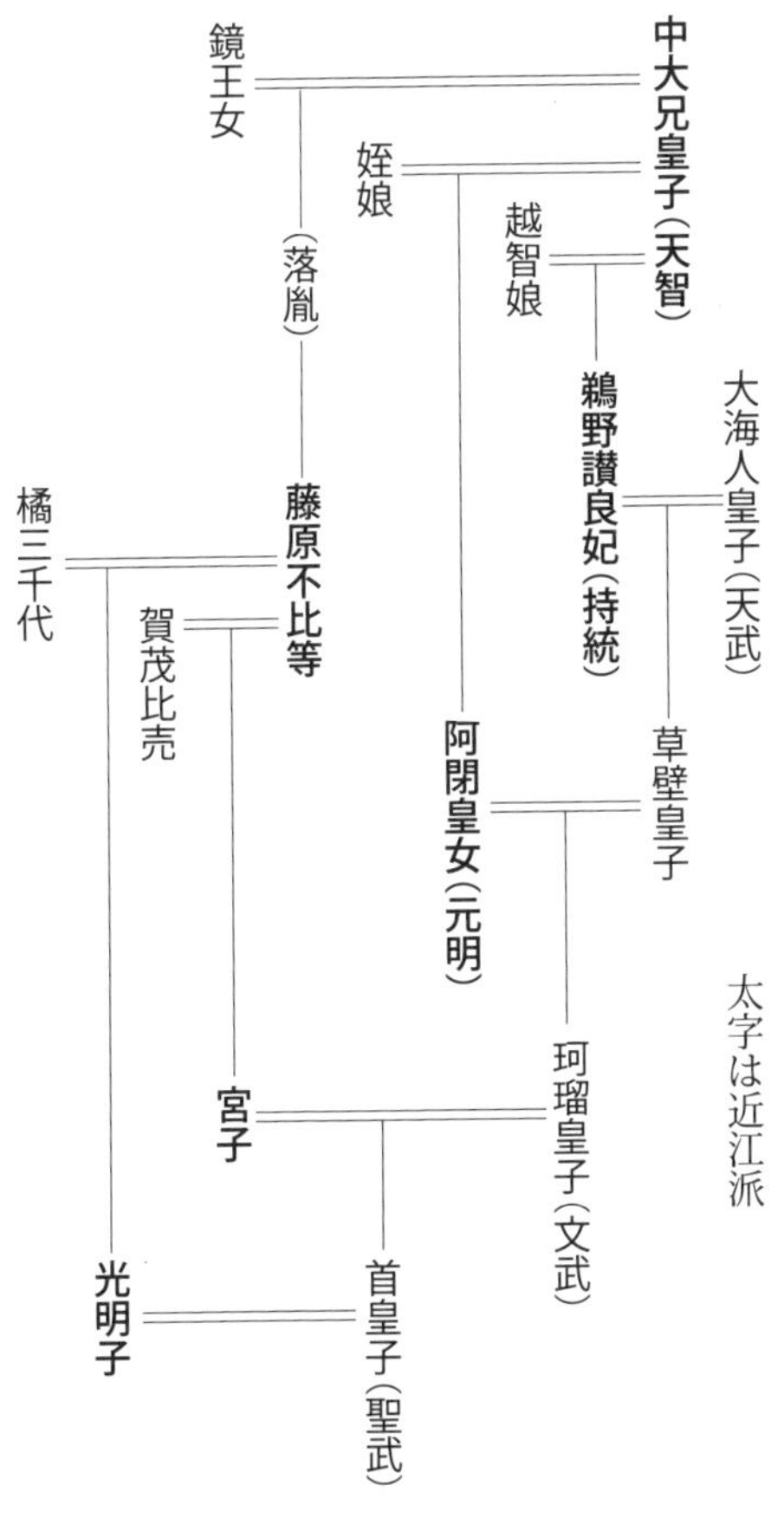

「見事なまでに近江派による外戚支配でございますわね」

と、坂上郎女が感心していた。

「先生、群臣会議で発言を抑えられた弓削皇子はその後どうなったのでしょうか？」

家持が心配顔で質問した。

「ちょうど三年後、すなわち文武三年（六九九）七月、突然薨去《こうきょ》されました。御年二十七歳の若さでした。弓削皇子の薨去も、持統上皇による処罰という噂もありますが、これは色恋沙汰が絡《から》んでおり、旅人殿はよくご存じなので、本席では省略しましょう」

（読者には令和万葉秘帖――落日の光芒――で披瀝《ひれき》する）

「持統女帝は藤原不比等を抜擢しましたが、人の目もありますからすぐに寵臣にするわけにはいきませぬ。人麻呂殿と不比等を両天秤にかけて、競わせていた節があります。人麻呂殿はまだ皇室関係者の殯歌の作成を、女帝から命ぜられていました。同時に、皇子たちの功績を讃える献歌も多数あります。これらの宮廷儀礼歌は宮廷歌人としての活躍の証拠ですから、挽歌とともに献《たてまつ》れる歌も列挙してみましょう。個々の歌は省略します」

と言って、憶良は半紙に書き連ねた。

挽歌　草壁皇子尊、高市皇子尊、川島皇子、明日香皇女（忍壁皇子妃）

献歌　珂瑠皇子、忍壁皇子、長皇子、舎人皇子、新田部皇子、弓削皇子

「なるほど、人麻呂殿は従四位下の貴族として、宮中ではまだまだ闊歩《かっぽ》されていたのだ」

「仰せの通りです。しかし持統女帝の天武系への圧力は厳しくなっていました。一例ですが、弓削皇子の亡くなる二カ月前、五月に、役行者《えんのぎょうじゃ》、小角《おづぬ》が伊豆へ流されました。表面上の罪は――言動で人々を惑わせている――との讒言《ざんげん》によるものです。しかし実際には行者は熱心な修験者でした」

「先生、――たしか壬申の乱の時、役行者の協力で、お弟子たちが、大津京に人質のようになっていた高市皇子と大津皇子を、別々に、見事に救出した――と、お聞きしました。持統上皇にとっては、草壁皇子だけが大事だったので、ご夫君大海人皇子のなさったこととはいえ、役行者の二人の皇子救出手助けは余計なお節介だったのですね」

「その通りです。役行者は二年後、大宝元年正月の大赦でご生地の茅原《ちはら》へ戻られ、亡くなられましたが、持統上皇の近江派重視、天武派圧迫の事例として追加しました。さて、脇道から本論に戻しましょう。文武天皇、と言っても実質持統上皇の近江派重用、天武系皇子の懐柔策は続きます。本日は大長講ですから、一服しましょう。若たちは背伸びをしてください」

そう気を使って、憶良は厠に向かった。

（十三）大宝改元と大人事異動

「文武帝の四年（七〇〇）、文武帝、実際には持統上皇、は新しい法律を作るように、忍壁《おさかべ》（刑部）

皇子と藤原不比等に命じました。忍壁皇子はこの頃親王と名乗ることを許されていました。持統上皇の懐柔策でした。新法は、実質的には藤原不比等が作成しました。不比等は持統上皇の寵臣として、政権の中枢に昇格していました」

講論の内容は現代史になっていた。僅か二十数年前である。生々しくなった。

「大宝元年（七〇一）には人事はじめ大異動があったので、表にしましょう。位階は今風に直しています。不比等はもとより大伴家もそれがしも、また人麻呂殿も大きく関係します」

と、憶良は半紙にすらすらと筆を運んだ。

（わが大伴と憶良先生の関与？　人麻呂殿も？）

一家は緊張して、目で追う。

一月十五日　正三位大納言・**大伴御行**　**薨**　正二位　右大臣追贈（壬申の乱功臣）
　　　　　正四位下中納言・**藤原不比等が弔問と追贈の詔の使者**
一月十八日　大射の礼中止（大伴御行右大臣の喪中につき）
一月二十三日　遣唐使節任命
　　　　　執節使　従四位上民部卿　粟田真人《まひと》
　　　　　大使　正五位下左大弁　高橋笠間《かさま》
　　　　　副使　従五位下右兵衛率《かみ》　坂合部大分《さかいべのおおきだ》
　　　　　判官三名、大録一名、少録二名（**末席無位　山上憶良**）

「えっ、憶良様は当時無位だったのですか」

と、坂上郎女が驚いた。

「叔母上、吾らは前の講義で存じています。先生は粟田卿の大抜擢だったのです」

憶良はそ知らぬふりで書き続ける。

三月二十一日　対馬から金が献上され、年号を『大宝』とする。（実際は金ではなかった）
新令（大宝令）により、官名と位号改正。昇格昇叙の人事。
左大臣　正二位　多治比嶋《たじひのしま》
右大臣　従二位　阿倍御主人《みぬし》（大納言より昇叙）
大納言　正三位　石上麻呂《いそのかみまろ》（中納言より昇叙）
大納言　正三位　藤原不比等（中納言より昇叙）
大納言　従三位　紀麻呂（中納言より昇叙）
中納言　従三位　大伴安麻呂
（三年後、景雲二年（七〇四）紀麻呂卿薨去により、安麻呂卿大納言に昇叙）

「この人事で分かりますように、持統四年（六九〇）判事で官人になった不比等は、僅か十年の間に正三位大納言にまで昇格昇叙しました。大伴の氏上、安麻呂殿は中納言に据え置かれました。ここにも近江派の抜擢、天武派への圧迫が見られます」

「そうであったか。すべて持統上皇による則天武后流の垂簾《すいれん》政治だったのだ。持統上皇の寵愛は、人麻呂から不比等へと心変わりなされたのだな」

憶良は黙って頷いた。

八月三日　大宝律令完成
九月十八日　天皇紀伊行幸
十月八日　天皇牟婁《むろ》の湯（白浜温泉）
宮廷歌人　長意吉麻呂《ながのいきまろ》、柿本人麻呂「有間皇子の挽歌」を詠む
山上憶良も追和

「これらの挽歌は、第十二帖『松は知るらむ』で講義しました」

「はい。覚えております」

「——人麻呂も有間皇子を悼《いた》んだ——と知った持統上皇は、烈火のごとく怒りました。——有間皇子を悼むということは、わが父・中大兄皇子が酷《ひど》いと、暗に非難しているものだ。高市皇子への壮大な挽歌といい、今回の有間皇子への追悼歌といい、わらわへの当てこすりか、許しがたい。いい機会だ——と、人麻呂殿を宮廷から追放されました。そればかりか、以後、人麻呂殿を『猨』と面罵《めんば》しました」

「まあ、ひどい。なぜ『猨』なのですか、憶良様？」

「——柿の木には人ではなく猿が似合いだ——と、申されたとか」

「先生、思い出しました。則天武后が、前の皇后や妃の一族に『梟《ふくろう》』とか、動物の名を付け、侮蔑《ぶべつ》しました。人麻呂殿が、そんなに憎くなったのですか」

と、家持が驚きを隠さなかった。

「よく覚えておいでです。持統女帝は則天武后を学んでいましたから、無意識に蔑称《べつしょう》が口をついて出たのでしょう。その人麻呂殿が、ある闇の夜、人目を忍んでわが家に参りました。多分、陰陽師《おんみょうじ》津守《つもり》通《とおる》の手下の候《うかみ》の尾行を避けたのでしょう」

憶良の書いた事項は、誰に見られても納得のいく、公式の記録の写しであった。しかし書かれていない背景は、男女の秘め事を含み、奥が深かった。

「憶良殿は当時無位、遣唐使節とはいえ末席の少録。同じ年頃であっても、大舎人、一時は従四位下中宮大夫の人麻呂殿とは、人生で接点はなかったはずだが……」

「皆無でした。ただ、一つ、別々ですが、有間皇子の追悼歌を詠んだという共通の行為があります」

「なるほど。ところでそなたと人麻呂殿の会談の内容は何だったのか、興味深い」

（亡き義姉上が病を押して聴講しただけのことはある）

坂上郎女は、一流の男の世界の命を賭した行動に、女であることを忘れていた。

（十四）言霊《ことだま》

「子《ね》の刻（真夜中の十二時）黒衣黒覆面で訪れてきた人麻呂殿は、初対面の挨拶もそこそこに、こう申されました」

憶良は人麻呂に変身していた。

人麻呂『憶良殿が和歌を詠まれるとは存じなかった。有間皇子を追悼することは、その行為自体が、持統上皇の勘気に触れることは自明である。しかし、意吉麻呂《いきまろ》も貴殿も思い切って詠んだと、感心している。それがしはこれまで持統上皇の深い寵を受けてきたが、ある時期からその寵は不比等卿に移った。それがしはこれまで宮廷歌人として、虚飾に満ちた追従歌《ついしょうか》を多数作り、一応の名を成したが、心の中ではいつか真の和歌を作りたいと思ってきた。その一つが、高市皇子尊《たけちのみこのみこと》への殯歌《もがりうた》であり、有間皇子への追悼歌である。また、禁断の恋が漏れて、宮中から追放され、故郷にも帰れず自ら水死する哀れな采女たちをも追悼している。今回、宮廷から実質追放といえる地方派遣の前に、……お気に障るかもしれぬが……立身出世には無頓着なように見える貴殿にぜひ会って、遣唐使節の皆様に一首を捧げたいと持参した。受け取ってもらえないか』

「と、折りたたんだ半紙をそれがしに差し出しました。小さな燭台にかざしてみますと、長歌と反歌が書かれていました」

遣唐使節の成功を祈り柿本朝臣人麻呂謹んで詠む

葦原の　水穂の國は　神《かむ》ながら　言擧《ことあげ》せぬ國　しかれども　言擧《ことあげ》ぞわがする
言幸《ことさき》く　まさきくませと　つつみなく　さきくいまさば　荒磯《ありそ》波　ありても見むと
百重波　千重波にしき　言擧《ことあげ》す吾は　言擧《ことあげ》す吾は

（柿本人麻呂　万葉集　巻一三・三二五三）

しき島の日本《やまと》の國は言霊《ことだま》のさきはふ國ぞまさきくありこそ

（柿本人麻呂　万葉集　巻一三・三二五四）

「――この葦原の瑞穂《みずほ》の国は、神様に任せて、わざわざお祈りをしなくてもよい国です。しかし吾は、敢えてお祈りをします。言葉に含まれる神の精霊が働いて、幾重の波を乗り切って、無事に船旅を終え、帰国してください。磯辺の波を見ながらお待ちしています――との人麻呂殿の心のこもった名歌です。それがしは押し頂き、人麻呂殿の手を固く握り、実質四十年の空白を埋める遣唐使節の大役を無事果たすと決意し、帰国後の再会も約束しました」

「そうであったか。人麻呂殿とそなたとは、そのような秘話があったのか。分かったぞ。大唐から帰国の出港の際に、そなたが詠んだあの『いざ子どもはやく日本へ……』の名歌は……」

「お祭しの通りです。それがしが詠んだというよりも、言霊がそれがしに憑依《ひょうい》し、詠ませられた――という表現が本音でございます」

坂上郎女は、憶良の語る『大唐見聞録』を聴いていないことを残念に思った。

余談であるが、後年、筑前守を終えて京師《みやこ》で隠棲《いんせい》している時、第九次遣唐使節大使、多治比廣成が、憶良の教えを乞うてきた。憶良は昔日《せきじつ》を懐旧して、『好去好来《かうこかうらい》の歌』（万葉集巻五・八九四）に、――言霊の　幸はふ國と……――詠みこみ贈り、廣成を感動させた。（令和万葉秘帖　長屋王の変　第十二帖　終の手配り）

万葉集の歌の中で『言霊』を使ったのは、人麻呂と憶良のほか多くはない。言霊を信じる感性の高い二人だから使える重い表現であろう。

「さて、それがしら九名の遣唐使節は、翌大宝二年（七〇二）六月、三隻に分乗し出港し、二年後の景雲元年（七〇四）七月、無事帰国しました。幸運でした。帰国後間もなく、人麻呂殿が深夜訪れてきました。尾羽打ち枯らした姿でした」

一家四人は憶良の一言一句聞き漏らすまいと、集中していた。

「それがしは『人麻呂殿の言擧《ことあげ》のおかげで全員が無事帰国できた』との、粟田の大殿の感謝の言葉を伝えました。人麻呂殿は大変喜ばれました。渡唐していた二年間に、特筆すべき事態が起きていました」

（何だろう）

と少年二人は緊張した。

第二十四帖　歌聖水死　――その四　不比等の判決――

鴨《かも》山の岩根しまける吾をかも知らにと妹が待ちつつあらむ
（柿本人麻呂　万葉集　巻二・二二三）

（十五）以心伝心

「それがしらが大唐に渡った半年後の十二月、持統上皇が崩御されていたのです。上皇は鵜野讃良皇女としての幼い時、母方の祖父、蘇我倉山田石川麻呂の自害や、ご生母の自死を経験され、壬申の乱の直前には、お父上天智帝の大津京から、夫君大海人皇子と脱走され、壬申の乱では異母弟、大友皇子と戦われました。天武帝を輔佐されて、この国を律令国家に仕上げた女傑でした。人麻呂殿を寵愛され、登用され、歌人としての声価を高められた方です。しかし、人麻呂殿は、持統上皇への挽歌を詠まれていませんでした。淡々と上皇の崩御をそれがしに告げた人麻呂殿の言葉に、二人の間の深い断絶、いや亀裂を感じ取りました」

長講であったが、一家四人は空腹を感じていなかった。

「雰囲気を変えようと、それがしは現地を出発するときに詠唱した『いざ子ども…』の歌を、おそるおそる披露しました。途端に、人麻呂殿は頬を赤めて『傑作です。これこそ言霊のこもった歌です』と絶賛してくれました。それがしは子供のように自信を得ました。一方人麻呂殿は、この頃、歌を詠まれていませんでした。それがしは、人麻呂殿に、大唐の宮中で閲覧した『芸文類聚百巻《げいもんるいじゅう》』の話を致しました。さらに、せめて和歌の類聚は作りたいと述べました。過日、旅人殿にお話し、若たちに講論した内容です。以心伝心というのでしょうか。人麻呂殿は深く頷きました。生き生きした顔になりました」

「ほう、生き生きした顔に？」

「はい。人麻呂殿はこう申されたのです」

人麻呂『憶良殿、恥ずかしながら人麻呂、今目覚めました。それがし、若き頃、歌倡優《うたわざひと》として名を成そうとの出世欲から、地方の名もなき者の作った良き歌などを、書き留めてまいった。良き歌を作る参考にとの私欲であった。それがし今は宮廷歌人ではなく、地方国衙《こくが》との連絡などの端役《はやく》にこき使われている。これまでは怒りを抑えてきたが、これとてまことに恥ずかしい。世を拗《す》ねていたわ。今後は、世の中や風景、あるいは感興《かんきょう》を、有りのまま、感ずるままに詠んでみよう。その歌稿と収集歌を、そのうち憶良殿にお見せしたい。明日への希望ができた。再会を楽しみに、さらば』

武将旅人は、歌聖と碩学二人の夜更けの対談の奥深さを知った。

憶良にとっては、優れた文人旅人ならこそ話せる内容だった。

「それが人麻呂殿との最後の会話でした」

「ということは、この人麻呂殿の歌集は、もしや……」

「人麻呂殿が横死《おうし》された後、忠実に使えた小者が、ひそかに届けてくれた遺稿と、妻女と実名を隠した親友の挽歌でございます。不比等卿に気付かれてはならない極秘の歌集でございます」

そういって憶良は、卓上の『柿本人麻呂歌集』に合掌した。

「そうか。瀬戸内の景勝の歌など羇旅歌《きりよか》に名歌が多い。また行き倒れの死者や水死者を詠んだのも、そなたとの邂逅《かいこう》の後か」

「はい。明石大門の歌を、悟りきった人麻呂殿の心境で、もう一度鑑賞してみましょう」

ともし火の明石《あかし》大門《おほと》に入らむ日やこぎ別れなむ家のあたり見ず
(柿本人麻呂　万葉集　巻三・二五四)

天《あま》ざかる夷《ひな》の長道《ながぢ》ゆ戀ひ来《く》れば明石の門より大和島見ゆ
(柿本人麻呂　万葉集　巻三・二五五)

「皇室賛歌には比すべくもない、けれんみのない名歌でございます。憶良様の解説に心服しました」
坂上郎女は講論の醍醐味を満喫して、陶然となっていた。
「行き倒れの死者を詠んだ歌もございます。昔の人麻呂殿なら見捨てましょうが、不比等卿の冷たい目を背にしての日々でしたから、いつも『死』を予感していたのでしょう。防人《さきもり》や労役に使われた農民や浮浪者などの行き倒れは、当時も多かったのです」

沖つ波来《き》よる荒磯《ありそ》をしきたへの枕とまきて寝《な》せる君かも
（柿本人麻呂　万葉集　巻二・二二二）

「この歌は、人麻呂殿が讃岐の狭岑《さみね》島（坂出市沙弥《しやみ》島）の石《いわ》（岩場）の中に倒れ臥《ふ》している死者への鎮魂の歌です。藤原京造営の使役に駆り出されたと思われる香久山の屍《しかばね》を詠んだ鎮魂歌もございます」

草まくら旅の宿《やどり》に誰《た》が夫《つま》か國忘れたる家待たまくに
（柿本人麻呂　万葉集　巻三・四二六）

「――故郷では帰りをさぞかし待っているであろうに――と、遺族にも憐憫《あわれみ》の情を寄せています。同時に、このような行路死人《こうろしにん》に冷淡な政事《まつりごと》を間接に非難しています。これらの歌の前に宮廷を追放された采女の水死を悼んでいますが、これも人情味のない宮廷への批判でしょう」

「為政者として、吾らは心せねばならぬな」

「御意《ぎょい》」

「先生、この歌は前に習いました厩戸皇子（聖徳太子）の歌に似ていますね」

と弟の書持が意見を述べた。

（兄弟ともに記憶力がよい。教え甲斐があった）

憶良はにこりと微笑みを返した。

「どうぞ詠唱を」

書持が姿勢を正して朗唱した。

家にあらば妹が手まかむ草まくら旅に臥《こや》せるこの旅人《たびと》あはれ

（聖徳皇子　万葉集　巻三・四一五）

「お見事です。この頃人麻呂殿は、厩戸皇子と同様に仏のような心がありました」

（憶良様が、傷心の人麻呂様を立ち直らせたのか……）

坂上郎女は、今や畏敬の眼で憶良を見つめていた。

「では次に人麻呂殿の石見《いわみ》国での最期を語りましょう」

部屋に緊張感が溢れた。

（十六）歌聖水死

「人麻呂殿は行路死人歌を詠んだのち、数年は歌作をなさっていませぬ。ご最期は京師《みやこ》からはるかに遠い流刑の地、石見国で、自傷歌を残されました。この間の朝廷の主な動きと、大伴氏やそれがし関係の人事、および人麻呂殿の作歌活動を書いてみましょう。藤原不比等卿の異例の昇格・昇叙など太字にご注目ください」

大宝元年（七〇一）　**柿本人麻呂『遣唐使節派遣に際しての歌』**
　首皇太子《おびと》（聖武帝）誕生

二年（七〇二）六月　遣唐使節出港
　十二月　**持統上皇崩御**

景雲元年（七〇四）七月　遣唐使節帰朝
　柿本人麻呂『羇旅歌八首』「筑紫下向二首」『石中死人歌』『行路死人歌』

二年（七〇五）四月　中納言　正四位下　粟田真人（昇叙）
　八月　従三位　正四位下中納言　粟田真人（昇格）

（遣唐使節の功績）
大納言　従三位　大伴安麻呂（昇叙）
十一月　大宰帥　従三位大納言　大伴安麻呂（兼任）
四年（七〇七）六月　**文武天皇崩御（享年二十七歳）**
七月　阿閉皇女（文武帝ご生母）即位（元明天皇）
「近江朝天智天皇の方針を継承する」と詔
和銅元年（七〇八）一月　武蔵国秩父より銅献上。和銅に改元
正二位　従二位・大納言　藤原不比等（昇格）
三月　右大臣　正二位・大納言　藤原不比等（昇叙）
四月　**従四位下　柿本朝臣佐留　卒去**（享年五十一歳）
柿本人麻呂『石見自傷歌』

「なるほどこの時系列表は面白い。人麻呂殿の没落と、不比等の栄達は対照的だな。行路死人の歌など詠まれた後、最後の自傷の歌までの間は、何をなされていたのか？」

「繰り返しになりますが、それがし帰国直後に人麻呂殿と面談したとき、唐の『芸文類聚』に触れ、――せめて和歌の類聚だけでも作りたい――と話しました。人麻呂殿は、晩年の数年間、地方に追放流浪《るろう》の旅を強いられましたが、これを奇貨《きか》として、歌の収集をなされていたのだと推察しています。歌を詠む心境にはなかったのでしょう。人麻呂殿は、持統女帝と文武帝（珂瑠皇子）という身近だっ

た方の挽歌すら詠んでいませぬ。前にも述べました『心の断裂』がうかがえます」

「なるほど」

「小者一人を連れての旅ですから、持ち物は限られます。貴重な紙に書き残すには、詞書《ことばがき》も左注《さちゆう》も作者名も割愛《かつあい》して、本歌のみ記録されたのでしょう。それも自作歌と分別するために、わざわざ表記を変えたのだと推測しています」

「歌を集めても持ち運びするには本綴にして一冊だろう。せいぜい数百首が限度だな。この歌集はそのご苦労の結晶だな」

「はい。人麻呂殿の心血が込められております。ではご最期までを説明致します」

全員が姿勢を正した。


「景雲五年正月十一日、武蔵国の秩父から熱銅（自然にできた銅）が献上され、元明女帝（文武帝の母）はおめでたいと、年号を『和銅』と改元されました。不比等は同じ従二位の石上麻呂《いそのかみのまろ》とともに正二位に昇格、さらに三月には、石上麻呂が左大臣、不比等が右大臣に昇叙しました。表面上は在来貴族と近江派の均衡をとっていますが、元明女帝がご即位の際——近江朝天智帝の方針を継承する——との詔《みことのり》を出されました」

「草壁皇子は天武帝の御子であり、文武帝は嫡孫になるので、文武帝の後の天皇は、天武の政事を引き継いだと思っていましたが、天智帝のご方針を継ぐとの詔は解せませぬが」

と、坂上郎女が首を傾《かし》げた。

「元明天皇（阿閇皇女）は、中大兄皇子の皇女でございます。持統上皇には異母妹になります。お父上天智天皇の血が濃い方でございますから……」

（天武帝の男系の世と思っていたが、いつしか天智の女系の世に代わっていたか）

一家四人は黙って頷く。

「元明帝は全権を、天智落胤の不比等に任せました。右大臣になった不比等は、翌四月、石見国に派遣されていた柿本人麻呂殿に、死刑を宣告されました」

「死刑！」

兄弟が悲鳴を上げた。

「罪名は何でございましょうか？」

坂本郎女が眉をひそめながら訊ねた。

「――今は亡き持統先帝を、誑《たぶら》かし奸《おか》した罪が発覚した。昔日《せきじつ》とはいえ今上帝《きんじょうてい》を奸した罪は、本来断罪である。しかし、皇室の方々の殯歌、献歌の功績に免じ、罪一等減じて、自死を命ず――との判決文でございました」

「持統女帝と人麻呂殿の艶やかな噂は、当時、吾の耳にも入っていたが、やはり事実であったか」

と、旅人が憶良を見た。

「艶聞《えんぶん》は事実ですが、判決文の内容は正確ではありませぬ。人麻呂殿は、持統女帝の誘惑を断り切れずに、閨《ねや》に引きずり込まれたのです。やむなく応じた、つまり強奸《ごうかん》ではなく和奸《わかん》なのです。人麻呂殿は歌倡優《うたわざひと》として後宮の人気者でした。事実、官女の一人を妻にしています。依羅娘子《よさみのおとめ》という宮廷の官女でした。人麻呂殿は彼女を愛しており、命を賭けて持統女帝を奸《おか》すごとき、危険な考えは毛頭ありませんでした。しかし、いったん男女の仲になりますと、以後、不比等が出現するまで、閨のお相手をされていたのは事実です。強奸罪の適用は誤っています」

「憶良殿がそう申されるのは、何か証拠があるのか？」

憶良はにこりと笑って、懐から一枚の古ぼけた紙を取り出した。

「この紙に書かれている歌に含まれる暗号です。内容の説明は最後にして、引き続き人麻呂殿の処刑の状況や挽歌を話しましょう」

「憶良様のいつものように『お楽しみ先延ばし』でございますわね」

(歌に含まれる暗号？……候《うかみ》の世界は奥が深いな)

「前にも述べましたが、人麻呂殿は不比等が右大臣になった時、自分の命は絶たれると覚悟されていました。――持統上皇ご存命中は、不比等は上皇の名誉にかかわるこの件に触れることはない。しかし崩御後は、吾に濡れ衣を着せることは容易である。しかも吾は、不比等が吾とは逆に上皇を誑《たぶら》かしたことを知っている。上皇だけではない。元明女帝とも通じている。宮中で才媛の誉れ高かった女官、橘三千代に横恋慕し、夫の美努王《みぬ》を大宰帥として赴任させ、その間に三千代を奸した上に、強引に後妻にした。その手法を……不比等の短期間の異常な栄進は、二人の女帝と……その……――」

憶良は言葉を濁したが、一同は事態を理解していた。

「秘め事を知る人麻呂殿が生きていては、不比等は困ったのですね」

「そうです。これまで人麻呂殿は誰にも不比等の件は漏らさなかったので、生きながらえてきたのです。不比等と人麻呂殿の間の、暗黙の了解といえましょう。しかし、上皇が崩御された時、権勢を把握している右大臣の不比等は、もはや人麻呂殿を生かしておく必要はなくなりました。すぐに、刑死の判決を下したのです。上皇を奸した人にも劣る猿だと、公式記録には――従四位下　柿本朝臣佐留　卒去――と蔑称をわざと残したのです」

「そのようななさり方こそ、犬畜生にも劣りましょうに」

坂上郎女が辛らつに不比等を非難した。

「人麻呂殿が、讃岐や筑紫などあちこち派遣されたことはお話しましたが、晩年は石見《いわみ》の国守の緩《ゆる》い監視下に置かれていました。国守は従五位下ですから、位階は人麻呂殿が上位になります。石見の那賀郡都農《つの》（現島根県江津《ごうつ》市都野津《つのづ》町）に住むしかるべき家柄の小女《こむすめ》を通い妻にしていました。時には上京も許され、巻向山の麓にあった愛妻依羅娘子《よさみのおとめ》の屋敷にも帰っていました。判決文を受け取った時、覚悟はできていました。人麻呂殿は、自死の場所に海岸近くの岬を選びました。人里離れ、海を越えて飛来する鴨が、羽を休める小さな丘で、村人は鴨山と呼んでいました」

家持と書持の目がすでに潤《うる》んでいる。

「人麻呂殿は役人に――現場で辞世の歌を詠むので、小者の竹蔵を連れていく――と、許しを得ていました。岬に着くと、岩根に腰を下ろし、おもむろに筆を取りました。検視の役人たちは、平素歌稿を選んでいる人麻呂殿を畏敬していました。役目柄、自死に立ち会わねばなりません。気乗りしないまま、しかし初めて見る宮廷歌人の作歌の姿に、威圧されていました。人麻呂殿はしばらく目を閉じた後、一気に筆を走らせました」

鴨《かも》山の岩根しまける吾をかも知らにと妹が待ちつつあらむ

「人麻呂殿はこの歌を二回朗詠しました。役人の中には、嗚咽《おえつ》する者もいました。『この歌を京師《みやこ》の妻へ届けよ』と、折りたたんだ半紙を小者に手渡しました。役人たちは黙って見ていました」

深更、切々と語るその時の情景が、一家四人の脳裏に描かれていた。

「人麻呂殿は、もう一枚の和紙を取り出しました。『竹蔵、お前は十五歳の時から、よく仕えてくれた。お前に感謝しているが、与える財貨がない。これから読む歌と、筆墨および、この帷子《かたびら》をお前に与える』と申し、再び筆を取りました」

以呂波耳本反止　千利奴流乎　和加餘多連曽　津祢那良牟　有為能於久耶万

計不己衣天　阿佐伎喩女美之　恵比毛勢須

――色は匂《にほ》へど　散りぬるを　我が世誰ぞ　常ならむ　有為《うゐ》の奥山　今日《けふ》越えて

浅き夢みし　酔ひもせず――

「人麻呂殿は、『わが人生の無常を四七文字で詠んだ。よろしければ吾が事前の供養として、合唱をしてくれまいか』と役人に申しました。彼らは同意しました。岬の上を涼しげな風が吹いていました。人麻呂殿と従者の竹蔵、それに五人の役人が、二度詠唱しました」

「ほう検視の役人が……」

「はい。彼らには判決文の是非は分からずとも、人麻呂殿の人格に傾倒《けいとう》していたのです。彼らの引率者が、おそるおそる人麻呂殿に、『この歌吾らにも一枚書いていただきませぬか。文字を家族にも教えたく……』と願いました。地方を回りながら、口伝え歌を書き留めてきた人麻呂殿は、にこりと笑って、筆を取りました」

「役人たちは宮廷歌人人麻呂殿の筆跡を回し、いろいろと意見を述べていました。その隙《すき》に、人麻呂殿は竹蔵を呼び、和歌と筆墨を手渡しながら、耳元に囁きました。『歌は七に並び替え、七と五を読め。憶良に伝えよ』と。竹蔵は泣きながら頷《うなず》きました」

まるでその場にいたような語りであった。

「人麻呂殿は、威厳のある声で役人に申しました」

人麻呂『さて、お役人がた。自死と申せば、そこらの松に首を括《くく》るか、毒薬を飲むかが普通であろう。しかし吾はこれまで行路死人を数多《あまた》見てきた。人は死に様《ざま》が大事である。吾は柿本の姓ではあるが、もともとは和珥《わに》族である。この石見国のそちらにも和珥の血を引く者もいよう。海の民、和珥族なれば、吾は海で死ぬ。この鴨山の下、石川の川口よりまっすぐ沖へ、力尽きるまで泳ぎ、沖にいるワニ（鱶《ふか》）にわが身を与える。溺死ではない。文字通り水死を選ぶ。この海の流れは西から東へ、わが父祖の地、隠岐《おき》の島に向かう。わが魂は、永遠にこの石見の海に眠る。そちたちはこの山から見届ける者と、海岸で泳ぎ出しを確認する者に分かれ、わが最期を、しかと確かめよ。――従四位下・元中宮大夫・柿本朝臣人麻呂、蔑称佐留《さる》は従容《しょうよう》と自死した――と、右大臣・藤原不比等に報告するがよい。さて、竹蔵、泳ぐにはこの帷子《かたびら》は不要じゃ。わが形見として寝間着にでもせよ。さらばじゃ』

「実は帷子の襟に、砂金を縫い込んでいたのです。竹蔵は折り畳み、押し頂きました。人麻呂殿は下帯一つになって崖を下り、泳ぎ出しました。役人たちは二手に分かれ、人麻呂殿の頭が波間に浮き沈みする様子を、じっと見つめていました。頭はだんだん小さくなり、芥子粒《けしつぶ》のようになり、遂に海面から消えてしまいました。役人たちが、お互いに人麻呂殿の水死を確認しました。ふと気が付くと、竹蔵の姿もいつの間にか消えていました」

ほっとした四人の吐息が憶良に聞こえた。

「その頃竹蔵は鴨山を駆け下りて、宿舎に走っていました。人麻呂に仕えて五年、二十歳の若者は、様々な訓練を受けておりました。走りながら、人麻呂の歌を七言の詩に並び替えておりました。――ご遺言の真意分かりました！　ご安心あれ！――と、泣きながら、叫びました」

「憶良様、何が分かったのでしょうか」

憶良は、講論の初めに卓上に置いた古ぼけた半紙を広げた。

人麻呂の直筆で、七五調の歌が書かれていた。

以呂波耳本反止　千利奴流乎　和加餘多連曽　津祢那良牟　有為能於久耶万
計不己衣天　阿佐伎喩女美之　恵比毛勢須

――色《いろ》は匂《にほ》へど　散《ち》りぬるを　我《わ》が世《よ》誰《たれ》ぞ　常《つね》ならむ　有為《うゐ》の奥山《おくやま》　今日《けふ》越《こ》えて
浅《あさ》き夢《ゆめ》みし　酔《ゑ》ひもせず――

「現物か？」

「はい」

一同に緊張感が漲《みなぎ》った。

憶良はもう一枚、白地《しらじ》の半紙を取り出して、書いた。

以　呂　波　耳　本　反　止
千　利　奴　流　乎　和　加
餘　多　連　曽　津　祢　那

良牟有為能於久
耶万計不己衣天
阿佐伎喩女美之
恵比毛勢須

いろはに**本**へ**と**
ちりぬる**を**わ**か**
よたれそ**つ**ね**な**
らむうい**の**お**く**
やまけふ**こ**え**て**
あさきゆ**女**み**し**
えひもせ**す**

「家持殿、七言目と最後の五言を横に読むと……」

「とかなくてしす……えっ！　咎《とが》なくて死す？　無実の罪で処刑されたと！」

坂上郎女も驚いて、目を見開いていた。

「書持殿、五言目は……」

「本《ほ》をつのこ女《め》……よく分かりませぬが？」

「本《ほん》を都農《つの》の小女《こむすめ》――家にある本を都農の側妻に届けよ――との暗号です」

この時代は、男が妻妾の許へ妻問いするのが慣例であった。

「なるほど。これは天才でないと詠めない歌だな。一字も重ならず、人生の儚《はかな》さを詠み、同時に暗号を伝えるとは……さすがに歌聖人麻呂殿だ」

多少のことには驚かない旅人が、人麻呂の才能に圧倒されていた。


「さて、竹蔵は住居に帰ると、すぐに一冊に綴じられている書を抱え、都農《つの》の側妻の許へ走りました。人麻呂殿が選んだだけあって才女でした。人麻呂殿と女はかねてよりこの日のことを打ち合わせていました。女は、書物を丹念に油紙に包むと、さらに襤褸《ぼろ》にくるみました。糒《ほしいい》と干魚《ひぎょ》の入った袋に路銀を添えて、『すぐに京師《みやこ》の山上憶良殿の許へ届けよ。石見を出たら昼間は寝て、夜道を走れ。以後憶良殿に仕えよ』と命じました。他国を昼間走ると、離農した浮浪者として処分されるからです」

「そうか、それでこの『柿本朝臣人麻呂歌集』が無傷で届いたのか。して竹蔵は？」

「助の許で使っております。彼を巻向の妻依羅娘子《よさみのおとめ》や、多治比《たじひ》家の友人に訃報を知らせて入手したのが、この挽歌です」

と、二枚の半紙を広げた。

今日《けふ》今日《けふ》とわが待つ君は石川の貝に交《まじ》りてありといはずやも
（依羅娘子　万葉集　巻二・二二四）

直《ただ》にあふはあひかつましじ石川に雲立ち渡れ見つつ偲《しの》はむ
（依羅娘子　万葉集　巻二・二二五）

「石川は鴨山のほとりを流れる川です。——いつ帰ってくるかと待ち焦がれていたが、人麻呂殿は入水自殺されたので、今頃は貝と交りあっているだろう。ああ無駄に待ち焦がれていたものだ——と嘆かれ、——もう直接お会いすることはできないが、せめて同じ名前の飛鳥の石川の辺りに出る雲に、面影を偲ぼう——と詠われました」

「憶良殿、この歌には吾は依羅娘子の恨み節が聞こえるが……」

「さすがは帥殿です。ご存じの通り、石川はこの明日香の地名であり、蘇我倉山田石川麻呂の本貫（本籍地）です。持統女帝、すなわち鸕野讃良妃は石川の女です。人麻呂殿の栄進も没落も、持統女帝との艶聞が原因です。貝は女陰の隠語ですから、——石川の貝に交りて人生を駄目にされた——と、嘆かれたとも解されます」

「女帝を重ねると、二首目もよく分かるな」

「その通りでございます。では二人のご親友の匿名《とくめい》の挽歌を披露しましょう。一首目は入水する人麻呂殿の気持ちになって、詠んでいます」

荒波に寄り来る玉を枕《まくら》に置き吾《われ》ここにありと誰《たれ》か告げけむ
（多治比真人　万葉集　巻二・二二六）

「多治比真人《たじひのまひと》とありますから、かなりの高官の方ですが、不比等を恐れて、お名前は隠されたのでございます。多治比の名を出したのは気骨でしょう」

旅人は、（家持、書持の生母・多治比郎女《いらつめ》の一族、笠麻呂《かさまろ》か？）と推察したが、黙っていた。

「もう一首は作者不詳です。——人麻呂殿を僻地《へきち》石見国から呼び戻せず、済まなかった。生きる気がしないよ——と、これも藤原派でない朝廷の高官でしょう」

天離《あまざか》る夷《ひな》の荒野に君を置きて思ひつつあれば生《い》けるともなし

（作者不詳　万葉集　巻二・二二七）

「これで第二十四帖まで終わりました。それがし人麻呂殿には思い入れが深く、ついつい大長講になりましたが、これで人麻呂殿へ——言霊《ことだま》の恩返し——ができたような、月並みですが、肩の荷を下ろした、ほっとした安堵感があります。夜も相当更け、暁《あかつき》も近いでしょう。今夜はこのまま失礼致します」

憶良は人麻呂歌集をていねいに風呂敷に包み、深々と挨拶して坂本の丘を下った。

師走の風が憶良と権の胸を心地よく吹き抜けた。

終《つい》の帖　今を生きる

五十而知天命　五十にして天命を知る（孔子　論語　為政）
疾風知勁草《けいそう》　疾風に勁草を知る（後漢書　王覇伝）
柳に雪折れなし（諺）

（一）女帝たちの執念

師走三十日夕、旅人の館は平常と変わらぬ静けさであった。夏に家刀自《いえとじ》の郎女《いらつめ》が病死したので、まだ喪に服している。いつもの年であれば、年賀の客を迎える祝い膳の準備で、膳部は多忙のはずであった。大晦日を明日に控えているが、春を待つ浮き浮きした雰囲気は微塵《みじん》もない。

奥座敷には、旅人、坂上郎女、家持、書持が静かに座っていた。

「それでは終の帖『今を生きる』との題目で、最後の講論を始めます」

と、憶良は切り出した。

「今回の講義の冒頭に、孔子の論語から有名な言葉を引用しました。書持殿、覚えていますか」

「はい。『温故知新《おんこちしん》』――古きを温《たず》ぬれば、以って師となるべし。新しきを知ることができる――という教えでございました」

「お見事です」

憶良の一言で、もうすぐ十一歳になる書持が、生き生きした表情になる。

「さて、歴史は直近百年余りを学ぶことが肝要――と、申し上げ、用明帝から持統帝までの十代の皇統史を語りました。家持殿が、良き時代と思われたのは？」

「はい。推古女帝の時です。有能な厩戸皇子を皇太子として、見事な治世をなさった方で、ご立派と感じました。『進止軌制《しんしきせい》』――立ち居振る舞いに過ちがなかった――と、称賛された背景がよく分かりました」

（二人ともよく理解されている。教え甲斐があった！）

「さてこの十代では異例のことが多々ございました。坂上郎女様のご感想は？」

「ほほほ、妾を当てましたのは女性天皇のことでございましょう。重祚《ちょうそ》はありますが、ご三方で、推古、皇極、斉明、持統の四代は、まず数で驚きでございます。ご三方とも強烈な個性で、用明《ようめい》、崇峻《すしゅん》、舒明《じょめい》、孝徳《こうとく》、天智《てんじ》、天武《てんむ》の六人の男性天皇に比して、いささかも見劣りしない存在感に、同性として誇らしく、圧倒されました。賛否は別ですが……」

憶良は笑顔で同意を示した。

「ごくごく直近のため講話には致しませんでしたが、持統女帝を継がれた文武帝と現在の聖武帝の間の、元明《げんめい》、元正《げんしょう》のお二方も女帝です。皇統史を冷静に分析しますと、今後も女帝は出現する可能性はございましょう」

「今後も？……なるほど、この直近の四帝を入れてみると、用明帝以後、男子帝は八代、女帝は六代か……確かに異常だな……だが、今後もあり得よう」

と、旅人が頷いた。

今上帝・聖武帝の後継が孝謙女帝になろうとは、この時憶良も旅人も知る由もない。

「いずれの場合も天皇の後継候補の皇子は複数いましたが、複雑な事情や、大豪族の思惑が絡んで、妥協の策として女帝が誕生しました。しかし、推古、斉明（皇極）、持統の三女帝について、共通点を指摘しておきましょう。坂上郎女さまご指摘の存在感の背景は、良し悪しはさておいて、女の執念の強さです」

（女の執念の強さ……）

との発言に、坂上郎女は身を乗り出していた。

「推古女帝の素晴らしさは――自分は蘇我腹であるが、皇位は蘇我系ではなく本来の息長《おきなが》系の皇子に戻す――と、厩戸《うまやと》皇子に譲位させたい蘇我馬子の思惑《おもわく》を排し、田村皇子すなわち舒明帝に引き渡した、高潔な信念と行動力です」

「なるほど」

「斉明女帝は、――自らの腹を痛めた長子・中大兄皇子であるが、断固として譲位しない――と、覚悟されていました。これは中大兄皇子が、漢皇子《あやのみこ》、すなわち高向王《たかむこおう》の皇子であったからです。女帝は、舒明帝の皇子、すなわち息長系の大海人皇子が次第に力をつけられて、古来の豪族の支持を得るまで待たれていたのです。斉明女帝は浪費家でもあり、いろいろ艶聞《えんぶん》もありましたが、皇位という国家的な最高権威の立場を意識され、実子の中大兄皇子には譲位されようとしなかった執念はお見事です。結果としては譲位された形ですが、ご最期は……」

（強引な三種の神器の略奪……）

と口にしたかったが、憶良はやめた。

「第十五帖『鬼火』を思い出す。確かに謎めいたご崩御であり、すっきりしない『天智称制』だった」

と旅人が引き取った。

「斉明女帝が道教に深入りされ、神仙の世界や入湯に遊んだのは、譲位問題から逃避したかった所為《せい》――と、それがしは解釈しています」

「なるほど」

「持統女帝の執念は、推古、斉明のお二方とはまた異なる執念です。推古、斉明のお二方には、私利私欲はなく、――どの皇子に譲位するのが皇統として公正妥当か――との判断基準を持たれています。ところが持統女帝は――わが腹を痛めた子に継がせる。能力は問わない。それにより上皇としての権力を持ち続ける――との自己中心のお考えでした。天武帝の親政政治の手法――独断専行――が悪用されました。同じ女帝の執念でも、推古女帝とは内容が天と地ほど違う私利私欲でした。その結果、有能な大津皇子と高市《たけち》皇子が犠牲になりました。国家的見地から見れば、人材という資源の、国家的規模の損失でした」

「その通りだ。推古女帝は厩戸皇子に天皇のお仕事をさせた」

「持統女帝が、天武帝崩御後に近江派を重用し、その意を受けた元明女帝が――天智帝のご方針を引き継ぐ――との詔を出された話は、前回人麻呂殿の水死の時にお話しました。それがしが侍講を務めました首皇太子《おびと》は、今、聖武帝として政事《まつりごと》の頂点に立っています。それは、――元明女帝がお孫の首皇子をどうしても皇位に就ける――との執念で、ご息女の氷高《ひたか》皇女を、強引に元正帝としてつなぎの天皇にした結果です。持統女帝がお孫の珂瑠《かる》皇子を文武帝として即位させた事例と同じ『血の執念』です。図に書いてみましょう」

「文武帝が崩御された後、聖武帝まで無理して繋いだ異常な継承が、持統・元明両女帝の執念を如実に示しています。今後の参考になろうかと、天武・高市皇子系の系図と、光明子には異父兄の葛城王（後の橘諸兄）も書き込んでおきました」

（読者の参考までに明治政府が付した皇位継承順位㊶から㊺を示した）

「この系図を眺めているだけで、持統女帝の崩御や藤原不比等卿の薨去などが、昨日のように思い出される。欲望が渦巻くようで、生々しいのう」

と、旅人が率直な心境を吐露した。

系図に見る持統・藤原系の皇統への執念と天武・高市皇子系の血統

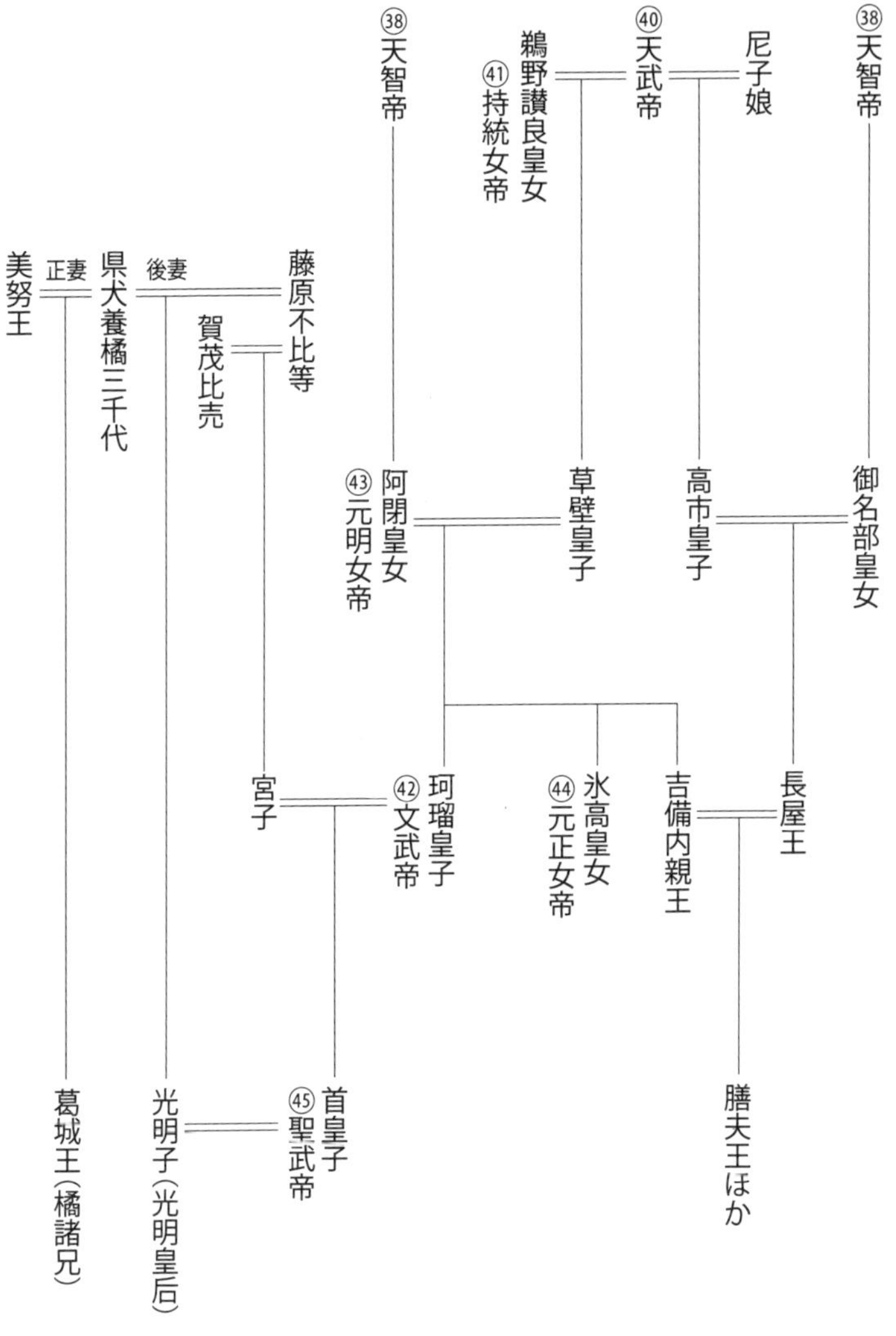

つい昨年まで、正三位中納言・征隼人大将軍として朝議の要職にあった旅人と、東宮侍講として首皇太子の教育に携わっていた憶良の二人は、天智・藤原の近江派が、天武系皇親の長屋王や古来の豪族を圧倒しつつある力関係の変化を、身に染みて感じていた。

(二) 今を語る

「さて、それがしがこの一年をかけて講論したことは、すべて過去の歴史であります。――古きを温《たず》ねた――わけであります。では今、聖武天皇を頂点とするわが国の、政事《まつりごと》の世界はどうなっているか――新しきを知る――分析をしましょう」

(いよいよ話題が身近なものになってきた)

旅人一家に緊張感が漲《みなぎ》る。

「和銅元年(七〇八)――天智天皇の政事を継承する――とのご方針を声明された元明女帝は、――天武天皇の親政を否定――されました。持統女帝同様に、大臣と大納言、中納言による天皇輔弼《ほひつ》の体制を維持されました。草壁皇子の妃として、政事には関与されていなかった阿閉《あへ》皇女としては、大臣や大納言などの登用は必要不可欠でした」

四人は頷く。

「天智帝は主としてご自分のお気に入りの、蘇我や巨勢、中臣などの渡来系官人系豪族を大臣に任命されました。内臣の中臣鎌足の意見は聞くとも、重臣へは上意下達の、実質独裁でした。一方、元明女帝は、天智帝の偏った人材登用策をとらず、長屋王や多治比氏などの皇族王族や、石上、大伴、阿倍など古来の大氏族、それに新興貴族の藤原氏族などの平等な登用に配意されました。端的に申せば、――皇親と新旧豪族、天武派と近江派の均衡を取った重臣会議――を重視し、判断を下すというお考えでした。人事で見ましょう」

と憶良は半紙に筆を置いた。

左大臣　石上麻呂《いそのかみのまろ》
右大臣　藤原不比等
右大臣　巨勢麻呂《こせのまろ》
大納言　大伴安麻呂
中納言　小野毛野《けの》
中納言　阿倍宿奈麻呂《すくなまろ》
中納言　中臣意美麻呂《なかとみのいみまろ》

「なるほどこれは分かり易い。近江派の藤原、巨勢、小野、中臣と、壬申の乱の功臣、天武派の豪族、石上、大伴、阿倍か。この頃長屋王はまだ朝議には入られていなかったな。余の記憶では、長屋王は、翌和銅二年（七〇九）に、宮内卿、さらに三年に式部卿と次第に長官の職を重ねられて、実力を蓄えられていたな」

「その通りでございます。元明女帝は和銅七年（七一四）、十四歳の首皇子を立太子させました。それがしは予想もしていなかった従五位下を賜り、末席ながら貴族になりました。元明、元正両女帝時代は人麻呂殿の事件以外は比較的平穏でした。主な政事や大伴家の人事なども書いてみましょう。前回の講話と重なる部分もありますが、目で見ると記憶に残りますから」

「憶良先生流ですね」

と家持が冷やかした。

（講論もいよいよ終わりに近いな。二十年から十年前の出来事だ）

と、旅人は分かっていた。

坂上郎女、家持、書持の目が筆先を追う。

和銅元年（七〇八）**元明女帝（阿閉皇女）即位**。天智天皇の政事を継承の詔
　　和同開珎発行
　　藤原不比等右大臣。柿本人麻呂刑死
三年（七一〇）平城京遷都。**大伴旅人（従五位上）左将軍任命。（四十六歳）**
五年（七一二）古事記編纂の詔
六年（七一三）**大納言大伴安麻呂薨去**
七年（七一四）首皇子（聖武帝）立太子（十四歳）
　　山上憶良従五位下の貴族（五十五歳）

霊亀元年（七一五）元正帝（氷高皇女）即位。元明上皇実権を握る。
旅人従四位上、中務卿
二年（七一六）**山上憶良伯耆守**
養老元年（七一七）第八次遣唐使節
二年（七一八）**長屋王大納言**（参議・中納言を経ず）
大伴旅人中納言（参議を経ず）
四年（七二〇）隼人の乱。**大伴旅人征隼人持節大将軍**
日本書紀完成。**右大臣藤原不比等薨去**
五年（七二一）**長屋王右大臣**　藤原武智麻呂中納言（参議を経ず）
山上憶良東宮侍講
元明上皇崩御

「元明女帝は実権者の不比等卿の薨去により、長屋王を右大臣に任命されました。女帝はこれまで均衡を保っていた台閣の勢力図、すなわち藤原対皇親派の緊張関係が大きく崩れることを心配されました。これまで藤原氏族は、右大臣の不比等卿のほかに、次男の房前《ふささき》卿が参議で朝議に参加していました。女帝は不比等卿の長子、武智麻呂《むちまろ》卿を中納言に抜擢して均衡を維持されました。房前卿は両派の協調こそ国家の安定に必要との思想でしたが、武智麻呂卿は父不比等卿の時代のように、外戚の藤原氏族が権勢を持ちたいとのお考えです。この両派の激突を危惧《きぐ》された元明上皇は、お亡くなりになる前に、長屋王と房前卿を枕頭《ちんとう》に呼ばれ、――皇親と藤原が仲良く治世を行ってほしい。元正女帝を輔《ほ》弼《ひつ》してほしい――と懇望されました。さらに――首皇太子の面倒を見てほしい――と、穏やかな房前卿を、規則にはありませんが、内臣に任命されました」

「分かりました。それで新右大臣の長屋王と内臣の房前卿が、首皇太子の侍講の一人に、憶良様を抜擢されたのですね」

「その通りだ」

と、旅人が憶良に代わり坂上郎女に応えた。

(三) 天の使命

「家持殿や書持殿は大伴氏族の氏上、総本家の嫡流です。律令制度になったとはいえ、氏上は一族の命運を背負っています。若たちのような純真無垢な少年に、どろどろした皇統の秘史や政事《まつりごと》の世界を語りたくはありませんでしたが、年初申し上げたように、旅人殿のご要望で、それがしの知見をすべてお話ししました。最後の締めくくりに、再度それがしの運命論を申し上げます」

一家は緊張した。

「『天命』という言葉があります。――天から与えられた寿命――という解釈と、――天から与えられた使命――という二つの意味があります。孔子の論語に――五十にして天命を知る――という有名な教えがあります。五十歳を知命というのはこの言葉からです。――人は五十歳前後で自分の寿命や、運命あるいは使命を悟る——ということです。それがしは四十過ぎまで無位の官人でした。それが大宝元年（七〇一）突然、遣唐使節の録事に任命されました。夢想だにしなかった驚天動地の人事でした。この時初めて『天命』を実感しました。何か分からないが、天から大きな使命を負わされたような気がしました。ほぼ同じ世代で宮廷歌人として著名であった柿本人麻呂殿との、渡唐前後二回だけの人目を忍ぶ会合と、人麻呂歌集を秘かに預かった経緯も、自分から企画したことではありませぬ。

——すべてが天の配剤——と受け止めるようになりました」

（そうか、人麻呂殿の講話は、『天命』の伏線でもあったのか）

旅人は憶良の脳裏の奥深さに触れた気がしていた。

「わが人生は『天命』だと思いますと、従五位下の叙位を、人様がどう妬《ねた》もうと、気にならず、——万葉歌林の歌稿整理の場所や資金を天が恵んでくださった——と、割り切るようになりました。東宮侍講職も自ら希望したことも、策謀したこともありませぬ。長屋王が選ばれたのでしょうが、すべて運命と受け止めております。筑前守もまた運命です。それは旅人殿や家持、書持殿、さらには坂上郎女様との出会いも、天の配剤と受け止めております。人様から見れば、『左遷』とか『隠流《しのび》し』とか囁く向きもありましょうが、それがしにとっては、すべて天の配剤でございます」

「その通りだ」

憶良は白湯の椀を取り上げて、一服した。

「それがしの使命は、——万葉歌林の上梓——と受け止めていることは、皆様ご承知の通りです。朝議の重臣、前大将軍・中納言・大伴旅人殿の、公人としての使命感は、これまでの実績で周知のとおりです。さらに、それがしの万葉歌林の上梓へのご協力もいただき、『文武の大伴』の名を後世に残すことを、新たなご使命になさいました。さて、わが愛弟子、家持殿と書持殿は、まだ元服前の少年です。しかし、他の少年とは異なった立場にあります。これまでの講話に登場した少年の皇子たちと同様に、好むと好まざるとに関係なく、公《おおやけ》の存在なのです。分かりますね」

「はい」

二人は緊張して、一言一句聞き漏らすまいと、固くなっていた。

「──山高ければ、風強し──との諺があります。高官の旅人殿に、いつ何時《なんどき》、何が起こるか、人生に明日は分かりませぬ。大伴総本家の嫡流として、すでに『常在戦場』の心得はできていると思います。厩戸皇子が少年の時、蘇我・物部の戦の総指揮官になり、白村江や壬申の乱では高市皇子が先頭になって戦ったような事例は、お二方には明日にでも起こりうることです。その覚悟はできていますね」

「はい」

と、二人が強く応《こた》えた。

旅人が大きく頷いた。

「武人としてはそれでよいでしょう。しかし、問題は平時にあります。大伴氏族は、蘇我、物部が没落して以来、今日に至るまで古来豪族の信望を集め、政事《まつりごと》の中枢にあります。いや、率直に申せばありました。旅人殿は、中納言ではありますが、名誉職の大宰帥として当地に赴任されていて、今は朝議には参加されていませぬ。――藤原は外戚となって、剛腕の長屋王もいささか手を焼かれている――と聞き及んでおります。皇親派と藤原一派は協調し、均衡を保っていますが、皇統の問題が絡むと、天智系と天武系の軋轢《あつれき》は再発しかねません」

憶良は旅人の置かれている現状をズバリと述べた。

「二年後、京師《みやこ》に戻られたとき、政情がどのようになっているか、また帥殿のご寿命がどうなっているか、神ならぬそれがしには分かりませぬ。しかし、若たちが、遅かれ早かれ大伴の後継者となり、中堅幹部の要職を経験し、高官となって、政事の中枢に入ることは自明です。華やかであると同時に、難しい局面にも立つでしょう。大伴を率いる氏上《うじのかみ》、国家運営に携わる要人として、今後の心得を、先人の言葉を引用し、憶良の講義を終わります」

二人は神妙に頷いた。

（四）柳に雪折れなし

憶良は半紙を取り出した。最後の書である。ゆっくりと丁寧に書いた。

疾風知勁草　疾風に勁草を知る

「第一に――疾風に勁草《けいそう》を知る――との数百年前、後漢の時代からの教えです。強い風が吹き、多くの草が風になびく中で、凛《りん》として立つ強い草が分かる。そこから勁草は節操や意思の固い人物のたとえです。風に靡《なび》いてばかりでは、存在感もなく、軽視され馬鹿にされます。困難にあった時こそ、凛として立ち向かってください」

「分かりました」

憶良はもう一行書き足した。

柳に雪折れなし

「第二に、平凡ですが――柳に雪折れなし――の諺を贈ります。大伴に吹く風が、疾風程度ではなく暴風雨の時があり得ましょう。その時には心を静め、まるで柳のように、風が収まるまで待ちなさい。たとえ弱い木だと笑われても、折れずに生き残ることが肝要です。若たちの人生にいかなることが起きるか、起きないか分かりませんが、参考にしてくだされ。人生はぽっきり折れてはいけませぬぞ。熟慮、熟慮。ご自分の信念を実現するには、時と場合により、七難八苦、堪《た》え難きを堪えるのが、柳の教えでございます。局面に応じて、勁草と柳の両者を使い分けてくだされ」

「ありがとうございます」

最後に、ゆっくりと書いた。

選良《せんりょう》

「大伴の原点は伴造《とものみやつこ》ですが、過剰な意識をなさらないように。白村江の戦や近江遷都には、ご先祖の大伴一族は、称制《しょうせい》とはいえ天智帝に従っていませぬ。律令国家の今は、一族を越えて、国の民を思う選良《せんりょう》、――天に選ばれしよき人――になるよう心がけられよ」

「選良？　初めて耳にするが……」

「それがしのこの場限りの造語でございます。若たちには未来があります。お二人それぞれ、五十歳までにご自分の『天命』を見出され、選良として高い使命に向かって最大限の努力と創造をなさいませ。天は報いてくれましょう。心豊かな人生をお過ごしになれば、憶良は嬉しゅうございます」

憶良は旅人に向きを変えた。

「帥殿、この一年間講論の機会を与えていただき、ありがとうございました。――教学相長ずる――とか。老骨の脳味噌の整理になりました。坂上郎女様、二人をよろしくお願いします」

「憶良殿、元東宮侍講の碩学《せきがく》に、息子二人の家庭教師をお願いでき、まさに天運であった。吾ら大伴は、そなたの『万葉歌林』の完成に、全面的に協力し、『文武の大伴』の名を後世に残すことを今後の使命とすることは前にも約束した。妹よ、家持、書持よ。心得て精進しようぞ」

「『天命』と承知しております」

と三人が力強く応えた。

憶良は無上の満足感に震えていた。

「憶良殿、終講と年末の打ち上げ膳を用意させてある。今夜はゆっくり飲み、語り明かそうぞ」

五人はいそいそと別室に足を運んだ。

風も雪もなく、冷気深々とした星月夜であった。

――国の民を思う選良――か、権の血も滾《たぎ》っていた。

巻末付表　壬申の乱の戦闘日誌

六月二十二日　大海人皇子　蹶起決意　舎人村国男依ら美濃に派遣、不破関確保指示。
　二十四日　舎人を倭京高坂王に派遣、官馬と駅鈴の入手に失敗。吉野退去実行。
　　　　　　舎人を大津へ派遣。高市皇子、大津皇子に通知、救出。
　　　　　　舎人を大伴へ派遣、馬来田は皇子の警固へ、吹負は倭京の攻撃準備。
　二十五日　高市皇子山口で無事合流。
　二十六日　大津皇子鈴鹿関で無事合流。村国男依三千名の徴募に成功。不破関確保。
　　　　　　近江朝廷は、飛鳥、東国、吉備、筑紫へ興兵使派遣するも失敗。
　二十七日　大海人皇子は高市皇子を総指揮官に任命。尾張国司二万の兵を率い参加。
　二十九日　大伴吹負は倭京の高坂王を攻撃、飛鳥地方制圧。大海人軍初戦勝利で勢い。
七月　一日　大伴吹負、乃楽へ進発。坂本財《たから》、高安城攻撃占領。
　　　二日　紀阿閉麻呂を統括将軍に数万の兵で伊勢・伊賀・倭京へ進発。
　　　　　　村国男依数万の兵で近江京攻撃に進発。（高市皇子指揮）
　　　　　　大友軍の羽田矢国、村国男依に投降。矢国を三尾《みおき》城攻撃の北越将軍に任命。
　　　　　　大友皇子は、山部王、蘇我果安、巨勢人に数万の兵を与え前進させるが内紛で、蘇我果安は山部王を斬り、自殺。

三日　坂本財、衛我河《えがかわ》で大友軍の壱伎韓国《いきのからくに》に敗退。退却。
四日　吹負、乃楽山の戦いで大友軍の将軍大野果安に完敗。命からがら逃走。
統括将軍紀阿閉麻呂が先発させた置始菟《おきそめのうさぎ》と合流し、攻勢に反転。
大友軍の名将大野果安は倭京に伏兵ありと見抜き、引き返す。
五日　伊賀路の田中足麻呂、大友軍の夜襲で敗退。
六日　伊勢路の多品治、大友軍の田辺小隅を撃退。
七日　村国男依、横河で大友軍を破る。
吹負、当麻で大友軍の壱伎韓国を破る。韓国独り敗走。
八日　倭京方面。三輪高市麻呂、置始菟、大友軍廬井鯨を破る。
九日　村国男依、鳥籠山《とこのやま》で大友軍秦友足を斬る。
十三日　村国男依、安河で大友軍を破る。大友軍の社戸大口《こそべのおおくち》、土師千嶋《はじのちしま》戦死。
十七日　村国男依、栗太で大友軍を破る。
二十二日　瀬田川で男依軍の大分稚臣《おおきたのわかみ》突入し、大友軍の知将智尊戦死。決定的な勝利。
大伴吹負、倭《やまと》地方平定、難波進出、西国を支配下に置く。
二十三日　村国男依、大友軍犬養五十君、谷塩手を粟津で斬る。
大友皇子山前《やまさき》で自殺。物部麻呂が首級《しるし》を大海人皇子軍に持参し投降。終戦。
戦後の処罰　斬刑　右大臣中臣金
流罪《るざい》　左大臣蘇我赤兄、御史大夫《ぎょしたいふ》巨勢人と子孫、蘇我果安の子、中臣金の子

あとがき

令和万葉秘帖シリーズは、本文中に太宰府で催された旅人の「梅花の宴」を描いた「長屋王の変」を、「令和」改元記念として最初に上梓した。

筆者の構想では「長屋王の変」は、起承転結の「転」に相当する部分である。そのため読者の方からは——背景の理解に時間がかかった——とか、——筋が難しい——などの書評が寄せられた。当然のご意見である。

今般、「まほろばの陰翳　下巻」の発行により、「起」の「隠流し」から「転」の「長屋王の変」まで、ようやく繋がり、ほっとしている。天智・藤原と、天武・大伴の対立の背景と、長屋王ご一家の抹殺という大誣告殺人事件への筋道が、ご納得いただけると思う。

令和万葉秘帖　—隠流し—　令和2年4月発刊
令和万葉秘帖　—まほろばの陰翳　上巻—　令和2年9月発刊
令和万葉秘帖　—まほろばの陰翳　下巻—　令和3年3月発刊
令和万葉秘帖　—長屋王の変—　令和元年8月発刊

令和万葉秘帖　―落日の光芒―
令和万葉秘帖　―いや重け吉事―
令和3年9月予定

六十数年前、大学四年の秋、ボート部の後輩椎野禎文君の天理のお宅に数日泊めていただき、飛鳥を散策した。彼のご先祖は代々石上《いそのかみ》神宮の宝物庫の鍵を守っていた。その時、馬子の墓とも伝えられる石舞台古墳を訪れ驚嘆した。どのようにして丘の上に巨石を運び、石室を作り上げたのであろうか。古代人の技術力に驚嘆した。百済の文化水準の高さに、倭の古来の民は圧倒されたであろう。椎野はNHKに入局、報道部門で活躍しながら古代史を研究し、大著『日本古代の神話的観想』を遺した。百済王国と渡来人蘇我氏の関係は親密であった。仏教だけでなく、先進的な農工業技術の輸入により、倭国の文化水準が高まったことは異論ないであろう。百済王国は、地勢的にみると、東の新羅、北の高句麗《こうくり》、海を隔てた西の唐、南の倭国に囲まれていた。常に周辺国との力関係を意識せざるを得ない厳しい環境にあった。数百年続いた先進国の百済が、唐と新羅の連合軍によって、あっけなく滅亡した。これだけを取り上げれば、単純な隣国史に終わる。しかし、百済王国は複数の王子を日本に派遣していた。また百済王国の滅亡によって、多くの官民も日本に亡命してきた。

百済国の復興支援を約した中大兄皇子は、三万七千名の将兵を千隻の船で送ったが、白村江《はくそんこう》の戦いに惨敗した。惨敗の原因は、戦力格差について無知であったことと、現地での総指揮官を任命していなかったからである。この時の唐の水軍は百七十隻。戦艦ともいえる楼舡《ろうこう》と、駆逐艦のような小回りの利く艨衝《もうしょう》で構成されていた。将兵は一万二千名であった。

重装備の唐の水軍に対し、倭軍は、――戦略、戦術より、気合があれば勝てる――と、先陣争いをしたが、戦力差の前に、戦いは一瞬にして決定した。総指揮官を欠き、装備に劣る倭軍は、四百隻を失い、一万五千名が戦死した。海は血で赤く染まったと伝えられる。唐軍は無傷であった。

大和魂と時代遅れの38式歩兵銃（明治三十八年製作）と日本刀の切込みで、重装備の圧倒的な火力を持つ米軍に立ち向かった帝国陸軍の戦略に似ている。日本軍は千三百年前の白村江の惨敗に、何も学んでいなかった。

しかし敗戦はマイナスばかりではない。百済滅亡と、白村江の惨敗で、百済王国の知識層や官僚、武将が大挙難民として流入した。極論すれば――文化の移動が行われ、国際感覚が国民に共有され、律令国家へ一挙に転換できた――との見方もできよう。中大兄皇子は百済の高官たちを官人として採用し、律令制度の整備を進め、大規模な山城や水城の築城が、一気に進んだ。太平洋戦争に敗れて、日本の政治、思想、文化、学術、工業などが米国化した過程と酷似している。

その白村江の参戦者に、「筑紫君薩夜麻《つくしのきみさちやま》」という名がある。昔（五二七）、九州で大反乱があった。「筑紫君磐井《いわい》の乱」である。磐井は、北九州のみならず豊前豊後をも支配していたと伝えられる。「筑紫君」の称号は、大変意味がある尊称と解した筆者は、大海人皇子の長子、高市皇子の変名が「筑紫君薩夜麻」ではないかと類推して、いろいろな謎を一気に解いた。高市皇子は宗像大社を支配する宗像君徳善の外孫になる。

——壬申の乱が一カ月で片づいたのは、大海人皇子の神技である——と、説く万葉学者もいる。しかし、背後関係を調べると、紀大人《きのうし》の内通はじめ、様々な事前準備や、少年の時に実戦を体験し、唐軍の戦法を知る高市皇子の指揮、皇子を慕う白村江の参戦経験ある将兵が多かったなど、——勝ちに不思議の勝ちなし。神技ではない——と言うべきであろう。筆者の推論が、読者にどう受け止められるか楽しみである。

万葉の秀歌名歌は、国語の授業や社会人相手の講座などで広く知られている。

ところが中臣鎌足が中大兄皇子の愛妃、鏡王女を妻問い（下下《しもじも》では夜這い）した歌や、鎌足が采女の安見児を得た自慢の歌などが紹介されることは少ない。まれに取り上げられても、歌の解釈に終わっている。主《あるじ》の皇子の妃を寝取り、采女に手を付けても、なぜ鎌足は罰せられなかったのか？　その解説は見かけない。

鎌足の死後、天智帝が鏡王女に歌を贈り、彼女が——帝が私を想う以上に、私は帝を想っています——と応えている。捨てられたはずの鏡王女が何故天智帝を慕ったのか？

——渡来人社会では上位に立つ鎌足が、強引に鏡王女を奪い、奪われた中大兄皇子が、弟大海人皇子から額田王を奪った。鏡王女は捨てられたのではなかった——と、推論した。

遣唐使節は大唐で伎楽劇を観たであろう。正倉院展で酔胡王と酔胡従の伎楽面を観賞したとき、——表社会と裏社会での地位の逆転を、伎楽面で説明できる——と、発想した。

万葉の歌聖柿本人麻呂については、元銀行マン的企業調査の感覚で調べた。朝廷を企業とみなし、人麻呂を社員として、政事と人事の時系列表を作り、どの時期にどのような歌が詠まれたか比較してみた。帝の交代は、社長の交代である。当然経営方針が変わり、重要な人事変更が行われる。天武帝存命中の持統皇后と、崩御後の持統女帝では、施政に大きな変化が見られた。政事は天武親政から、再び天智型の大臣制になり、近江派が復活する。藤原不比等の突然の台頭と重用、太政大臣高市皇子の突然死、人麻呂の失脚が目に付く。

人麻呂は持統皇后（当時）の愛児、草壁皇太子の薨去に際し、荘厳な殯歌《もがりうた》を詠んで、皇后の寵を得た。しかし、高市皇子への殯歌は事実を描写し、壮大であり、気合が入っている。参考書（多田一臣著『柿本人麻呂』）の中に懐かしい名前に接し、突然幼年時代に引き戻された。

ある夏の日、蝉取りに夢中になって、八幡様（大分県津久見市上宮本の赤八幡神社）の神主さんの庭にまで入り込んでいた。神主の西郷家は同じ隣保班（隣組）である。八幡様は起床して朝食の前に朝参りする馴染みの神社であった。

宮ノ原《みやんはる》（西郷家の通称）の小母さんが出てきて、

「耕ちゃん、今、信綱さんが離れで勉強されているので、お宮の方で遊んでくれない」

と言われた。

家に帰って母に、「信綱さんて、誰な?」と聞いた。

信綱さん（郷里ではこう呼ぶ）が、亡くなられたご父君の跡を継がれ、一時期、社司（宮司）をされながら、国文学や民俗学などの研究や執筆活動をされていた頃だろうか。

西郷信綱。一九一六年生。津久見小学校、旧制臼杵中学。熊本の第五高等学校から東京帝国大学英文科に入学。斎藤茂吉に傾倒、国文科に転科。古事記日本書紀などの研究で有名な国文学者。特に『古事記注釈』は本居宣長の『古事記伝』に比肩する名著との評価。横浜市大教授、法政大学講師、ロンドン大学講師。鎌倉アカデミアの創設に関与。文化功労者。

多田氏は、西郷信綱著『萬葉私記』（未来社）の中で、高市皇子挽歌を絶賛されている部分を引用されていた。早速同書を求め、目を通した。

「『齊ふる　鼓の音は……大雪の　亂れて来たれ』というあたりのイメージは、日本文学としては異質なくらい雄大で、熔岩の流れるような力感を持っている。」（同書259頁）

「……すくなくも高市皇子を悲しむにあたり、皇子とふかい人的関係をもち、また壬申の乱をその配下でたたかいぬいてきた舎人集団の場が、その死を公的に悲しむのに一ばんふさわしいものであったのは確かで、作者が熱っぽく皇子の行動を叙事詩的にうたえたわけもそこにあるといえよう。……」（同書262頁）

「……しかし同時に、日並皇子の殯宮のときの人麻呂の歌（二・一六七）が、全編徒らに儀礼的で何ら具体的なことをよんでいないのにたいし、この歌が主人公の行動する場面を、今までの日本文学にはなかったような新しいイメージで以って華麗に、そしていいうべくんば叙事詩風に描いている意味は、やはり忘れられてはならないと思う。……」（同書263頁）

信綱さんは、人麻呂の高市皇子殯歌を「日本文学では初の華麗な叙事詩」と絶賛されているので、拙稿では奈良時代の学者として登場いただいた。

高市皇子の殯歌の後、有間皇子への挽歌を詠んだ大宝元年（七〇一）あたりから、持統帝の人麻呂への風あたりが強くなった。宮廷歌人の座から追放され、地方派遣が多くなる。皇室賛歌に代わり、景観や社会を詠んだ歌が多くなる。

同時期、憶良も有間皇子への挽歌を詠んでいる。人麻呂は、憶良たち遣唐使節の航海の無事を祈って、言霊の歌を贈っている。この二つの史実から、憶良と人麻呂の接点を描いてみた。遣唐使節の派遣の大宝元年が、万葉の二人の歌人の人生の転換点であった。

人麻呂の死の場所や官位については異論が多い。

本稿では梅原猛氏の石見国での水死説を参考にした。梅原説の刑死（船から水に突き落とされた溺死）ではなく、自死を命ぜられ、自らの意思で入水死したとの推論である。

多田氏の前掲書によれば、歴史学者は、柿本人麻呂と続日本紀に記載されている柿本左留（猨）を同人とする梅原説を否定している。しかし同時期、柿本一族が二人死亡したのはいささかおかしい。また人麻呂の臨終の歌の詞書が「臨死」となっていることから、「死」は六位以下の官人であり、「左留」は従四位下であるから「卒」と表現されるはずだという。

しかし、人の死を「臨薨」とか「臨卒」という表現はない。貴族であれ、低位の官人であれ、「臨終」（大津皇子・懐風藻）とか「臨死」でよいのではないか。

柿本人麻呂は、後に紀貫之の「古今和歌集仮名序」では「おほきみつの位、柿本人麿なむ……」と、書かれているので「三位」であったという方もいる。しかし三位は大納言、中納言、参議に与えられる官位であるから、生存中に三位であったとは思えない。

私は、――桓武天皇の崩御後、奈良に格別の郷愁を示された平城天皇が、従四位下であった柿本朝臣人麻呂の和歌の功績を讃えて、刑死させた鎮魂慰撫のため、敬意をこめて「三位」を追贈されたのではないか――と、推論している。「いや重け吉事」に詳述したい。

名門大伴ですら「宿禰《すくね》」の姓《かばね》であったが、人麻呂は数少ない「朝臣《あそん》」の姓を受けている。多くの皇子や皇女の殯歌や賛歌を詠んだ抜群の功績からみても、六位以下の宮廷歌人とは思われない。ビジネスマンの人事感覚である。

学友渡部展夫君、知友小林紀久子さん、茂木馨子さんには引き続き協力いただいた。郁朋社佐藤聡社長や猪越美樹氏、装丁の宮田麻希氏に感謝している。完結まであと二冊。これまで支えていただいた読者の皆様のご健康を祈り、コロナウィルスの収束を願っている。

令和万葉秘帖シリーズ　参考文献一覧

引用文献

万葉の歌は佐々木信綱編「万葉集」を引用しました。そのためルビは旧仮名遣いです。文中に部分使用している時は、新仮名遣いに統一しています。

佐々木信綱編『新訂新訓　万葉集　上巻、下巻』岩波書店
宇治谷孟『日本書紀　全現代語訳（上）（下）』講談社学術文庫
宇治谷孟『続日本紀　全現代語訳（上）（中）（下）』講談社学術文庫

参考文献

斎藤茂吉著『万葉秀歌　上巻　下巻』岩波新書
中西進『万葉の秀歌』ちくま学芸文庫
佐々木信綱編『新訂新訓　万葉集　上巻、下巻』岩波書店
折口信夫『口訳万葉集（上）（中）（下）』岩波現代文庫
犬養孝『万葉の人びと』新潮文庫
西郷信綱『萬葉私記』未来社
北山茂夫著『万葉群像』岩波新書

森浩『万葉集に歴史を読む』ちくま学芸文庫
小林恵子『本当は怖ろしい万葉集』祥伝社黄金文庫
山本健吉『万葉の歌』淡交社
篠﨑紘一『言霊』角川書店
﨑山祐宏『山の辺の道　文学散歩』綜文館
季刊明日香風1『万葉のロマンと歴史の謎』飛鳥保存財団
季刊明日香風2『古代の見える風景』飛鳥保存財団
季刊明日香風4『甦る古代のかけ橋』飛鳥保存財団
季刊明日香風6『女帝の時代①』飛鳥保存財団
季刊明日香風7『女帝の時代②』飛鳥保存財団
季刊明日香風9『「興事を好む」女帝―斉明紀の謎』飛鳥保存財団
季刊明日香風10『キトラ古墳・十一面観音と一輪の蓮華』飛鳥保存財団
季刊明日香風11『東明神古墳・古代の日中交流・万葉の薬草』飛鳥保存財団
奈良国立文化財研究所『飛鳥資料館案内』奈良国立文化財研究所
東京国立博物館・読売新聞社・NHKほか『正倉院の世界』読売新聞社
奈良国立博物館第七十一回『正倉院展』目録　仏教美術協会
椎野禎文『日本古代の神話的観想』かもがわ出版
林順治『日本書紀集中講義』えにし書房

宇治谷孟『日本書紀　全現代語訳（上）（下）』講談社学術文庫
歴史読本『日本書紀と古代天皇』２０１３年４月号　新人物往来社
宇治谷孟『続日本紀　全現代語訳（上）（中）（下）』
関裕二『新史論４　天智と天武　日本書紀の真相』小学館新書
森公章『天智天皇（人物叢書）』吉川弘文館
川崎庸之著『天武天皇』岩波新書
渡辺康則『万葉集があばく捏造された天皇・天智　上　下』大空出版
立美洋『天智・天武　死の秘密』三一書房
中村修也『天智朝と東アジア』ＮＨＫブックス
別冊歴史読本『壬申の乱・大海人皇子の野望』新人物往来社
井沢元彦『誰が歴史を歪めたか』祥伝社黄金文庫
宮崎幹男『万葉集「春過ぎて…」の一考察』新・八早会誌・第12号
江口孝夫『懐風藻　全訳注』講談社学術文庫
浜島書店『解明日本史資料集』浜島書店
洋泉社『歴史ＲＥＡＬ　敗者の日本史』洋泉社
別冊宝島『古代史15の新説』宝島社
別冊歴史読本『歴史常識のウソ３００』新人物往来社

武光誠『古代女帝のすべて』新人物往来社
別冊宝島『持統天皇とは何か』宝島社
土橋寛『持統天皇と藤原不比等』中公文庫
安永明子『井上皇后悲歌　平城京の終焉』新人物往来社

藤井清『旅人と憶良―東洋文化の流れのなかで』短歌新聞社
星野秀水『天の眼　山上憶良』日本文学館
山上憶良の会「今　倉吉でよみがえる山上憶良」山上憶良の会
古都太宰府を守る会　都府楼11号『梅花の宴』古都太宰府を守る会
九州国立博物館・太宰府市教育委員会『新羅王子が見た大宰府』九州国立博物館
小野寛『大伴家持』笠間書院
植木又一『防人歌』作歌者たちの天上同窓会　海鳥社
高岡市万葉歴史館『越中万葉をたどる』笠間書院
高岡市万葉歴史館『大伴家持』高岡市万葉歴史館
多田一臣『柿本人麻呂（人物叢書）』吉川弘文館
梅原猛『水底の歌　柿本人麻呂論』上巻・下巻新潮社
江馬務・谷山茂・猪野謙二『新修国語総覧』京都書房
小学館『JAPONICA大日本百科事典』小学館

【著者紹介】

大杉　耕一（おおすぎ　こういち）

大分県津久見市出身　1935年（昭和10年）生
臼杵高　京都大学経済学部卒　住友銀行入行
研修所講師、ロンドン勤務、国内支店長、関係会社役員
61歳より晴耕雨読の遊翁

著書　「見よ、あの彗星を」（ノルマン征服記）日経事業出版社
　　　「ロンドン憶良見聞録」日経事業出版社
　　　「艇差一尺」文藝春秋社（第15回自費出版文化賞の小説部門入選）
　　　「令和万葉秘帖—隠流し—」郁朋社
　　　「令和万葉秘帖—まほろばの陰翳　上巻—」郁朋社
　　　「令和万葉秘帖—長屋王の変—」郁朋社
編集　京都大学ボート部百年史上巻　編集委員
　　　京都大学ボート部百年史下巻　編集委員長
趣味　短歌鑑賞（ロンドン時代短歌を詠み、朝日歌壇秀歌選に2首採録）
　　　史跡探訪
運動　70歳より京大濃青会鶴見川最シニアクルーの舵手
　　　世界マスターズの優勝メダル2及びOAR（80代現役漕手賞）

令《れい》和《わ》万葉《まんよう》秘《ひ》帖《ちょう》　——まほろばの陰翳《いんえい》　下巻《げかん》——

2021年3月12日　第1刷発行

著　者 — 大杉《おおすぎ》　耕一《こういち》

発行者 — 佐藤　聡

発行所 — 株式会社 郁朋社《いくほうしゃ》

〒101-0061　東京都千代田区神田三崎町 2-20-4
電　話　03（3234）8923（代表）
ＦＡＸ　03（3234）3948
振　替　00160-5-100328

印刷·製本 — 日本ハイコム株式会社

装　丁 — 宮田麻希

ISBN978-4-87302-731-9 C0093